FeenCon 20.07.2019

Jeanette
Peters

D1620800

Tochter des Mondes

Der schwerste Weg, beginnt mit
einem einzigen Schritt und endet
im Glück
Viel Spaß beim Lesen.

Tochter des Mondes
©2018 Jeanette Peters

Cover und Covergestaltung: Jeanette Peters
Buchsatz und Textgestaltung: Jeanette Peters
Lektorat: Anna Teres
Bildmaterialien: Adobe Stock
Druck: Amazon Europe Luxemburg

Leseeulen–Verlag
Selfpublishing
Jeanette Peters
Dörwerstraße 68
44359 Dortmund

Email: Leseeulenverlag@gmx.de
ISBN: 9781729314982
Schauen Sie auch gerne mal auf meiner Webseite vorbei:
https://jynx1205.wixsite.com/jeanettepeters

Wenn so viele einsam sind, wie sie einsam zu
sein scheinen, wäre es unentschuldbar
egoistisch, allein einsam zu sein.

Tennessee Williams

Für Albert,

weil du mein Leben viel weniger
einsam erscheinen lässt.

Der Sturm

Es ist nicht mehr weit, redete sie sich ein. *Nur noch ein paar Schritte und wir können ausruhen. Wir werden einen Unterschlupf für die Nacht finden und unbehelligt schlafen können.*

Jeder Schritt kostete sie mehr Überwindung. Jedes Anheben des Fußes nahm ihr ein wenig mehr der noch verbliebenen Kraft. Nur die kleine Hand, die sich ängstlich an die ihre klammerte, hielt sie davon ab, aufzugeben. Ihre Tochter war der einzige Grund, sich nicht am Rand der staubigen Straße zusammenzukauern und sich von dem beißend kalten Wind in den Schlaf wiegen zu lassen.

Wenn sie ehrlich war, war dort noch etwas anderes. Ein leises Ziehen, das sie zu sich zu rufen schien. Und sie kam dem immer näher. Ein weiterer Grund, durchzuhalten.

Trotz der schneidenden Kälte der Nacht und dem anhaltenden Regen, war ihr heiß. Sie wusste nicht, ob die Wärme von ihrem Fieber her rührte oder ihre Tochter – die gerade erst dabei war, ihre Magie zu entdecken – versuchte ihr Wohlbefinden zu steigern. Wann immer das kleine Mädchen seine Magie benutzte, geschah dies noch unbewusst. Sie hatte noch keine Gelegenheit gehabt, ihre Tochter zu lehren, wie diese die Gaben, die ihr geschenkt worden waren, nutzen konnte.

Wenn ihr nur die Zeit vergönnt wäre …

Sie keuchte, als ihr Brustkorb sich schmerzhaft zusammenzog und sie mühsam nach Luft schnappte. Sie krümmte sich unter einem Hustenanfall zusammen und ging in die Knie, nicht länger dazu in der Lage, sich auf den Beinen zu halten.

»Mutter!« Der verzweifelte Ausruf ihrer Tochter traf sie mitten ins Herz. Sie konnte die fieberhafte Hitze spüren, die von den Händen ihrer Tochter ausging, als diese sie auf sie legte. Diesmal war sie sich sicher, woher die Wärme kam. Sie konnte spüren, wie das Kind Magie aus der Umgebung zog. Die Luft um sie herum veränderte sich.

Und plötzlich hörte es auf zu regnen. Verwundert sah sie auf. *Nein,* erkannte sie. *Der Regen hat nicht gestoppt. Die Luft ist nur warm genug, um die Tropfen verdampfen zu lassen, ehe sie uns erreichen können.*

Aber die Wärme half. Es gelang ihr, sich aufzurichten und noch einmal ihre Kräfte zu mobilisieren. Sie benötigte einige Anläufe, doch schließlich stand sie wieder auf ihren Füßen. Sie blickte zu ihrer Tochter. Die hellbraunen Augen des Mädchens waren angstvoll geweitet, ihre Haut blass vor Schreck. Sie zwang sich zu einem Lächeln. Das Mädchen erwiderte es zögerlich.

»Es ist nicht mehr weit.« Sie war sich nicht sicher, ob sie zu dem Kind oder sich selbst sprach. Doch sie ergriff wieder die kleine Hand und starrte stur geradeaus, während sie erneut einen Fuß vor den anderen setzte.

Es würde noch eine Weile dauern, doch sie wollte den Ursprung des Ziehens finden. Es fühlte sich derart vertraut an. Es schien Sicherheit zu versprechen. Wenn sie nur ihre Tochter unterbringen könnte. Ein wenig Schlaf und Ruhe … Nun, es war fraglich, ob es ihr helfen würde. Doch für das Kind wäre es gut.

Sie ging erneut zu Boden. So sehr sie es auch versuchte, sie fand nicht die Kraft aufzustehen. Selbst das Flehen ihrer Tochter erreichte sie nicht. Es ging einfach nicht mehr. Ihre Kraft war aufgebraucht. Der Funke würde erlöschen. Was würde aus ihrem Kind werden?

Mayara …

Der letzte Gedanke, bevor die Dunkelheit sie sanft in die Arme schloss, galt ihrer Tochter.

Warm. Weich.

Der Geruch von Kräutern und sonnengewärmter Erde stieg ihr in die Nase.

Der Traum war seltsam. Oder war dies die andere Seite? Das Land der Göttin? Sie wollte die Augen öffnen, doch es gelang ihr nicht. Die Lider waren zu schwer. Sie versuchte, die Hand zu heben … *irgendwas* zu bewegen, um auf sich aufmerksam zu machen. Ihre Glieder nahmen den Befehl nicht wahr.

Sie spürte, wie sie mit etwas Leichtem zugedeckt wurde. Es klang wie das Rascheln von Blättern. Bedeckte man sie mit Laub?

Sie hörte das Plätschern von Wasser. Kurz darauf wurden ihre Lippen mit ein paar Tropfen des kühlen Nasses benetzt. Gierig danach versuchte sie den Mund zu öffnen. Es gelang ihr nicht. Doch einige Tropfen fanden den Weg in ihren Mund. Welch eine Wohltat. Kühl floss das Wasser ihre ausgetrocknete Kehle hinab.

Dann wurde es wieder dunkel.

Sie öffnete die Augen und schloss sie gleich wieder. Das Licht blendete sie. Neben ihr bewegte sich etwas. Mayara?

Nein. Dafür waren die Schritte zu schwer, die Hände, die sie berührten zu groß.

Angst befiel sie. Und diese brachte sie dazu, die Augen erneut zu öffnen. Langsam diesmal, damit sie sich an den Lichtschein gewöhnen konnten. Zunächst sah sie nur verschwommen. Es dauerte, bis ihre Sicht sich klärte.

Gütige, weise Augen blicken sie an. So viel Liebe … war dies die Große Mutter? Dann bewegte sich ihr Gegenüber und sie erkannte die alte Frau, die sich nun zur Seite lehnte, um nach etwas zu greifen.

»Es ist noch nicht an der Zeit, in die Schatten zu gehen, Schwester«, erklärte die Alte mit rauer Stimme. »Du wirst noch eine Weile bei uns bleiben.«

Sie wollte nach Mayara fragen. Wollte wissen, wie es ihrem süßen, liebevollen Mädchen ging. Doch ihr Mund war ausgetrocknet ebenso wie ihre Kehle. Worte zu formen schien ein unerreichbares Unterfangen zu sein.

Die Alte schien es zu bemerken. Sie half ihr, sich ein wenig aufzurichten und reichte ihr dann einen Becher mit Tee. Ob sie geahnt hatte, dass sie erwachen würde? Der Tee besaß genau die richtige Temperatur.

Wieder schien die Alte zu erraten, was in ihr vorging. »Dein Erwachen war abzusehen. Ich habe den Tee zubereitet und auf dem Ofen warm gehalten.«

Nachdem sie ein paar Schlucke genommen hatte, sank sie zurück in die Kissen. Wie erschöpfend es doch war. Doch nun musste sie die Frage stellen. »Mayara?« Weiter kam sie nicht. Ein Hustenanfall schüttelte sie.

»Dem Kind geht es gut. Wir haben nicht viel von ihr erfahren können. Ich weiß nicht, warum dein Weg dich zu mir geführt hat. Doch deine Tochter beherrscht Feuer und Luft. Es ist selten, dass ein Kind gleich zwei Gaben der Großen Mutter erhält. Und da deine Tochter gesegnet ist, vermute ich, auch du besitzt eine der Gaben?«

Sie nickte. »Erde«, murmelte sie heiser.

Das Lächeln der Alten hob ihre Runzeln nur noch mehr hervor. »Die Meine ist Wasser. Sind wir nicht gesegnet, alle vier Gaben unter einem Dach zu finden? Sei Willkommen in meinem Heim, Schwester. Mein Name ist Aiga. Ich wache über den magischen Ort hier.«

»Dilar«, erwiderte sie knapp.

»Was führt dich her, Schwester?«

»Jäger.«

Das Gesicht der Alten wurde blass. »Ihr habt sie gesehen?« Ein Nicken. Aiga senkte den Blick. »Ich habe die Gerüchte nicht glauben wollen.« Nun sah sie Dilar in die Augen. »Ihr seid vor ihnen geflohen?« Wieder ein Nicken und Aiga lächelte verstehend. »Dann heiße ich euch – dich und deine Tochter – erneut in meinem Heim willkommen. Soll es von nun an auch euer Heim sein und uns allen Schutz, Behaglichkeit und die Liebe einer Familie geben.«

Stumm starrten sich die beiden Frauen an. Dilar verspürte reine Dankbarkeit. Einen Platz für sie und Mayara. Ein Ort, den sie ihr zu Hause nennen konnten. Eine neue Freundin.

Schließlich seufzte Aiga. »Ich hoffe, du hast keine all zu große Angst, vor den Feen aus der Anderswelt. Denn ich lebe hier, um den

Durchgang zu bewachen. Wann immer sie in unsere Welt kommen, reisen sie über dieses Land.«

Dilar war nicht fähig, etwas zu sagen. Doch für die Aussicht auf Gemeinschaft statt Einsamkeit, würde sie auch die Anwesenheit der Feen in Kauf nehmen.

Der Dorfbesuch

utter! Mutter, schau doch mal«, rief Mayara und winkte ihr aufgeregt zu. Das Mädchen stand auf einem Stück umgegrabener Erde und half Aiga dabei, Samen einzupflanzen.

Dilar hatte mit Hilfe ihrer Magie das kleine Stück Land umgegraben. Seit der Nacht vor zwei Jahren, in der sie ihren Weg zu Aigas Land gefunden hatten, erschöpfte Dilar schnell. Es ging ihr besser, doch die Krankheit hatte sie nie vollständig verlassen.

»Mutter!« Der Vorwurf, der nun in der Stimme ihrer Tochter mitschwang, brachte Dilar zum Lächeln. Wenn dies alles war, was ihr Kind aufregte, ging es ihnen gut.

Sie hob die Hand, um ihre Augen damit vor der Sonne zu schützen. »Ich seh dich ja, Kind«, rief sie zurück. »Aber du sollst die Samen in die Erde legen. Sieh zu, wie Aiga es macht.«

Mayara folgte der Anweisung. Dilar beobachtete sie glücklich. Ihre Freude wurde einzig dadurch getrübt, dass sie nicht dazu in der Lage war, ihnen zu helfen. Das Wetter war winterlich und zehrte an ihren Kräften.

Sie hätte ihre Gabe vielleicht nicht nutzen sollen, dann wäre sie jetzt nicht derart entkräftet. Doch sie wollte ihren Anteil der Arbeit erledigen. Und ihr Element war nun einmal die Erde. Sie lockerte sie und reicherte sie an, damit sie genug Ernteertrag haben würden. Ausreichend, dass sie auch im nächsten Winter nicht hungern mussten.

Sie erhob sich von der Bank und ging entschlossen ins Haus. Wenn sie schon nicht in der Lage dazu war, zu helfen das Saatgut auszubringen, könnte sie wenigstens für einen kräftigen Eintopf sorgen. Sie konnte außerdem einen Tee kochen. Mayara und Aiga würden sich freuen, wenn sie nach getaner Arbeit gleich etwas zu essen vorfanden.

Dilar durchstöberte die Vorratskisten. Als sie in der Küche nicht genug fand, betrat sie den Vorratsraum. Er war nicht groß und inzwischen auch nicht mehr gut gefüllt. Zu Beginn des Winters war er voll gewesen.

Sie nahm einige Kartoffeln aus der Kiste, griff sich Stängel der getrockneten Kräuter und ein Glas des eingelegten Gemüses. Dilar seufzte. Gerne würde sie auch Fleisch in den Eintopf tun. Doch ihre Mittel waren knapp und ihre Fähigkeiten für die Jagd mangelhaft. Wenn sie versuchten, etwas Fleisch im Dorf zu erstehen, berechnete man ihnen das doppelte des normalen Preises. Dafür zahlte man ihnen nur die Hälfte des Wertes von den Dingen, die sie verkauften.

Es war nicht einfach, doch es war sicher. Das Land war geschützt und Mayara durfte unbeschwert aufwachsen. Von den Schwierigkeiten, die sie manchmal mit den Dorfbewohnern hatten, wusste das Mädchen nicht. Mit sieben Jahren war sie einfach zu jung um mit solchen Dingen konfrontiert zu werden.

Sie ging in die Küche und begann die Dinge zurechtzulegen, die sie benötigte. Es war eine klägliche Auswahl. Doch es würde reichen, wenn sie den Eintopf zusammen mit dem Brot aßen, das Aiga heute Morgen gebacken hatte.

Dilar dachte nach. Sie könnte ihre Freundin bitten ihre Gabe zu nutzen, um einige Fische aus dem Fluss zu ihnen zu locken. Es würde den Eintopf ergänzen. Dann entschied sie sich dagegen. Sie sollte in aller Ruhe das Saatgut ausbringen. Um die Fische könnte man sich später immer noch kümmern.

Still ihren Gedanken folgend, begann sie mit ihrer Arbeit.

»Es wird Zeit, mal wieder das Dorf aufzusuchen«, sagte Aiga, während sie sich satt in ihrem Stuhl zurücklehnte.

»Ich weiß«, bestätigte Dilar betrübt. Die Dorfbesuche waren immer sehr unangenehm, mussten jedoch gemacht werden. »Ich werde morgen dort hingehen. Uns geht das Salz aus und Vache hat letztes Mal einige Tränke geordert. Sie will uns vier Kupfer pro Flasche zahlen.«

Aiga stieß ein abwertendes Zischen aus. »Dann rechne lieber mit zwei Kupfer pro Flasche. Sie wird einen Weg finden. Das tut sie immer.«

Dilar warf ihrer Freundin einen mahnenden Blick zu. Mayara sollte von all dem nichts mitbekommen. Doch sie musste zugeben, Aiga hatte recht. Vache stammte von einem Stamm der Hexen ab. Ihre Magie war verwaschen, doch sie besaß gerade genug davon, um jemanden damit Schaden zu können.

»Darf ich mitkommen?«, fragte Mayara.

»Nein, du bist noch zu jung. Wenn du größer bist, werde ich dich mitnehmen«, antwortete Dilar. Es blieb ihr nichts anderes übrig. Aiga war zu alt, um den Handkarren den ganzen Weg in die Stadt zu ziehen und ein Pferd besaßen sie nicht. Doch wenn sie zukünftig ihre Waren auf dem wöchentlichen Markt anbieten wollten, benötigte Dilar Hilfe. Einer der Gründe, wieso sie es in diesem Jahr noch nicht taten. Und auch im nächstem nicht. Aiga war zu alt und sie selbst war durch ihre Erkrankung geschwächt.

»Bitte?«, bettelte Mayara nun, in einem neuerlichen Versuch.

»Du kannst morgen mit mir zum Fluss gehen. Wir werden ein paar Fische fangen und eine Menge Spaß haben«, versprach Aiga dem Mädchen.

Als die Kleine zu strahlen begann und aufgeregt erklärte, was sie alles machen wollte, schenkte Dilar ihrer Freundin einen dankbaren Blick. Es wurde von mal zu mal schwerer, Mayara davon abzuhalten, sie zu begleiten. Doch so lange ihre Tochter nicht auf die Idee kam, sich heimlich und alleine auf den Weg dorthin zu machen, würde schon alles gut gehen. Und wenn sie oder Aiga sie mal aus den Augen verloren, halfen ihnen die Wesen des Kleinen Volkes – eine Unterart der Feen – die auf ihrem Land lebten. Sie achteten aufeinander. Während Aiga oder Dilar ihnen regelmäßig Beeren oder Milch auf die Türschwelle stellten, half das Kleine Volk ihnen, indem sie Kleinigkeiten im Haus erledigten oder die Tiere im Stall versorgten. Einige von ihnen schienen auch im Stall zu leben, doch da war Dilar sich nicht sicher.

Doch sie war dankbar sich nicht jeden Tag um die fünf Hühner und die Ziege sowie die beiden Schafe, kümmern zu müssen. Wenn die Wesen des Kleinen Volkes die Stallarbeit erledigten, nahmen sie ihren Anteil des Ertrags gleich mit. Dies konnte Heu sein, etwas Ziegenmilch oder Wolle. Sie waren wählerisch, zahlten die Dinge, die sie erhielten, jedoch gerne zurück. Und wenn man ihre Freundschaft erlangte, von der Dilar hoffte, sie teilten sie miteinander, konnte man sich immer auf sie verlassen. Sie schützten das Land, auf dem sie lebten. Da die drei Frauen, die die Hütte bewohnten, dies ebenfalls taten, beschützte das Kleine Volk auch sie.

Nur bei ihrem Besuch im Dorf morgen, würde sie auf sich allein gestellt sein. Denn sobald sie Meadowcove verließ, das Land über das Aiga und nun auch sie wachten, würde sie das Kleine Volk und jeglichen Zauber der sie und das Land schützte zurücklassen.

Dilar seufzte und betrat dann den kleinen Laden, den Vache leitete. Hier bot sie ihre Waren feil und hier suchten jene Bewohner Hilfe, die einige ganz spezielle Wünsche hatten. Dilar mochte die Atmosphäre des Ladens nicht. Was wahrscheinlich nicht der Laden schuld war. Natürlich war er es nicht schuld. Doch Vaches Magie – so schwach sie auch war – hing überall schwer in der Luft.

Wenn sie aber genug Kupfer verdienen wollten, um die Kleinigkeiten zu kaufen, die sie nicht selbst herstellen oder ernten konnten, mussten sie sich mit der Frau auseinandersetzen. Es gab keine andere Möglichkeit, da es kaum einen Dorfbewohner gab, der von ihnen etwas kaufen wollte. Vache gab die Tränke, Kräutermischungen und Salben, die sie ihnen abkaufte, als ihre eigenen aus. Dilar vermutete, dass die Frau noch ein wenig an der Mixtur änderte, um es wirklich ihres nennen zu können ohne ein schlechtes Gewissen zu haben. Doch Beweise dafür gab es keine.

Das Dorf Tolham beherbergte nur ein paar hundert Einwohner und einige wenige Farmen, die Freiherrn, Baron Avidus unterstanden. Ihm gehörte beinahe alles, bis auf das Land von Meadowcove und eine der Farmen. Der Hof des alten Koira hatte einmal zum

Land von Meadowcove gehört. Vor etlichen Jahren hatte Aigas Mutter dieses Stück Land an Koira abgetreten. Warum, wusste Aiga nicht zu sagen. Doch es bestand eine, wenn auch nicht intensive, Freundschaft zwischen dem Mann und Aiga. Wenn es etwas am Haus zu reparieren gab, bot er sich an und verlange als Bezahlung lediglich einen Kanten Brot oder eine Kräutermischung, die er morgens als Tee zum Frühstück trank. Er war einer der wenigen, die sie fair behandelten.

Es gelang Dilar nur schwer, sich aus ihren Gedanken zu befreien und schließlich zu Vache an den Tresen zu treten, die sie bereits erwartungsvoll musterte. Dilar zwang sich zu einem Lächeln und stellte den Weidenkorb auf den Tisch.

»Dilar. Schön, dass du da bist«, sagte Vache in einem Ton, der genau das Gegenteil besagte.

Doch Dilar verlor ihr Lächeln nicht. »Sei gesegnet, Vache.«

»Was hast du mir mitgebracht?«

Dilar begann den Weidenkorb zu entpacken, während Vache gleich dazu überging, die mitgebrachten Sachen zu untersuchen. Es dauerte eine Weile und Dilar wartete geduldig. Es fiel ihr schwer, doch wenn sie nun auf einen Preis drängte, dann verkaufte sie heute gar nichts.

Vielleicht sollte sie sich das nächste Mal auf den Weg in eine größere Stadt machen. Dort könnte sie ihre Waren womöglich zu einem fairen Preis veräußern. Doch sie wollte Aiga und Mayara nicht derart lang alleine lassen.

»Schön. Scheint alles in Ordnung zu sein«, erklärte Vache nach einer Weile. »Ich werde dir ein Kupfer pro Stück geben.«

Dilar japste nach Luft. Dann besann sie sich und schluckte ihre Wut. »Abgemacht waren aber vier Kupfer.«

Das Lächeln, welches Vache ihr nun zuwarf, war eine Spur zu scharf, um noch freundlich zu wirken. »Dies war jedoch, bevor mich Beschwerden erreicht haben. Eure Tränke und Salben wirken nicht immer, wie sie sollen. Viele brachten die Sachen zurück und verlangten eine Entschädigung.«

Jede der Salben und Tränke war wirkungsvoll, bevor du deine Finger darauf gelegt hast, dachte Dilar. Dann seufzte sie und begann die mitgebrachten Sachen wieder einzupacken. »Für diesen Preis werde ich sie nicht verkaufen. Dann fahre ich lieber in die nächste Stadt oder kippe sie in den Abort.«

Sie sah es in Vaches Augen. Das listige Aufblitzen von Wut. Dann hob sie die Hand. »Gut. Anderthalb Kupfer.«

Dilar sah sie an. »Drei.« Sie wollte wenigstens die zwei Kupfer bekommen, mit denen sie gerechnet hatte.

»Zwei. Und das ist mein letztes Wort.«

Dilar seufzte. Wenn sie sie nun nicht verkaufte, würde sie nichts zu Essen kaufen können. »Also gut, dann zwei und nicht eine Münze weniger.« Es sollte für Salz und etwas Trockenfleisch reichen. Vielleicht ein wenig Hartkäse. Sie mussten sich an Dinge halten, die länger haltbar waren.

Vache zahlte ihr die Münzen und Dilar zählte sie nach. Es war besser, sicher zu gehen. Als sie sicher war, den Betrag erhalten zu haben, der vereinbart gewesen war, verließ sie den kleinen Laden wieder.

Draußen atmete sie erst einmal tief durch. Sie versuchte die schwere Magie aus dem Laden abzuschütteln. Als sie den Blick hob, bemerkte sie den Mann, der sie anzustarren schien.

Unsicher werdend, schenkte Dilar ihm ein zögerliches Lächeln. »Sei dein Tag gesegnet«, sagte sie und ging dann davon. Während sie sich auf dem Weg zum Händler machte, konnte sie die Blicke des Fremden in ihrem Rücken spüren. Das Kribbeln, das sich von dort aus über ihren gesamten Körper auszubreiten schien, signalisierte Gefahr.

Der Abschied

Auf dem Heimweg begegnet Dilar dem Fremden erneut. Sie sah ihn nur von Weitem, doch sie erkannte ihn an dem schwarzen Umhang. Die Farbe war derart untypisch – selbst für den Adel, der hier lebte –, dass er gleich ins Auge stach. Wieder war da die Warnung vor Gefahr.

Der Fremde war nicht aus der Gegend, sonst wäre er ihr in den letzten zwei Jahren schon einmal begegnet. Ein Besucher vielleicht? Es war … möglich. Eventuell ein entfernter Verwandter von Baron Avidus? Oder ein Freund? Von dem Blick, den sie auf die Kleidung hatte erhaschen können, wusste sie, wie hochwertig der Stoff war. Auch wenn der Schnitt der einzelnen Komponenten einfach gehalten worden war.

Sie hielt mitten im Schritt inne. Ihr war diese Art von Kleidung schon einmal begegnet. Nun, als sie realisierte wo, fiel es ihr schwer, zu atmen. *Hexenjäger,* schallte es in ihrem Kopf.

Sie brauchte ein wenig, bis es ihr gelang, die Kontrolle über ihren angsterstarrten Körper zurückzugewinnen. Dann setzte sie ihren Weg fort. Sie musste sich beeilen! Musste zurück nach Maedowcove! Mayara … sie durfte nicht in Gefahr geraten!

Würde der Schutz über dem Land reichen, um die Hexenjäger fernzuhalten? Was wäre, wenn nicht?

Nun, wo sie einmal in Bewegung war, ging sie so schnell sie konnte. Sie wollte zu ihrer Tochter. Wollte … Sicherheit.

Er hatte sie gesehen. Sie war sich sicher, er wusste, wer sie war. *Was* sie war. Wusste er auch von Aiga und Mayara? Wie konnte sie sie schützen? Gab es überhaupt eine Möglichkeit, um sie zu vor unheil zu bewahren? Und Aiga? Sie hatte dermaßen viel für sie getan. Ihnen ein zu Hause gegeben, als sie nicht wussten wohin. Sie war ihr eine gute Freundin und Mayara eine gute Lehrerin.

Da kam ihr ein Gedanke. Würde der Hexenjäger hier verweilen, wenn er sah, wie sie die Stadt verließ? Oder würde er ihr folgen? Wenn er ihr folgte ... sie könnte ihn in einen Hinterhalt locken.

Die Magie, die sie dafür nutzen musste, würde ihr den letzten Rest ihrer Lebenskraft rauben, doch wenigstens wäre ihre Tochter weiterhin sicher. Ihr Herz raste und ihr wurde für einen Augenblick schwarz vor Augen. Als sich ihre Sicht wieder klärte, war die Entscheidung gefallen.

Die Schutzzauber, die sie über ihre Hütte gelegen hatten, bevor sie vor ihnen davonliefen, waren nicht genug gewesen, um die Hexenjäger fernzuhalten. Sie waren durch sie hindurchgegangen, als wären sie gar nicht vorhanden. Deswegen musste sie davon ausgehen, dass auch die Zauber über Maedowcove nicht reichten. Um ihre Tochter zu schützen, musste sie zu einer List greifen.

Große Mutter, lass mich die richtige Entscheidung getroffen haben, dachte sie, während sie endlich die Grenze zwischen Tolham und Meadowcove erreichte.

»Es gibt keinen anderen Weg? Bist du dir sicher?«, erkundigte Aiga sich, während sie beide vor dem behaglichen Kaminfeuer saßen.

Trotz der Wärme der Flammen, fror Dilar immerzu. Doch sie nickte und versuchte entschlossen zu wirken. »Es gibt keinen anderen Weg. Aiga, gute Freundin. Du weißt ebenso gut wie ich, dass meine Tage, an einer Hand abzuzählen sind. Ich werde von Jahr zu Jahr schwächer und jedes Nutzen von Magie fordert einen immer größeren Tribut. Du hast mir ein Heim gegeben und du warst mir jeden Tag eine wunderbare Freundin. Nun ist es an der Zeit, meinen Teil der Arbeit zu tun.«

Aiga schüttelte den Kopf. »Das ist ein zu großes Opfer.«

»Ist es nicht, wenn Mayara dafür in Sicherheit ist. Wenn du dafür in Sicherheit bist. Wenn der Jäger mich fortgehen sieht, wird er mir folgen. Wenn ich ihn – fern von Tolham und Maedowcove – ausschalten kann, wird niemand seinen Blick auf euch richten.« Sie seufzte zitternd. »Eine Bitte habe ich noch. Lehre Mayara, was du kannst. Sei ihr eine ebenso gute Freundin, wie du es mir gewesen bist.«

»Ich werde sie aufziehen, als wäre sie die Meine«, versprach Aiga feierlich.

Erst jetzt konnte Dilar sich ein wenig entspannen. Doch die Angst schwand nicht. Sie würde heute Nacht keinen Schlaf finden. Das wusste sie, doch wenn Aiga und sie alles geklärt hatten, würde sie sich zu ihrer Tochter legen. Sie wollte ihrem Kind ein letztes Mal nahe sein.

Konzentriert und im Feuerschein des Kamins im Wohnraum, entwarfen die Frauen den Plan, der dazu dienen sollte, einen Hexenjäger zu töten.

Das Zwitschern der Vögel ließ sie erwachen. Dilar regte sich und zog Mayara enger an sich. Dann lächelte sie matt. Sie war tatsächlich eingeschlafen.

Vielleicht war dies gar nicht schlecht. Sie konnte jedes bisschen Energie gebrauchen, wenn sie sich heute auf ihre Reise machte.

Mayara regte sich neben ihr und blickte sie aus den hellbraunen Augen an. Sie wirkten wir flüssiger Bernstein, wenn die Sonne auf sie schien.

Dilar lächelte und gab ihr einen Kuss auf die Nasenspitze. »Guten Morgen, mein Schatz. Hast du gut geschlafen?«

»Mutter? Warum hast du hier geschlafen?«

»Stört es dich?«

Schnell schüttelte Mayara den Kopf. »Nein. Aber du hast das noch nie gemacht.«

Sieben Jahre alt, und derart aufmerksam. »Mir war einfach danach.«

»Ich mag es, wenn du das machst. Wir sollten das öfter machen.«

Dilar lächelte traurig. Dann küsste sie schnell den rötlichen Haarschopf ihrer Tochter und atmete deren Duft ein. Winterabende am Kamin gepaart mit einer sommerlichen Brise. Wie würde sie diesen Geruch vermissen. Er machte ihre Tochter unvergleichlich. Mal davon abgesehen, dass es nur selten Hexen gab, die mit zwei Gaben gesegnet waren, so war die Gabe der Luft jene, die nur sehr wenige Hexen erhielten. Hexen, die über die Luft herrschten, standen unter dem ganz besonderen Schutz der Großen Mutter. Hoffentlich bewahrte dieser Schutz sie auch vor den kalten Blicken der Hexenjäger.

Es fiel ihr schwer, sich von ihrer Tochter zu lösen, doch schließlich gelang es ihr. Sie zwang sich zu einem munteren Lächeln. »Lass uns aufstehen. Die Vögel sind wach, also sollten auch wir auf den Beinen sein.«

Behände sprang das Mädchen aus dem Bett und eilte aus dem Raum. Verwundert sah Dilar ihr hinterher. Ihre Verwirrung löste sich jedoch, sobald ihre Tochter wieder in das Zimmer kam – mit ihrem Morgenmantel in der Hand.

»Aiga sagt, du musst dich warm halten«, erklärte Mayara und hielt ihrer Mutter den Morgenrock hin.

»Danke«, sagte Dilar lächelnd und nahm ihn entgegen.

Sie zog ihn über, mehr um ihrer Tochter einen Gefallen zu tun, denn die Kälte in ihrem Inneren konnte nichts vertreiben, und stand dann auf. Gemeinsam verließen sie das Schlafzimmer ihrer Tochter.

»Warum musst du wieder weg?« Mayara klang weinerlich, doch Dilar zwang sich darüber hinwegzusehen.

»Weil es sein muss. Ich habe noch einige Geschäfte zu erledigen.« Es war eine Lüge. Sie wusste es und Aiga wusste es auch. Es war vielleicht nicht fair es ihrer Freundin zu überlassen, ihre Tochter aufzuklären, wohin sie wirklich ging, doch sie wollte die letzten Minuten nicht mit dem eindringlichen Flehen verbringen.

Sie wechselte einen Blick mit ihrer Freundin und sah dann wieder ihre Tochter an. »Du wirst brav sein und immer darauf hören, was Aiga dir sagt.«

»Ja«, antwortete das Mädchen gehorsam. Ihr Mädchen. Ihre Tochter. Ihr Herz ... ja, ihr Herz würde sie hierlassen.

Sie ging vor Mayara in die Hocke und zog sie in die Arme. Ein letztes Mal sog sie den köstlichen Duft ein. Dann löste sie sich beinahe abrupt von dem Kind.

»Mach es gut, meine Kleine. Pass auf dich auf.« Sie küsste Mayara auf die Stirn und wandte sich Aiga zu. »Danke für alles.« Einfache Worte, aber viel mehr gab es nicht zu sagen.

»Möge die Große Mutter dich Schützen, meine Freundin.«

Sie umarmten sich. Dann warf Dilar einen letzten Blick auf das Land, das seit zwei Jahren ihre Heimat gewesen war. Ein trauriges Lächeln umspielte ihre Lippen. Sie würde es vermissen. Doch sie war auch dankbar dafür, hier gelebt zu haben.

Ein letzter tiefer Atemzug, dann straffte sie die Schultern und drehte dem Land und den beiden Menschen, die ihr das wichtigste auf der Welt waren, den Rücken zu und machte sich auf den Weg.

Die Anderswelt

handra seufzte und sah sich suchend im Garten um. Wo war ihr Bruder nur? Seit Tagen schon verbreitete er schlechte Laune. Er wirkte schon seit längerem unzufrieden, doch seit dem Besuch einiger Ladys, schien seine Wut zu dicht unter der Oberfläche zu schwelen.

Sie ging die wenigen Steinstufen hinab und steuerte zielsicher auf den Familienbereich des Gartens zu. In diese Nische zog er sich in letzter Zeit oft zurück. *Wieso sucht er die Einsamkeit?*

Seit seiner Ernennung zum Herren der Sonne, sollte er zufrieden sein. Jede Lady verzehrte sich nach ihm. Er musste lediglich die Einladungen in ihr Bett annehmen.

Sie waren schon immer unterschiedlich gewesen. Ihr blonder Bruder, der eigentlich vor Wärme und Mitgefühl glühte und sie. Sie war immer schon pragmatisch gewesen. Mit ihrem schwarzen Haar und den dunkelblauen Augen, war sie das genaue Gegenteil von ihm.

So auch ihre Positionen in der Anderswelt. Während ihr Bruder der Herr der Sonne und des Feuers war, der Lichtbringer, war sie die Herrin des Mondes und der Nacht. Die Jägerin. Wann immer der Mond voll am Himmel stand, brach sie zu der Wilden Jagd auf. Ein Fest zu ehren der Großen Mutter.

Sie waren es, die den Rest der Feen leiteten. Alle Herren und Herrinen waren ihnen untergeordnet. Vielleicht bis auf jene, die dem Tod dienten. Ihnen wagte noch nicht einmal Chandra, etwas zu befehlen.

Sie erreichte die Nische und erblickte ihren Bruder. »Hier bist du«, sagte sie und ging auf ihn zu.

Er blickte auf. Die heiße Wut in seinem Blick ließ ihren Schritt kurz ins Stocken geraten. Er betrachtete sie stumm.

Chandra fühlte Unbehagen in sich aufsteigen. »Warum bist du hier, Bruder?«

»Wo sollte ich sonst sein?« Seine Stimme stand im absoluten Kontrast zu dem Ärger in seinem Blick. Er war kalt und unnahbar. Noch nie hatte Chandra ihn auf diese Weise erlebt.

»Nun, vielleicht im Haus. Eine unserer weiblichen Gäste genießen.«

Die Wut in seinem Blick nahm zu. Hier lag also das Problem. Doch unter der Wut konnte Chandra noch etwas anderes entdecken. Verzweiflung. Hoffnungslosigkeit.

Sie setzte sich neben ihn und betrachtete ihn von der Seite. »Willst du mir sagen, was los ist?«

»Es würde nichts ändern.«

»Warum?«

»Weil ich bin, wer ich bin.«

Chandra dachte darüber nach. Er war ihr Bruder. Der Lichtbringer. Der Herr der Sonne. Was davon war das Problem?

»Die Damen ...«

»Interessieren mich nicht.«

Nun, das war neu. Früher war ihr Bruder nie abgeneigt gewesen, einer der Damen das Bett zu wärmen. *Aber das war vor seiner Ernennung zum Lichtbringer gewesen,* flüsterte eine Stimme in ihr.

»Red mit mir. Warum willst du die Freuden nicht genießen, die sie dir bieten?«

»Weil sie nicht mich wollen«, erklärte er bitter. »Sie wollen den Lichtbringer. Sie wollen ... Prestige.«

Chandra stutzte. War es verwerflich, wenn eine Frau einen Mann in ihr Bett einlud, der ihrem Kind die bestmöglichen Anlagen mitgab? Eine Frau musste wählerisch sein, wenn sie sich die Männer aussuchte, mit denen sie das Bett teilte. Wenn ein Kind aus einer Vereinigung hervorging ...

»Ich versteh es nicht«, gab sie nach einer Weile zu.

Sein Lächeln war zynisch und bitter. »Ich weiß. Du bist eine Frau. Wie sollst du es also auch verstehen?«

Nun bemerkte sie die Wut in sich. »Dann erkläre es mir«, forderte sie ungeduldig.

Er sah auf und blickte ihr in die Augen. Dann seufzte er. »Seit ich der Lichtbringer bin, will mich keine der Frauen mehr um meinetwillen in ihrem Bett haben. Sie wollen mich, weil ich den höchsten Titel der gesamten Anderswelt trage. Am Anfang machte mir das nichts aus, doch inzwischen …«

»Willst du jemanden, der dich sieht. Nicht deinen Titel«, beendete Chandra den Satz für ihren Bruder. Nun verstand sie es. Doch insgeheim fragte sie sich, wann ihr Bruder derart empfindlich geworden war. Sie lächelte traurig. Hier konnte sie ihm nicht helfen. Sie war seine Schwester und er ihr Bruder. Für sie war er nicht der Lichtbringer. Doch sie konnte ihm nur die Schwester sein. Keine Geliebte – und es schien die Geliebte zu sein, die er sich wünschte.

Sie griff nach seiner Hand und drückte sie aufmunternd. »Vielleicht solltest du für eine Weile eine der anderen hohen Familien aufsuchen. Dann kommst du womöglich auf andere Gedanken und findest Ablenkung.«

Wieder lachte er verbittert. »Vor allem werde ich eine Menge Frauen finden, die mich in ihr Bett einladen«, murmelte er.

Chandra stand auf, da sie die Sinnlosigkeit ihres Tuns erkannte. Im Augenblick wollte ihr Bruder nur über sein Elend grübeln. Sie musste ihm Zeit geben. Zeit, damit er wieder zu sich selbst finden konnte.

Sie verließ den Garten und ging langsam zurück zum Haus, während sie ihre Gedanken treiben ließ. Vielleicht fand sie eine Lösung, um die Stimmung ihres Bruders zu heben. Sie würde den Herren der Barden und die Herrin der Musen einladen. Sie konnten ihr eventuell helfen.

Der Tod

Der Tod flüsterte. Isra zügelte ihre schwarze Stute und lauschte. Er war nicht fern. Jemand würde sterben.

Auch ihr Pferd schien zu lauschen. Ob die Stute die gleichen Dinge wahrnahm, wie sie?

Sie seufzte und tätschelte dem Pferd den Hals. »Komm, lass uns unsere Arbeit tun«, sagte sie sanft. Ohne dass sie sonst etwas tun musste, ritt die Stute weiter. Isra folgte dem Flüstern der Sterbenden.

Sie ritt durch die Schatten, um ihr Ziel schneller zu erreichen. Sie war noch nicht oft in der menschlichen Welt unterwegs gewesen. Es schockierte sie jedoch, wie viele Seelen nicht in das Land der Göttin gegangen waren und stattdessen als ruhelose Geister umherstreiften. Einige Orte wurden von ihresgleichen – den Schnittern – gemieden. Hinter einigen gab es traurige Lieder von Schlachten und Verrat. An anderen Orten hatte ein törichter Verstand versucht, den Tod zu umgehen. Der Tod war unumgänglich. Für jedes Lebewesen. Es war nicht ihre Aufgabe, jemanden zu töten. Es war ihre Pflicht die Seelen zu sammeln und in das Land der Großen Göttin zu führen. Die andere Seite des Schattenschleiers, wo die Seelen Frieden fanden, bis sie bereit waren, eine weitere Reise im Reich der Lebenden zu beginnen.

Isra gelangte an eine Weggabelung und sah sich um. Das Flüstern war nah. Suchend blickte sie über das Land, ließ die Stute alleine den Weg finden.

Dann erblickte sie die Frau. Sie stand stumm am Rande des Weges und sah ihr entgegen. Ihre durchscheinende Gestalt verriet ihr, dass sie bereits auf sie wartete.

Isra zügelte die Stute und stieg ab. Schatten legten sich über ihre Züge. Sie strich sich eine Strähne des schwarzen Haares aus dem Gesicht und ging auf die Seele zu, die ruhig und zufrieden schien.

»Du bist gekommen, um mich zu holen?«, fragte die Frau, als Isra endlich vor ihr stand.

Die Schnitterin lächelte und hielt ihr die Hand entgegen. »Ich werde dich zum Schattenschleier bringen. Wie ist dein Name?« Sie stellte diese Frage nicht oft, doch etwas an dieser Frau erschien … anders.

»Dilar.« Die Frau zögerte. »Werde ich meine Mutter auf der anderen Seite treffen? Meinen Mann?«

»Sie werden dort auf dich warten«, versprach Isra.

Glücklich lächelnd ergriff die Frau ihre Hand. Sie war zu jung. Gezeichnet, ja. Der Körper, der am Boden lag, wirkte ausgemergelt, wie nach einer langen Krankheit. Doch nicht genug, um sie bereits zu benötigen. Und sie wirkte … zufrieden.

»Du bist mit dir im Reinen?«, fragte Isra, da sie nicht wusste, wie sie ihre Gedanken sonst in Worte fassen sollte.

»Meine Mayara ist sicher. Ich bin mit mir im Reinen, Schnitter«, antwortete Dilar.

Isra nickte und rief den Schattenschleier herbei. Sie fragte sich, was die Frau wohl erblickte. Jede Seele schien etwas anderes zu sehen. Einige gingen frohen Herzens und glücklich durch den Schleier. Andere schienen mit all ihren Sünden konfrontiert zu werden. Die Göttin war gütig, doch sie konnte auch grausam sein.

Doch Dilar schien frohen Herzens auf den Schleier zuzugehen. Isra wartete, bis die Seele verschwunden war. Dann erst ging sie zurück zu der Stute.

Erst als sie aufsteigen wollte, fiel ihr die andere Seele auf. Es war nicht verwunderlich, das sie sich vor ihr versteckte. Sie zögerte. Es gab Seelen, die sich weigerten, durch den Schleier zu gehen. Jene Seelen wurden zu Geistern. Wie stand es mit dieser hier? Würde sie ihr zum Schattenschleier folgen?

Langsam ging sie auf die Seele zu. Der Mann lief weg.

Isra folgte ihm ein Stück in den Wald hinein, der den Wegrand säumte. Dann fand sie den Körper.

Magie hing in der Luft. Der Körper des Mannes war halb unter der Erde begraben worden. Der Boden schien leicht zu vibrieren, wie ein Nachhall von dem, was hier geschehen sein musste. Isra konnte es nicht mit Bestimmtheit sagen, doch sie vermutete, die Frau war eine Hexe gewesen.

Sie betrachtete die aufgewühlte Erde. Ein Riss zog sich unter dem Mann hindurch. Nicht groß, doch deutlich sichtbar. Um den Fuß des Mannes war eine Baumwurzel gewickelt.

Isra erschauderte. Was konnte ein Mann tun, um eine Hexe derart zu verärgern? Sie wusste, dass die Hexen nicht immer sanft waren, aber normalerweise fügten sie niemandem Schaden zu.

Meine Mayara ist sicher. Ich bin mit mir im Reinen, Schnitter.

Die Worte Dilars kamen ihr wieder in den Sinn. Hatte der Mann dieser Mayara etwas angetan? Wenn es *ihre* war, um wen handelte es sich? Eine Schwester? Eine Tochter? Eine Geliebte?

Wenn es jemand war, der ihr nahegestanden hatte und der Mann ihr hatte schaden wollen …

Das Bild, das sich Isra bot, wirkte mit einem Mal sehr viel weniger beklemmend. Sie ließ die Seele des Mannes sein, wo sie war, und ging zurück zu ihrem Pferd.

Der Erntemond

Uff«, entfuhr es Mayara, als sie den schweren Korb auf den Tisch stellte. Sie strich sich mit dem Unterarm über die Stirn und strecke sich kurz, als hinter ihr ein Geräusch ertönte.

Aiga betrat die Küche des kleinen Hauses. Auch sie trug einen Korb bei sich. Doch ihrer war – im Gegensatz zu Mayaras mit Kartoffeln gefüllten Korb – mit Äpfeln beladen. Mayara warf einen Blick hinein und lächelte.

»So viele Äpfel. Ich freue mich jetzt schon auf die Dinge, die wir daraus machen können.« Sie freute sich auf die Abende, wenn es richtig kalt wurde und sie gemeinsam mit Aiga mit einer Tasse Apfelminz Tee vor dem Kamin saß. Vielleicht durfte sie dieses Jahr auch etwas von dem Apfelwein probieren. Das meiste davon verkauften sie, doch einige wenige Flaschen hielt Aiga immer zurück, für besondere Anlässe. »Apfelmus, Apfelkuchen, Apfelessig und oh, wir können Apfelsaft machen«, murmelte Mayara vor sich hin.

Aiga musste lachen. »Maya, Kind. Du bist wieder zu übereifrig. Erst müssen wir die Ernte einbringen. Dann können wir überlegen, was wir damit machen.«

»Ich weiß, ich weiß. Aber es wirkt im Augenblick alles so reichhaltig und unendlich viel.«

»Der Winter ist lang. Wir werden es brauchen.«

Mayara wurde ernst. »Ich weiß.«

Die ältere Frau trat neben sie und strich ihr über das rote Haar. Dann blieb die raue Hand auf Mayaras Wange liegen. »Einiges davon werden wir verkaufen. Wir brauchen genug Mehl, um über den Winter zu kommen. Und ich spreche hier von dem weißen Mehl, nicht das Maismehl, das wir selber herstellen.« Sie seufzte und trat einen Schritt zurück. »Nun komm, lass uns weiter machen. Wir haben noch viel zu tun. Wenn du die Kartoffeln geerntet hast, können wir in den Wald gehen, um Beeren und Kräuter zu sammeln.«

Mayara nickte beflissen und griff wieder nach dem Korb. Sie ging als erstes in den Vorratsraum. Der Raum war um einiges kälter als der Rest des Hauses. Sie füllte die Kartoffeln in die große Holzkiste, der dafür vorgesehen war und ging, mit dem leeren Korb in der Hand, wieder hinaus, warf jedoch noch einmal einen Blick zurück.

Die Regale waren inzwischen gut gefüllt. In einer dunklen Ecke standen Gläser mit Honig und einige Flaschen des Honigweines, den Aiga jedes Jahr ansetzte. Dieses Jahr hatte Mayara ihr das erste Mal helfen dürfen. Mit zwölf, so hatte die ältere Frau gemeint, sei sie endlich alt genug.

Das teilweise schon eingekochte Gemüse stand ordentlich gestapelt auf den Regalen. Darunter befanden sich große Bottiche, in denen sie die Dinge lagerten, die sie nicht einkochten oder trockneten. In ein paar Wochen konnten sie noch Kürbisse ernten. Diese waren die letzten Dinge, die sie in ihrem Garten ernteten. Eigenen Weizen bauten sie nicht an. Obwohl Mayara wusste, wie sehr Aiga das Weizenmehl bevorzugte. Einige Gemüsesorten würden sie noch in dem kleinen Ofen trocknen, der in ihrer Scheune untergebracht war. Mayara freute sich darauf, denn sie durfte ihre Magie dazu nutzen, die Temperatur in dem Trockenofen konstant zu halten.

Aiga trat an ihr vorbei und betrat den anderen Vorratsraum. Hier lagerten sie sämtliche Obstsorten ihrer Ernte. Zudem hingen sie dort auch ihre Kräuter zum Trocknen auf. Auch hier standen reichlich Gläser mit Marmeladen, eingekochtem Obst und Flaschen mit Säften.

Zufrieden blickte das junge Mädchen auf die Vielfalt, die sich ihnen bot. Es würde ihnen gut gehen. Vielleicht würde Koira, der Bauer, der nahe von ihrem Land lebte, sich bereiterklären, einige Dinge zu tauschen, damit sie etwas Fleisch hätten.

Erst als Aiga sie anstupste, realisierte sie, dass sie vor sich hin träumte. Schnell griff sie den Korb fester und flitzte hinaus, um die restlichen Kartoffeln zu ernten.

Sie griff nach einem weiteren Stück Feuerholz und platzierte es umsichtig auf dem Reisig. Als sie zufrieden war, zog sie die Magie aus ihrer Umgebung. Sofort spürte Mayara das wohlvertraute Kribbeln, welches jedes Mal von ihrem Körper Besitz ergriff, wenn sie dies tat.

Sie leitete die Macht in ihre Handfläche und sandte sie dann auf das Holz, das in der Feuerstelle lag. Rauch stieg auf und schon kurz darauf brannte ein anheimelndes Feuer im Kamin.

Aiga kam aus der Küche und stellte eine Tasse Tee neben ihr auf den Boden.

»Danke.« Mayara griff nach der Tasse und legte ihre Hände darum. Die Hitze des Wassers hatte die Holztasse erwärmt. Dankbar nahm Mayara einen Schluck. Dann seufzte sie zufrieden. Was gab es schöneres, nach einem harten Tag voller Arbeit, als abends am Kamin zu sitzen und mit Aiga eine Tasse Tee zu trinken?

Die alte Frau betrachtete sie. Dann glitt ihr Blick zum Feuer und sie lächelte. »Du wirst langsam erwachsen, Mayara. Du bist fleißig, gewissenhaft und gehorsam. Du lernst beharrlich deine Magie und kannst sie schon sehr gut einsetzen. Ich bin froh, dass du mir so viel Arbeit abnimmst.«

Mayara sah ihr Gegenüber an. Worauf wollte sie hinaus? Was sollte sie dazu sagen? Sie freute sich über das Lob, fühlte sich jedoch zugleich unsicher. Aiga war niemand, der oft lobende Worte sprach. Bar jeglicher Worte blickte sie die Frau einfach an und wartete.

»Wir haben vorerst alles geerntet. Wir müssen noch einige Sachen einkochen und in ein paar Wochen können wir den Rest ernten. Das Einmachen kann einige Tage warten, also dachte ich, wir könnten gemeinsam ein paar Tränke und Salben herstellen und nach Magelen reisen, um unsere Sachen dort zu verkaufen.«

Mayara richtete sich auf. Magelen war die größte Stadt im Umkreis. Sie gehörte nicht zu dem Land von Baron Avidus und dort konnten sie ihre Waren gut verkaufen. Doch … »Was ist mit den Tieren? Wer wird sich um sie kümmern?«

»Das Kleine Volk wird seinen Anteil an der Arbeit erledigen. Selbst wenn wir nicht da sind. Und ich werde Koira bitten, auf unser Land zu achten und hier vorbeizuschauen. Es wird alles seine Ordnung haben. Die Schutzzauber, die über dem Haus liegen werden verhindern, dass jemand es ohne unsere Erlaubnis betreten kann.«

»Zu schade, dass wir nicht auch einen Schutzzauber über den Stall legen können«, bemerkte Mayara.

»Ich weiß, Maya. Aber dann könnte auch das Kleine Volk ihn nicht mehr betreten. Sie besitzen ihre eigene Art von Magie. Sie werden sich schon zu helfen wissen.«

Mayara nickte, doch etwas nagte an ihr. Sie konnte es nicht greifen, bekam das Etwas, was ihr Sorgen bereitete, nicht zu fassen. Die Freude darauf, endlich einmal Magelen sehen zu können, überwog. Bisher war Aiga alleine dort hingegangen und selbst das kam nicht oft vor. Nach dem Verschwinden ihrer Mutter hatte Aiga dem alten Koira ein Maultier abgekauft. In diesem Frühjahr war ein zweites dazugekommen. Das arme Ding war nach der Geburt sehr schwach gewesen. Koira und seine Knechte, die ihm auf dem Hof halfen, besaßen nicht die Zeit, um sich um das Tier zu kümmern. Also war Mayara jeden Tag nach getaner Arbeit dort hingegangen, um sich um das Fohlen zu kümmern. Als sicher war, dass es überleben würde, schenkte Koira es ihr. Er meinte, da es ohne sie ohnehin gestorben wäre, sei es nur rechtens, wenn es ihr gehörte. Es war ein Glücksfall, denn so war es ihnen möglich, die Dinge die sie verkaufen wollten einfach zu transportieren.

»Wann reiten wir los?«, fragte sie, mit einem Mal aufgeregt.

Aigas leises Lachen war voller Wärme und liebevoller Belustigung. »In zwei Tagen. Wenn wir in den Mittagsstunden losreiten, sollten wir und noch ein paar Stunden ausruhen können, ehe wir den Marktstand aufbauen.«

Mayara sah dabei zu, wie Aiga die nächsten Trankfläschchen aus der Satteltasche zog und sorgsam auf die Decke legte. Sofort machte sie sich daran, sie ordentlich aufzustellen.

Sie war immer noch erstaunt, wie viele Menschen sich auf einem Fleck versammeln konnten. Sobald sie anfingen, ihre Waren aufzustellen, kamen die ersten auch schon zu ihnen, um ihnen einen Trank oder eine Salbe abzukaufen.

Hier konnten sie ihre Waren zu einem fairen Preis verkaufen. Die Menschen schienen viel aufgeschlossener, als die, denen sie in Tolham begegneten.

Als sämtliche Flaschen aufgestellt waren, ging sie zu Rohini und löste die Decken und die Wandteppiche, die sie und Aiga abends am Kaminfeuer gewebt hatten. Sie klopfte dem Tier liebevoll den Hals und warf einen kurzen Blick in den Eimer, in den sie das Wasser für die beiden Maultiere gefüllt hatte.

Sie entrollte gerade den vorletzten Wandbehang, als eine vornehm gekleidete Frau, die in Begleitung eines Mädchens in ihrem Alter war, bei ihnen stehen blieb. Sie betrachtete den Wandbehang, den Mayara in der Hand hielt.

Es war ihr liebstes Stück. Eine weiße Stute und ein Rappe, die unter dem Mondlicht auf einer Waldlichtung standen.

»Das ist ein schönes Stück«, erklärte die Frau.

Mayara errötete aufgrund des Lobes. »Vielen Dank, Herrin«, antwortete sie höflich. Aiga hatte ihr die Höflichkeitsregeln gegenüber dem Adel eingeschärft, ehe sie aufgebrochen waren. Die beiden Tage, in denen sie Tränke und Salben zubereitet hatten, waren nicht nur mit Lektionen über deren Herstellung verbunden gewesen. Es gab viel zu Wissen, wenn man das Land von Meadowcove verließ.

»Was willst du dafür haben?«, erkundigte die Dame sich und zog einen feinen Stoffbeutel hervor.

Mayara zögerte. Sie wusste nicht, welche Preise üblich waren. Darüber hatte sie noch nichts gelernt.

Aiga trat neben sie und lächelte die Frau freundlich an. »Zehn Silberlinge.«

Die Hand, die den Stoffbeutel hielt, senkte sich. Nun war der Blick, der den Wandteppich betrachtete, abschätzend. »Ich werde dir fünf geben«, beschloss die Adlige.

»Acht.«

»Sechs und fünfzig Kupfer. Das ist mein letztes Wort.«

Aiga nickte zufrieden und deutete dann auf Mayara, die dem Wortwechsel erstaunt gefolgt war. »Ihr könnt bei ihr bezahlen. Ich danke Euch, Herrin. Möge Euer Weg voll Glück und Zufriedenheit sein.«

Die Frau nickte und zählte die Münzen ab. Zögernd streckte Mayara die Hand aus und nahm sie entgegen. Währenddessen eilte ein weniger gut gekleidetes Mädchen herbei, um die Handarbeit entgegenzunehmen. »Der Segen für all Eure Wege, Herrin«, murmelte Mayara und starrte ehrfürchtig auf die Münzen in ihrer Hand. Noch nie hatte sie derart viel Geld auf einmal gesehen.

Es ging den gesamten Tag in dieser Art weiter und schon kurz nachdem die Mittagssonne ihren Weg beendet hatte, waren sie all ihre Waren losgeworden. Aiga war eisern, wenn es darum ging, einen Handel abzuschließen. Es war sogar ein Händler an ihren Stand gekommen. Mit kritischem Blick hatte er die Handarbeiten betrachtet und dann die meisten von ihnen gekauft, mit dem Versprechen, sich alles anzusehen, was sie ihm zukünftig zeigen wollten. Es war ein gutes Gefühl, wenn die Arbeit die man verrichtete solche Anerkennung erfuhr.

Sie packten die Decke, auf der ihre Waren gelegen hatten, zusammen und gingen dann selbst über den Markt. Mayara betrachtete staunend die vielen, unterschiedlichen Waren. Am liebsten wäre sie an jedem der Stände stehen geblieben, um sie genauer zu betrachten. Doch Aiga ging stoisch weiter und aus Angst, sie in dem Gedränge aus den Augen zu verlieren, schloss Mayara immer wieder schnell zu ihr auf.

Sie erstanden zwei Säcke mit weißem Mehl und drei kleine Beutel Salz. Zudem ein großes Rad Hartkäse, das gewiss für lange Zeit halten würde. Aiga erstand als letztes eine Rolle robusten Baumwollstoff.

Nachdem sie alles auf ihren Maultieren festgeschnallt hatten, machten sie sich auf dem Heimweg. Mayara war überwältigt und glücklich. Sie verließ Magelen mit einem wohligen Gefühl. Nur der Wunsch, die Menschen in Tolham mochten ein wenig mehr wie jene hier sein, verursachte einen kleinen Stich der Trauer.

Je näher sie Maedowcove kamen, desto unruhiger wurde sie. Etwas stimmte nicht. Aiga schien es ähnlich zu gehen, denn sie hielt den Blick stur in die Richtung ihres Landes gerichtet. Da war … etwas. Sie schmeckten es in der Luft und in den Schwingungen um sie herum.

Als Maedowcove endlich in Sichtweite kam, trieben sie die Maultiere zu einem schnellen Trab an. Die Unruhe wuchs mit jedem Schritt.

Sobald sie die Grenze zwischen Maedowcove und Tolham überschritten, hielten sie an. Selbst wenn gewollt hätten, hätten sie nicht weiterreiten können, da die Männer des Kleinen Volkes aufgeregt aus allen Richtungen auf sie zustürmten.

Aus dem Wortgewirr, das um sie herum schwirrte, konnte Mayara nur eines entnehmen. Etwas Schreckliches war geschehen. Dorfjungen waren in der Nacht gekommen.

Mit rasendem Herzen sprang sie von Rohini ab und rannte auf das Haus zu. Hier wirkte alles unberührt. Sie Schutzzauber waren intakt. Erleichtert atmete sie auf. Doch etwas war passiert. Sie musste herausfinden, was es war.

Sie wandte sich dem Stall zu. Die unheimliche Stille dort drinnen fiel ihr erst jetzt auf. Doch sie wog schwer. Für gewöhnlich konnte sie die Hühner gackern hören oder zumindest wie eines der Schafe sich über das Stroh bewegte.

Zögernd und mit langsamen Schritten ging sie auf den Stall zu. Ihr schnell schlagendes Herz wollte sich einfach nicht beruhigen. Angst befiel sie. Todesangst. Und es war nicht ihre Eigene.

Sie hob ihre zitternden Hände, um den Riegel der Stalltür zurückzuziehen, doch diese stand bereits offen. Langsam öffnete sie sie.

Als sie erblickte, was das Kleine Volk derart in Aufruhr versetzt hatte, schrie sie verzweifelt auf. Jedes Tier im Stall war da. Doch sie lagen in Einzelteilen verteilt auf dem Boden. Blut bedeckte das Stroh und die Panik und Angst, die die Tiere kurz vor ihrem Tod gespürt hatten, hing schwer in der Luft.

Mayaras Beine gaben nach und sie sank kraftlos und schluchzend zu Boden. Sie hatten nicht viele Tiere besessen, gerade genug, um ihren eigenen Bedarf an Wolle, Eiern und Milch zu decken. Nun besaßen sie nichts mehr davon.

Aiga trat neben sie. Sie konnte das Schwirren in der Luft spüren, als die Wut die ältere Frau dazu brachte, ihre Macht in sich zu sammeln. Doch es würde nichts ändern. Die Tiere waren Tod. Um sie zu ersetzen, würden sie fast alle Münzen benötigen, die sie in Magelen verdient hatten. Es war alles umsonst gewesen. Die Warnung war deutlich. Nun wussten sie, was geschah, wenn sie ihr Land unbeaufsichtigt ließen.

Der Verlust

Zurücklehnend schloss Maraya die Augen und fuhr sich mit den Händen über das Gesicht. Sie war erschöpft und müde. Aiga saß in dem Schaukelstuhl, der vor dem Kamin stand und schlief.

Mit steifen Beinen vom langen Sitzen stand Mayara auf und holte einen weiteren Holzscheit, um ihn in den Kamin zu legen. Sie wollte ihre Freundin nicht wecken. Die Tage schienen sie mehr zu erschöpfen, als im Jahr zuvor.

Wie alt ist sie eigentlich?, fragte sich Mayara. Sie war schon immer alt gewesen, solang Mayara sich erinnern konnte. Doch dieses Jahr *wirkte* sie auch alt.

Nachdem sie sicher war, dass das Feuer Aiga für den Rest der Nacht wärmen würde, zog sie die selbstgewebte Decke ein wenig höher, die auf dem Schoß der Alten lag. Sie sollte es warm haben.

Dann ging sie zu der Eingangstür des kleinen Hauses, um sie richtig zu verschließen. Als sie sich dem Fenster zuwandte, fiel ihr Blick nach draußen. Es war Vollmond. Heute Nacht würde die Herrin des Mondes zur Wilden Jagd rufen. Sie würde mit ihren Schattenhunden über das Land ziehen und auf die Jagd gehen. Die Jägerin. So wurde sie ebenfalls genannt. Was sie wohl jagte?

Niemand schien sich sicher zu sein. Die einen sagten, sie würden nach reinen Seelen suchen, die sie in den Abgrund ziehen konnte. Doch das glaubte Mayara nicht. Die Herrin des Mondes galt auch als die Schutzpatronin der Hexen.

Andere Stimmen behaupteten, sie zöge in der Nacht des Vollmondes jene zur Rechenschaft, die zu verdorben waren, um weiter unter dem Mond wandeln zu dürfen. Dies klang für Mayara wahrscheinlicher. Doch woher wusste die Herrin, wer verdorben war und wer nicht?

Als ein entferntes Heulen an ihre Ohren drang, fröstelte sie und schloss die Fensterläden. Was auch immer stimmte, es war besser, alles zu verschließen.

Als sie sich vergewissert hatte, dass auch die Tür in der Küche gut verschlossen war, ging sie in ihr Zimmer, um sich ebenfalls schlafen zu legen. Der Tag begann mit dem Gesang der Vögel. Und sie hatte länger als geplant an ihrer Webarbeit gesessen.

Vogelgezwitscher drang an ihr Ohr, doch es fiel Mayara schwer, sich aus den Fängen des Schlafes zu lösen. Sie räkelte sich unter der Decke und lächelte. Es war angenehm, einfach einmal im Bett liegen zu können.

Sie schlug die Augen auf. Was dachte sie sich eigentlich? Sie hatte keine Zeit, um im Bett zu liegen! Es gab viel zu tun. Der Herbst erreichte bald seinen Zenit und dann ging es schon mit großen Schritten auf den Winter zu.

Die Vorratskammern waren gut gefüllt, das Fleisch, das sie durch Tauschgeschäfte vom alten Koira erhalten hatten, war getrocknet und sie besaßen genug Heu, um die Tiere über den Winter zu bringen. Nach dem Vorfall vor drei Jahren lag nun auch ein Schutzzauber über der Scheune. Es war ihnen gelungen, einen Zauber zu entwickeln, der das Kleine Volk nicht beeinträchtigte. Zudem verblieb immer eine von ihnen in Maedowcove, mit der Ausnahme des Markttages in Tolham. An diesem verließen sie das Land gemeinsam und ließen es in den Händen des Kleinen Volkes. Mayara war das auch ganz recht. Es war ihr nicht entgangen wie Seth, einer der Sprösslinge von Baron Avidus, sie betrachtete, wenn sie sich in Tolham begegneten. Die Gier in seinen Augen machte ihr Angst.

Den unliebsamen Gedanken abschüttelnd, sprang sie aus dem Bett und begann ihre Kleidung für den heutigen Tag auszuwählen. Sie warf einen Blick auf die Waschschüssel und den Krug mit Wasser, der gleich daneben stand. Sie erschauderte. Nach der letzten Nacht war das Wasser bestimmt eiskalt.

Mit einem Schulterzucken ging sie zu der Waschschüssel und füllte sie mit Wasser. Prüfend steckte sie einen Finger hinein. Erneut erzitterte sie. Mit einem Seufzen zog sie Macht aus ihrer Umgebung und bündelte sie. Dann leitete sie die Kraft ins Wasser und wartete einen Augenblick.

Wieder prüfte sie die Temperatur mit Hilfe eines Fingers. Angenehm warm.

Schnell wusch sie sich und zog sich die warme Stoffhose und den Pullover über, die sie meistens trug, wenn sie einen arbeitsreichen Tag vor sich hatte. Dann verließ sie ihr Zimmer.

Im Haus war es noch still. Vermutlich schlief Aiga noch. Sie betrat die Küche und griff nach dem Kessel, der immer noch auf dem Ofen stand. Dann ging sie zu der Pumpe, um ein wenig Wasser dort hineinzufüllen. Nach der kalten Nacht fiel es ihr schwer, den Hebel zu bedienen. Er quietschte auffällig. Vielleicht sollte sie den alten Koira bitten, sie sich einmal anzusehen?

Es wäre nicht gut, wenn sie, sobald der Winter da war, die Pumpe plötzlich nicht mehr bedienen konnten. Natürlich könnte Aiga mit ihrer Gabe des Wassers für ausreichend davon sorgen, doch sie bevorzugten beide den herkömmlichen Weg. *Außer wenn es darum geht, mich mit kaltem Wasser zu waschen,* dachte Mayara und schüttelte sich kurz.

Sie liebte die Hitze, die wohlige Wärme eines Kaminfeuers am Abend. Kälte mochte sie weniger. Es war ein Teil des Seins der Großen Mutter. Dies war ihr bewusst. Doch … Wärme war um vieles angenehmer. Die Hitze der Sonne im Sommer. Ein heißes Bad, um die Muskeln zu entspannen wenn die Tage allzu hart gewesen waren. Eine wärmende Decke, um in den Winternächten die Kälte fernzuhalten …

Sie feuerte den Ofen an und stellte den Kessel auf die Herdplatte. Sie würde Aiga noch ein wenig schlafen lassen und in dieser Zeit das Frühstück vorbereiten.

Sie ging zu einem der Keramiktöpfe, die auf ihrem Arbeitstisch unter dem Fenster standen und hob den Deckel. In ein trockenes Stofftuch eingewickelt lag dort das Brot, das sie am Tag zuvor gebacken hatte.

Sie nahm dem Laib heraus und schnitt ein paar dicke Scheiben davon ab. Dann griff sie nach dem Buttertopf, der gleich daneben stand und öffnete ihn. Ein kurzer Blick sagte ihr, dass sie bald wieder neue Butter machen musste. Vielleicht würde sie heute Zeit dafür finden.

Noch ein Punkt, den du erledigen musst, sagte Mayara in Gedanken zu sich selbst. Je schwächer Aiga wurde, desto mehr Arbeit fiel ihr zu. Es machte ihr nichts aus zu arbeiten. Sie mochte es. Doch …

Schnell schüttelte sie den Kopf. Es gab Dinge, über die sie nicht nachdenken wollte. Nicht darüber nachdenken *konnte*.

Sie legte die Butterbrote auf ein Brett und brachte es an den Esstisch im Wohnraum.

Aiga saß immer noch schlafend in dem Schaukelstuhl. Die Decke war ein wenig heruntergerutscht und ihre Arme lagen frei. Ob sie fror?

Sie kam nicht dazu, weiter darüber nachzudenken, da sie hörte, wie das Wasser im Kessel begann zu kochen. Schnell eilte sie wieder in die Küche und nahm den Kessel von der Platte. Dann öffnete sie den Küchenschrank, in dem sie die handgetöpferten Töpfe mit Kräutern und Gewürzen aufbewahrten.

Sie las die fein säuberlich geschriebenen Etiketten und entschied sich für eine Mischung aus Anis, Brennnessel und Ringelblume. Diese Zusammensetzung würde ihr die Kraft geben, gut durch den Tag zu kommen. Und für Aiga würden sie eine aufbauende Wirkung haben.

Als der Tee zog, ging sie zurück ins Wohnzimmer, um ihre schlafende Freundin zu wecken.

Stockend blieb sie stehen. Nun, wo sie Aiga genauer betrachtete, erschien die alte Frau ihr seltsam. Ihr Gesicht wirkte schlaff, die Hand, die von der Lehne des Stuhls gerutscht war, besaß eine seltsam bläuliche Färbung.

Mayaras Herzschlag beschleunigte sich und das Atmen fiel ihr mit einem Mal schwer. Sie begann unkontrolliert zu zittern. »Aiga?«, fragte sie zaghaft.

Es kostete sie all ihren Mut, sich dazu zu überwinden, die wenigen Schritte zu machen, damit sie die alte Frau an der Schulter packen und sanft schütteln konnte. Aigas Kopf kippte haltlos zur Seite. Ansonsten geschah nichts.

Bitte, Große Mutter, ich flehe dich an. Hol sie jetzt noch nicht zu dir. Bitte. Bitte. Bitte.

Sie streckte ihre zitternden Finger aus, und hielt sie dicht vor Aigas Nase. Nichts. Nicht der geringste Lufthauch war zu spüren. Tränen traten Mayara in die Augen und sie stolperte zwei Schritte zurück.

Weiter kam sie nicht, da sie über ihre eigenen Füße stolperte und zu Boden fiel. Weinend blieb sie dort sitzen, wo sie gelandet war, unfähig den Blick von Aigas leblosen Körper zu lösen.

Was sollte sie jetzt tun? Was musste sie tun? Sie hatte noch nie einen toten Menschen gesehen.

Koira wird Rat wissen, dachte sie. Ja, Koira würde wissen, was zu tun ist.

Immer noch weinend rappelte sie sich auf. Mit einem letzten Blick auf die Tote verließ Mayara beinahe fluchtartig das Haus und lief, so schnell sie konnte, in Richtung von Koiras Hof.

Die Feen

Chandra betrat den großen Aufenthaltsraum des Hauses und sah sich um. Als sie sie umsah, erblickte die Myrrdin und Klio. Das waren die beiden, die sie sprechen wollte.

Erhobenen Hauptes ging sie auf den Tisch zu, an dem sie saßen. Der Barde und die Muse der Feen blickten ihr entgegen. Die Herrin des Mondes lächelte angespannt und setzte sich zu ihnen.

»Guten Morgen, Chandra«, sagte Klio mit melodischer Stimme. »Gibt es irgendwelchen interessanten Klatsch heute Morgen?«

Die Angesprochene zuckte mit den Schultern. »Das wollte ich euch eigentlich fragen.«

Myrrdin räusperte sich. »Es ist wohlbekannt, dass dein Bruder heute Morgen kein sonderlich frohes Gemüt mit sich führt. Er ist in der Nacht von seinem Besuch bei einer der hohen Familien zurückgekehrt.«

»Er ist zurück?«, fragte Chandra. *Wieso weiß ich nichts davon?*

»Ist er, und seine Laune ist … schwelend.«

Eine Anspielung auf das, was ihr Bruder war, die nicht einfach überhört werden durfte. »Weiß jemand warum?«

»Niemand wagte es, sich ihm zu nähern.«

Was kein gutes Zeichen war. »Hat er gefrühstückt?«

»Nein. Zumindest nicht hier«, antwortete die Muse. Dann schlich sich Besorgnis in Klios Blick und sie sah Chandra durchdringend an. »Du bist die Einzige, die er nicht gleich fortschicken wird. Das würde er nicht wagen. Sieh mich nicht so an, ich spreche nicht als die Muse zu dir, sondern als deine Freundin. Die Stimmung deines

Bruders verfinstert sich von Jahr zu Jahr mehr und nichts scheint ihm noch Freude zu bereiten. Auch wenn er dein Bruder ist, wir dürfen nicht vergessen, *wer* er ist. Wenn der Lichtbringer die Kontrolle verliert ... Es tut mir leid, dir das sagen zu müssen, Chandra, aber du musst dringend mit ihm reden.«

Wenn er mir zuhören würde, dachte Chandra. Doch von diesem Gedanken ließ sie sich nichts anmerken. Sie nickte lediglich. Dann sah sie sich um. »Ich werde mit ihm reden«, versprach sie. »Aber vorher werde ich Frühstücken.«

Sie fand ihn wieder im Garten. Wie jedes Mal, wenn sie ihn sie sich auf die Suche nach ihm machen musste.

»Bruder«, sagte sie seufzend, als sie seinen verkniffenen, angriffslustigen Blick sah. »Wieder das gleiche Thema?«

»Natürlich. Lass mich alleine, Chandra. Mir gelüstet es nicht nach Gesellschaft.«

Schon gar nicht nach der von Frauen, wer immer sie auch seien mögen, dachte Chandra. »Hör zu. Die anderen Feen und ich machen uns Sorgen um dich. Du mutierst mehr und mehr zum Eigenbrötler.«

»Tue ich nicht«, spuckte er ihr entgegen. Doch der defensive Unterton in seiner Stimme, verriet die Lüge.

»Jedes Mal, wenn ich mich auf die Suche nach dir mache, finde ich dir hier. Allein! Das muss sich ändern.«

»Was soll ich deiner Meinung nach tun, Schwester? Mir eine Frau nach der nächsten ins Bett holen?«

»Wenn es helfen würde, wäre dies mein Rat, ja. Aber das ist es nicht, was du suchst. Du willst jemanden in deinem Bett, der deinen Titel nicht kennt. Der nicht weiß, was du bist.« Da kam ihr eine Idee. Wenn es das war, wonach ihm verlangte ... da konnte Abhilfe geschaffen werden. Wieso war sie nicht früher darauf gekommen? »Schau, das Julfest steht vor der Tür. Du kennst die Tradition. Wenn Frauen, die nicht gebunden sind, in dieser Nacht vor die Tür gehen, müssen sie dem ersten Mann, den sie treffen ein Geschenk seiner

Wahl machen. Niemand würde dich abweisen. Und wem immer du auch begegnest, dank des Glammerzaubers wird niemand wissen, was du bist. Du bist nur irgendein Fremder.«

»Und ich soll, deiner Meinung nach, von der Frau verlangen, mich in ihr Bett einzuladen, obwohl sie es vielleicht gar nicht will?«

Verdammt! Warum war er nur derart kompliziert. Sie dachte fieberhaft nach. »Das muss nicht sein. Du könntest um ein Abendessen bitten. Wenn ihr euch dann näher kommt, und du weißt selbst, wenn du es darauf anlegst, werdet ihr euch näherkommen, dann ist es nicht, weil sie es muss.«

Seine Miene wirkte angespannt und konzentriert. Chandra hielt den Atem an. Konnte es sein, dass sie endlich die richtigen Worte gefunden hatte? War es möglich, dass eine Reise in die Erdenwelt, während dem Julfest ihren Bruder endlich besänftigen könnte?

Sie hoffte es. Für ihn, für sich selbst, für alle Feen, über die er herrschte, hoffte sie, dass eine Nacht auf der Erdenwelt die Laune ihres Bruders heben würde.

Das Opfer

Sie konnte Schritte hören und blickte auf. Das Geräusch von schweren Stiefeln auf Stein, drang durch die mit Metallbolzen verstärkte Holztür. Was konnte er noch wollen? Sie hatte die alles unterschrieben, was er wollte? Wollte er sie erneut …

Jeder Muskel in ihrem Körper spannte sich an. Darüber wollte sie nicht nachdenken. Wenn sie das zuließ, würden auch die Erinnerungen wiederkommen. Das Gefühl von seinen rauen, groben Händen auf ihrer Haut und …

Sie stöhnte, als die Bilder nun doch in ihrem Kopf erschienen. Tränen traten ihr in die Augen. Wenn sie könnte, würde sie schreien. Doch das Eisengerüst, das man ihr um den Kopf gelegt hatte, machte jeden Versuch einen Laut von sich zu geben zu einer Tortur. Ihre Hände schmerzten und waren derart deformiert, dass man ihre Hand, als sie am Tag zuvor versuchte das Geständnis zu unterschreiben, führen musste, da sie nicht dazu fähig gewesen war, die Feder zu halten. Wie oft hatte er ihr die Hände gebrochen? Sie wusste es nicht mehr.

Sie spürte ihre Füße nicht mehr, seit sie ihr die beiden Metallplatten um die Unterschenkel gelegt und diese festgezogen hatten. Immer weiter, bis das Brechen ihrer Knochen deutlich zu hören war. Es war beinahe ein Segen, da sie dadurch die Verbrennungen an ihren Fußsolen nicht mehr spüren konnte.

Wenn nur auch ihr Unterleib gefühllos wäre. Doch sie spürte das Brennen, die Verletzungen von der Gewalt, die er ihr angetan hatte. Sie war wehrlos, hatte nichts weiter machen können, als es geschehen zu lassen.

Sie hörte, wie ein Schlüssel im schweren Schloss herumgedreht wurde. Kam er wieder, um sie noch mehr zu foltern? Warum hörte er nicht auf? Er hatte doch, was er wollte. Warum machte er immerzu weiter?

Doch es war nicht der Jäger. Es waren zwei Vasallen des Herrschers. Als sie sie sahen, zögerten sie kurz. Doch dann trat der Hexenjäger hinter sie. »Nur zu. Sie ist gefesselt und ihre Zunge ist fixiert. Sie kann euch nun kein Leid mehr zufügen«, sagte er.

Leid? Nie hatte sie jemanden Leid zugefügt. Und doch war dies der Grund, weshalb sie hier saß. Sie hatte unterschieben und damit gestanden. Was immer dieses Geständnis auch wert war.

Die Vasallen kamen auf sie zu und packten sie bei den Armen, um sie nach oben zu ziehen. Schmerzerfüllt stöhnte sie auf. Die Pein, die jede kleine Bewegung ihr verursachte, ließ sie beinahe bewusstlos werden. Doch nur beinahe. Diese Gnade wurde ihr nicht gewährt.

Es sollte einfach nur noch enden. Sie besaß keine Kraft mehr, dem allen noch länger zu widerstehen. Seit jeher hütete sie das magische Land, auf sie lebte. Wie viele Hexen anderenorts ebenfalls. Früher waren sie verehrt worden. Doch heute …

Wie war es nur so weit gekommen? Wann waren die Menschen ihnen gegenüber derart misstrauisch und abweisend geworden? Sie wusste es nicht. Doch genau diese Veränderung war ihr nun zum Verhängnis geworden.

Als die Vasallen sie, gefolgt von ihrem Peiniger, aus der Zelle zogen, versuchte sie verzweifelt, die Beine zu heben, um ihre Qual zu mildern. Doch sie war zu schwach, weshalb ihre in Metallschienen eingeklemmten Beine über den Boden schleiften. Jede Unebenheit sandte ein Feuer aus Schmerz und Leid durch ihren Körper.

Sie war ihnen ausgeliefert, konnte nichts mehr tun, um ihr Schicksal aufzuhalten.

Der Inquisitor stand auf der Wiese und beobachtete die Männer dabei, wie sie Holz aufstapelten. Er war zufrieden. Bald würde eine weitere Hexe den Tod finden.

Sie hatte ihm lange widerstanden. Hatte sich geweigert, ihre Missetaten zuzugeben. Doch schließlich war auch sie unter seiner Hartnäckigkeit zusammengebrochen und gestand. Sie hatte das Geständnis unterschrieben, was ihm das Recht gab, sie ihrer verdienten Strafe zuzuführen.

Er trat an den Scheiterhaufen heran und betrachtete ihn. Es sollte nun genug sein. Er gab den Männern mit der Hand ein Zeichen und diese zogen sich eilends zurück.

»Holt die Hexe her!«, rief er laut. Auch nun folgten die Männer eilends seinen Befehlen.

Er hörte sie bereits, an dem Schleifen der Beinschienen auf dem Boden. Seit sie die Hexe in den Wagen verfrachtet hatten, um sie herzubringen, war ihr kein Laut über die Lippen gekommen. Es verwunderte ihn nicht. Das Geschirr, welches er ihr angelegt hatte, verhinderte, dass sie ihre Zunge bewegen konnte. Versuchte sie es doch, erlitt sie Schmerzen. Wollte sie es all zu sehr, konnte es das Weibsbild sogar die Zunge kosten.

Es wäre nicht die erste Zunge, die er auf dem Boden liegen sah. Neben einer toten hexe, die in einer Lache aus Blut lag.

»Bindet sie an den Pfahl«, wies der Inquisitor die Männer an. Er hatte entschieden. In seiner Funktion war er Richter und Henker.

Die Vasallen schleppten die Frau mühsam zum Scheiterhaufen hinüber und banden sie dort fest. Da sie ihre eigenen Beine nicht trugen, fesselten sie ihre Hände hoch genug über ihrem Kopf, damit sie aufrecht stand.

Als er zufrieden war, nickte der Inquisitor. Er ging zu dem Vasallen, der mit ängstlichem Blick die brennende Fackel hielt. Ohne hinzusehen, nahm er dem Mann die Fackel aus der Hand und ging auf den Scheiterhaufen zu. Als er direkt davor stand, drehte er sich zu den anwesenden Männern um. Inzwischen war die Menschenmenge gewachsen. Nicht nur die Männer, die ihm halfen, waren da, sondern auch jene, die sich an der Hinrichtung der Hexe ergötzen wollten. Sollten sie es tun. Ihm war es egal, solange die Hexe nur starb.

»Du hast gestanden, weshalb Gott dir deine Sünden vergeben hat. Auch wir vergeben dir. Doch deine Taten müssen gesühnt werden. Ich habe mir lange Gedanken gemacht, wie wir den letzten Schritt deiner Läuterung zelebrieren können. Dank deines Geständnisses wirst du in Gottes Reich eingehen. Ich habe mich für eine Läuterung durch Feuer entschieden, in der Hoffnung, dass es dazu führt, auch den letzten Funken des bösen Hexenmachwerkes in dir zu verbrennen. Möge deine Seele Frieden finden.«

Atemlose Stille lag über dem Hinrichtungsplatz. Der Inquisitor wandte sich um und entzündete mit der Fackel den Scheiterhaufen. Sofort fing der trockene Reisig Feuer. Flammen loderten auf und verbreiteten sich, stiegen immer höher. Es würde nicht lange dauern, bis das Feuer die Hexe verbrannte.

Als die Flammen sie endlich erreichten, gab das Weibsstück einen Laut von sich. Sie schrie. Schmerz, Pein und Todesqualen lagen in den Lauten, die sie von sich gab. Dann hörte der Inquisitor ein Gurgeln über das Rauschen der Flammen hinweg und gleich danach verstummten die Schreie. Anscheinend war die Hexe etwas zu übereifrig gewesen und an ihrem eigenen Blut erstickt, nachdem sie sich die Zunge herausgerissen hatte.

Isra folgte dem Ruf des Todes. Der Geruch von schwelendem Holz zog über das Land. Darunter war noch etwas anderes. Etwas was sie nicht benennen konnte, sie jedoch erschaudern ließ.

Sie fand die Seele. Sie wartete bereits auf sie. Eine junge Frau, noch nicht lange im heiratsfähigen Alter. Sie stand reglos da und blickte auf ein ausbrennendes Feuer zu ihren Füßen.

Isra betrachtete das verbrannte Holz genauer und erkannte den verkohlten Körper darin. Sie keuchte. Was konnte jemand tun, um einen solchen Tod verdient zu haben? Sie sah die Metallstücke, die von Ruß schwarz waren. Solche hatte sie noch nie gesehen. Bei den Schienen könnte es sich um Beinschmuck handeln, doch die Streben, die um den Kopf lagen …

Sie zwang sich selbst, den Blick zu heben und ihn auf die Seele zu richten. Sie lächelte und stieg von der schwarzen Stute ab.

»Du bist gekommen«, flüsterte die Seele. Dermaßen viel Erleichterung in so wenigen Worten.

»Ich bin gekommen«, bestätigte Isra.

»Dann, Schnitter, sei dir meines Dankes gewiss, wenn du mich nun in das Land der Göttin führst.«

Anscheinend wollte die Frau nicht mehr sagen. Isra hätte sie gerne gefragt, was geschehen war. Doch es war nicht ihre Aufgabe dies in Erfahrung zu bringen. Vielleicht spielte es auch keine Rolle.

Sie rief den Schattenschleier herbei und ging auf die Seele zu, um sie bei der Hand zu nehmen. »Lass mich dich bis zum Schleier bringen. Der Rest des Weges wird leicht für dich.« Für gewöhnlich machte sie solche Versprechungen nicht. Doch nachdem, was die Frau anscheinend erlebt hatte, würde jeder Weg einfach sein.

Die Seele verschwand und Isra rief den Schleier zurück. Sie ging zu ihrer Stute und stieg auf. Als sie einen letzten Blick auf das noch schwelende Holz und den verbrannten Körper warf, beschlich sie ein ungutes Gefühl.

»Komm, lass und weiterreiten«, sagte sie und trieb das Pferd an.

Das Amulett

as Julfest stand kurz bevor, doch Mayara fiel es schwer, bei dem Gedanken daran Freude zu empfinden. Aiga war noch nicht lange fort, doch sie fühlte sich allein.

Erst ist Mutter fortgegangen und nun hab ich auch Aiga nicht mehr an meiner Seite. Wenn ich wenigstens einen Freund hätte, dachte sie schweren Gemüts.

Die anfallenden Arbeiten bereiteten ihr keine Freude mehr. Sie erledigte sie, weil es getan werden musste. Sie kümmerte sich um das Land, weil es getan werden musste. Was ihr viele Jahre wie ein Segen vorgekommen war, erschien ihr nun nur noch als Last.

Doch Meadowcove war ihr Zuhause. Sie konnte nicht fortgehen. Das Kleine Volk zeigte sich ihr nun öfter. Wahrscheinlich versuchten sie, ihre Einsamkeit zu mindern.

Sie war dankbar. Oh ja, das war sie. Doch es war das Kleine Volk und sie wollte einen Menschen haben, mit dem sie über menschliche Dinge reden konnte.

Sie ging in die Küche und ihr Blick fiel auf den Korb, in dem sie die Salben und Tränke gelagert hatte, die Vache angefordert hatte. Eigentlich wollte sie nicht ins Dorf. Sie wollte sich nicht den missgünstigen Blicken der Bewohner dort aussetzen. Doch ihre Einsamkeit wog schwer.

Zu schwer, beschloss sie. Es war immer noch besser irgendeine Art von menschlichen Kontakt zu haben, als gar keinen. Mit einem Seufzen legte sie sich ihren Umhang um und griff nach dem Korb.

Als sie Vaches kleinen Laden betrat, blieb sie unsicher stehen. Sie mochte den Geruch nicht, mochte nicht, wie schwer die Magie hier in der Luft hing.

Es war eine andere Art von Magie, als die, die sie nutzte. Wo genau der Unterschied lag, vermochte Mayara nicht zu sagen. Doch sie fühlte sich schwerer an.

Aiga hatte ihr einmal erzählt, Vache würde von einer Linie von Hexen abstammen, doch ihr Blut sei zu verwaschen, um die Gabe zu erhalten. Also besaß sie nur einen Teil der Magie, die eine normale Hexe erhielt.

Da war nichts Verwerfliches dran. Magie war Magie, auch wenn sie sich anders anfühlte. Es kam darauf an, wie man sie nutzte. Denn die Hexen besaßen zwei Leitsätze. Der Erste besagte: Tu was du willst, aber schade niemanden. Der Zweite lautete: Alles was du tust, fällt dreimal auf dich zurück.

Manchmal fragte Mayara sich, wie viel Wahrheit in diesen Worten lag. Wie konnte es sein, dass vielen guten Menschen schlimme Dinge widerfuhren, während die bösartigen ungeschoren davon zu kommen schienen?

Sie unterdrückte den Seufzer der in ihr aufstieg, und trat an den kleinen Tresen. Die ältere Frau lächelte ihr entgegen, doch es erreichte ihre Augen nicht. »Maya. Hast du schon alles für das Julfest vorbereitet?«

Sie nickte und stellte den Korb auf dem Tresen ab. »Ja, danke der Nachfrage. Ich habe die Tränke dabei, um die du gebeten hast.«

Vache nickte und zog den Korb zu sich heran. Dann begann sie, die Waren auszupacken, um sie in Augenschein zu nehmen.

Während sie eine Flasche nach der anderen neben den Korb stellte, fragte sie: »Da du nun die Herrin von Meadowcove bist und das rechte Alter erreicht hast, um erblüht zu sein, gehe ich davon aus, du wirst der Jultradition folgen?« Es klang beinahe beiläufig. Beinahe. Wäre da nicht der Unterton in ihrer Stimme gewesen.

Sei auf der Hut, flüsterte etwas in Mayara. Von welcher Tradition sprach Vache? Aiga und sie schmückten das Haus jedes Jahr mit Mistel- und Tannenzweigen sowie Efeu. In der Nacht entzündeten sie Räucherwerk aus Wacholder, Pinie, Sandelholz und Rosmarin zu

Ehren der Herrin des Mondes und dem Herren der Sonne. Um Mitternacht schrieben sie ihre Wünsche für das kommende Jahr auf einen Zettel und vergruben ihn dann beim nächsten Vollmond an einem besonderen Ort. Doch es schien nicht, als ob Vache davon sprach.

»Welche Tradition?«, wagte sie schließlich zu fragen.

Vache sah sie lange an. Dann seufzte sie schwer. Der Seufzer klang beinahe nach etwas, wie »dummes Kind«, doch Mayara war sich nicht sicher. Die ältere Frau zog etwas aus ihrer Tasche, griff Marayas linke Hand und drückte etwas Kleines hinein. Ein unangenehmes Ziehen schoss ihren Arm hinauf und verteilte sich über ihren ganzen Körper.

Vache lächelte mit blitzenden Augen. »Das Amulett hat dich akzeptiert. Du bist bereit die Jultradition zu begehen. Du bist bis die Julnacht vorbei ist, an das Amulett gebunden. Befolgst du sie nicht, wird es dir deine Lebenkraft entziehen.«

Mayara wurde kalt. Wieso hatte sie noch nie von dieser Tradition gehört? Sie wusste dennoch immer noch nicht, was sie tun musste. »Was muss ich machen?«, fragte sie deshalb.

»Die Frauen, die bereit sind die Tradition zu begehen, müssen die Nacht des Julfestes unter freien Himmel verbringen. Wähle deinen Weg gut, denn dem ersten Mann, dem du begegnest, musst du folgende Worte sagen, während du ihm das Amulett darbietest.« Ihre Stimme nahm einen düsteren Klang an. »Dieses Kleinod ist mein Versprechen an dich, das mein Körper dir zu Willen sein wird, von jetzt, bis zum Frühlingsmond. Dieses Versprechen mache ich zu Ehren der Herrin des Mondes und dem Herren der Sonne. Möge ich ihr sanftes Licht nie wieder erblicken, wenn ich dieses Versprechen nicht halte.«

Mayara überlief es eiskalt. Sie musste ihren Körper einen Mann versprechen? Sie hatte noch nie … Sie war noch … Das konnte sie nicht tun!

Doch der kühle Stein des Amulettes lag schwer in ihrer Hand und sie konnte die daran gebundene Magie spüren. Sie ähnelte der Magie in Vaches Laden. Deswegen musste sie davon ausgehen, dass auch die Frau es gewesen war, die den Zauber auf das Amulett gelegt hatte.

Vielleicht gab es einen Weg, sich dem zu entziehen. Sie würde zu Hause darüber nachdenken. Sie schluckte und steckte das Amulett in ihre Tasche. Dann sah sie Vache geradewegs in die Augen. »Wir hatten drei Kupfer pro Flasche ausgemacht«, sagte sie mit fester Stimme. Aiga hatte ihr immer wieder gesagt, dass man hart bleiben musste, wenn man mit Vache handelte.

»Nun, du bist nicht so geübt, wie Aiga es war, Kind. Deine Macht ist nicht so groß wie ihre. Ich werde nachsichtig sein und dir anderthalb Kupfer dafür zahlen.«

»Wir haben drei gesagt. Zahl sie, oder ich nehme die Tränke wieder mit«, erklärte Mayara. Leider klang ihre Stimme dabei nicht derart fest, wie es wünschenswert gewesen wäre.

»Und was willst du dann damit machen?«, erkundigte Vache sich. »Niemand wird sie dir abkaufen. Oder willst du das Risiko eingehen, und nach Magelen gehen?«

Sie erschauderte. Nein, nach Magelen konnte sie nicht gehen. Das, was das letzte Mal geschehen war, als sie es taten, war Mayara zu gut im Gedächtnis haften geblieben. Ihre Schultern sanken resignierend herab. »Zweieinhalb Kupfer«, beschloss sie.

»Zwei.«

Ihr blieb keine andere Wahl, also nickte sie. Während Vache begann, die Münzen abzuzählen, hielt Mayara den Blick gesenkt. Es lief jedes Mal auf diese Weise. Sie machten einen Preis aus und Vache weigerte sich bei Lieferung diesen zu bezahlen. Doch was sollte sie tun? Es stimmte, wenn die Händlerin behauptete, niemand sonst in Tolham würde ihr etwas davon abkaufen. Das Risiko noch einmal nach Magelen zu gehen, konnte sie nicht eingehen.

Sie nahm die Münzen entgegen und zählte sie nach. Dann zog sie den robusten Lederbeutel hervor und verstaute die Münzen darin.

»Nun Maya, bis zum nächsten Mal«, sagte Vache.

Mayara nickte und griff nach dem Weidenkorb. Dann verließ sie den Laden.

Vache starrte auf die nun geschlossene Tür, durch die Mayara erst vor wenigen Minuten verschwunden war. Dann begann sie die Trankflaschen wegzuräumen.

Als sie hörte, wie die Tür sich erneut öffnete, blickte sie auf. Seth betrat den Raum.

»Guten Morgen, Herr«, sagte sie förmlich.

»Lass das Geplänkel«, sagte er barsch. »Hast du die Aufgabe erfüllt, die ich dir aufgetragen habe?«

»Habe ich. Sie war heute hier. Ich habe ihr ein Amulett gegeben, das mit einem Zauber belegt ist. Ich habe ihr die *Tradition*, die du dir ausgedacht hast, geschildert.«

Ein gieriger Ausdruck erschien in Seths Augen. »Hat sie es dir abgekauft?«

»Hat sie. Nun liegt es an dir, der Erste zu sein, der ihr in dieser Nacht begegnet. Der Zauber ist an sie gebunden, nicht an dich. Wenn sie also einem anderen Mann begegnet …«

»Das ist mir bewusst. Und du bist sicher, sie wird ein Kind von mir empfangen, auch wenn sie versucht, etwas dagegen zu brauen, was eine Empfängnis verhindern könnte?«

»Dafür garantiere ich. Egal was sie einnimmt, sie wird ein Kind empfangen, wenn sie in der Zeit, in der der Zauber wirkt, mit einem Mann zusammenliegt. Nicht in der ersten Woche, vielleicht nicht einmal im ersten Monat. Doch sie wird schwanger werden.«

Seth lachte leise. »Und dann wird sie mich heiraten müssen und Meadowcove gehört mir.«

Die Händlerin nickte und lächelte nun listig. »Ganz genau. Dann bist du nicht mehr von deinem Vater abhängig. Und Mayara wird leicht zu beseitigen sein, sollte sie dir lästig werden.«

Der Sohn des Barons nickte und griff in die Tasche seines Umhanges. Er zog einen Beutel hervor und warf ihn achtlos auf den Tresen. »Hier ist deine Bezahlung. Es ist natürlich selbstverständlich, dass du Stillschweigen über all das bewahrst.«

»Natürlich, Herr«, beeilte Vache sich zu versichern.

Seth nickte und verließ den Laden wieder. Es fiel Vache schwer, doch sie wartete, bis er außer Sichtweite war, ehe sie nach dem Beutel griff um die Goldmünzen zu zählen.

Das Julfest

Als Mayara sah, wie der Nachmittag langsam in den Abend überging, fröstelte es sie. In den letzten Tagen hatte sie angestrengt darüber nachgedacht, wie sie den Zauber umgehen konnte, der auf dem Amulett lag. Sie konnte den Zauber nicht direkt brechen, denn damit würde sie den Teil aktivieren, der ihr die Lebenskraft entzog. Sie musste also ins Freie gehen, um die Nacht dort zu verbringen.

Sie ging in ihr Schlafzimmer und betrachtete die Sachen, die sie sich herausgelegt hatte. Warme, dunkle Kleidung. Sie konnte den Zauber nicht brechen, konnte sich nicht weigern, hinauszugehen. Doch sie konnte einen Ort aufsuchen, zu dem kein Mensch in dieser Jahreszeit ging. Sie würde in den Wald gehen und dort Schutz suchen. Schutz vor anderen Menschen und vielleicht fand sie einen Unterschlupf, der die Kälte minderte, die in der Luft lag.

Als sie sich umgezogen hatte, ging sie in die Küche. Sie nahm den Beutel vom Tisch, den sie für diesen Abend gepackt hatte. Ein wenig Obst, Brot, Käse und einen Julekuchen. Wenigstens musste sie nicht hungern. Wasser würde sie unterwegs finden. Hoffte sie zumindest.

Als sie sicher war, alles zu haben, vergewisserte sie sich, dass die Schutzzauber noch intakt waren. Da alles seine Richtigkeit zu haben schien, verließ sie mit einem mulmigen Gefühl das Haus.

Auch beim Stall war alles gut. Die Tiere waren versorgt und die Schutzzauber intakt. Es blieb also nichts mehr zu tun. Keine weiteren Ausflüchte, um noch länger hier zu verweilen.

Sie packte den Beutel fester, wickelte sich in den Umhang und ging auf den Waldrand zu. Die Sonne war noch nicht untergegangen, doch sie wollte nicht in der Finsternis in den Wald hinein. Hoffentlich fand sie einen sicheren Ort, bevor die Sonne vollends untergegangen war.

Sobald sie sich von dem Stall fortbewegte, tauchten zwei Frauen des Kleinen Volkes auf und liefen neben ihr her.

»Maya, wo gehst du hin, in dieser Nacht?«

Sie blieb stehen und sah sie an. »Es ist das Julfest. Ich …«, sie zögerte. Sollte das Kleine Volk nicht von der Tradition wissen? Sie atmete einmal tief durch. »Ich muss der Tradition folgen«, erklärte sie.

»Aber … Nur wenn du draußen bist. Es ist keine Pflicht, draußen zu sein. Die Tradition des Geschenkes ist dir bekannt?«

Also wussten sie doch von ihr. Es gab keinen Ausweg. »Ich muss draußen sein. Gehört dies nicht auch zur Tradition?«, erkundigte sie sich.

»Nein. Die meisten Frauen hüten sich davor, in dieser Nacht vor die Tür zu gehen.« Die Frau des Kleinen Volkes sah sich um. »Die Herren der Feen sind in dieser Nacht unterwegs«, flüsterte sie verschwörerisch.

Mayara seufzte, nun lief sie nicht nur Gefahr, einem der Männer aus Tolham zu begegnen, sondern musste auch noch die Augen nach den Feen offen halten? Es wurde wirklich nicht besser. Dann runzelte sie die Stirn. Sie musste nicht draußen sein. Aber Vache hatte doch gesagt … Konnte es sein, dass sich die Traditionen voneinander unterschieden?

Doch selbst wenn … der Zauber des Amuletts … es gab ihn. Also blieb ihr nichts anderes übrig, als die Nacht draußen zu verbringen.

»Ich habe keine andere Wahl«, murmelte Mayara und seufzte. »Vache hat mir ein Amulett gegeben, dessen Zauber mich dazu verpflichtet die heutige Nacht draußen zu verbringen.«

Die Frauen wirkten alarmiert. »Du hast dir was von der Zauberin andrehen lassen?«

»Ich wusste es nicht«, gestand sie und kam sich nun reichlich dumm vor. Wie hatte sie nur dermaßen leichtgläubig sein können?

»Nun, wenn der Zauber an dich gebunden ist, was wird passieren, wenn du einfach nicht hinausgehst?«

»Er wird mir meine Lebenskraft entziehen«, erklärte Mayara mit Grabesstimme.

»Maya! Wie kannst du nur? Warum hast du dich darauf eingelassen?«

»Ich wusste es nicht!«, schrie Mayara. »Wenn ich es gewusst hätte …« Was wäre dann gewesen? Vache hatte ihr das Amulett ohne ihr Wissen in die Hand gedrückt und sie selbst hatte gespürt, wie der Zauber sie umgehend akzeptiert hatte.

»Nun musst du draußen bleiben. Geh in den Wald. Kein Mensch wird dort sein. Und wenn du dich gut versteckst und dich ruhig verhältst, wirst du vielleicht auch sonst niemanden begegnen.«

Wie zum Beispiel einem Herrn der Feen?, fragte Mayara sich. Dann blickte sie die beiden Frauen an und lächelte. »Ich danke euch, für eure guten Ratschläge.«

»Sei gesegnet, Mayara. Mögest du in der heutigen Nacht und in allen weiteren Nächten behütet und geschützt unter dem Licht der Herrin des Mondes wandeln.«

»So wie auch ihr. Fröhliches Julfest.«

Die Frauen verschwanden und Mayara blickte auf den Waldrand. Sie zögerte. Sollte sie vielleicht doch einen anderen Weg wählen? Was war schlimmer? Einem Herrn der Feen zu begegnen oder einem der Männer aus Tolham?

Tolham, beschloss sie, als sie sich an die gierigen Blicke erinnerte, die Seth ihr immer zuwarf. Sie straffte die Schultern und ging mit schnellen Schritten auf den Wald zu.

Der Wind war schneidend kalt und Mayara wünschte sich, sie könnte ein Feuer entzünden. Doch sie wollte niemanden auf sich aufmerksam machen, also wickelte sie den Umhang enger um sich und zog Magie aus ihrer Umgebung, um die wärmende Kraft des Feuers zu benutzen.

Sofort ging es ihr besser. Sie sah zum Himmel hinauf. Die Hälfte der Nacht war herum. Es würde nicht mehr lange dauern, dann hatte sie es überstanden.

Sie ließ sich ein wenig mehr gegen den Baumstamm sinken, an den sie gelehnt dasaß und seufzte. Links von sich konnte sie den kleinen Bach plätschern hören, der durch den Wald floss. Vielleicht wurde es Zeit etwas zu essen und zu trinken?

Sie setzte sich wieder gerade hin und zog ihren Beutel hervor. Sie suchte darin, bis sie die Holztasse fand. Dann rappelte sie sich auf und ging zu dem Bach hinüber, um die Tasse zu füllen.

Nachdem sie wieder bei dem Baum saß, stellte sie die Tasse vorsichtig neben sich, um nichts zu verschütten. Dann griff sie erneut nach dem Beutel. Ein wenig Brot und Käse würde ihr nun gut bekommen.

Während sie danach suchte, fielen ihr das Stück Papier und der Stift in die Hand, die sie ebenfalls eingepackt hatte. Es erinnerte sie an ihre Jultradition mit Aiga. Mit einem traurigen Lächeln legte sie beides neben sich, um später ihre Wünsche für das kommende Jahr darauf zu vermerken. Dann suchte sie weiter, bis sie das Stück Käse und das Brot in der Hand hielt und legte es ebenfalls vor sich.

Sie betrachtete ihr klägliches Mahl und seufzte tief. »Ein fröhliches Julfest, Mayara.« Dann brach sie ein Stück von dem Käse ab und steckte es sich in den Mund.

Sie wollte gerade schlucken, als sie hinter sich einen Ast knacken hörte. Erschrocken holte sie Luft und fuhr herum. Da sie immer noch den Käse im Mund hatte, begann sie wild zu husten. Sie befiel die Panik zu ersticken, weshalb sie sich auf die Brust schlug, damit das Stück Käse sich aus ihrer Luftröhre entfernte.

»Langsam, langsam«, sagte eine sanfte, dunkle Stimme, und jemand klopfte ihr hilfreich auf den Rücken.

Es dauerte einen Moment, doch schließlich konnte sie wieder atmen. Welch ein Segen. Dann sah sie nach oben, um sich bei ihrem Retter zu bedanken – und erstarrte.

Der Mann besaß hellblondes Haar und grüngraue Augen, die sie nun besorgt musterten. Mayara war nicht fähig sich zu bewegen.

»Geht es wieder?«, fragte er.

Sie nickte. Dann entsann sie sich ihrer Manieren. »Danke, Herr«, sagte sie eilig. Er musste adlig sein. Seine Kleidung war von außerordentlich guter Qualität, das konnte sie selbst in der Dunkelheit erkennen.

»Darf ich mich zu dir setzen?«

Mayara nickte und rückte zur Seite. Als sie sich bewegte, spürte sie das Amulett in ihrer Tasche und versteifte sich.

Der Fremde

Sie begann zu zittern. Wie sehr hatte sie gehofft, in dieser Nacht niemandem zu begegnen. Doch nun saß ein fremder Mann neben ihr, der ihr noch dazu das Leben gerettet hatte.

Dramatisier die Dinge nicht, schalt sie sich im Stillen. Nun, er hatte ihr vielleicht nicht das Leben gerettet, doch er hatte ihr geholfen. Obwohl es ohnehin nur seine Schuld gewesen war, dass sie sich derart verschluckt hatte.

Doch da er ihr geholfen hatte, sah sie sich verpflichtet, ihr Mahl mit ihm zu teilen. Und, wenn er das Versprechen annahm, das sie ihm geben musste, noch einiges mehr. Dies war eine Verpflichtung, die sie nicht wollte. Doch Vaches Zauber ließ ihr keine andere Wahl.

Stumm und mit zitternder Hand griff sie nach dem Käse und brach ihn in zwei Hälften. Dann reichte sie dem Fremden stumm eine davon. Das Gleiche tat sie mit dem Brot.

»Hab dank«, sagte der Mann. Er betrachtete sie und runzelte die Stirn. »Stört es dich, dein Mahl mit mir zu teilen?« Schnell schüttelte Mayara den Kopf. »Du wirkst … verstimmt. Oder ist es Angst?«

»Angst«, formten Mayaras Lippen tonlos.

Er legte den Kopf auf die Seite. »Warum?«

Jetzt muss ich es ihm sagen, dachte sie. Doch sie konnte ihn nur anstarren. Sie brachte keine Worte hervor. Da war etwas in seinem Blick. *Hunger,* dachte sie. Er war anders, als jener, den sie bei Seth wahrnahm. Ein Hunger, den sie selbst gut kannte. Der Wunsch nach Gesellschaft. Einer Unterhaltung. *Gut, das kann ich ihm geben. Vielleicht ist er gar nicht interessiert an … meinen Körper. Möglicherweise will er nur jemanden, mit dem er reden kann. So wie ich.*

»Ich bin Maya«, platzte es plötzlich aus ihr hervor.

Sein Lächeln wirkte belustigt, doch nicht bösartig. »Es freut mich, dich kennenzulernen, Maya.« Dann wurde sein Blick wieder fragend. »Was tust du heute Nacht hier draußen?«

Sie zögerte. Sollte sie ihm erklären, warum sie hier war? Doch dann hielt er sie bestimmt für dumm. Was sie in dieser Situation auch gewesen war. Doch wenn sie nicht ehrlich war …

»Ich wurde hereingelegt«, gestand sie. »Jemand hat mir einen Zauber aufgezwängt, der mich dazu verpflichtet …«, sie stockte. Sie konnte es ihm nicht sagen. Konnte nicht tun, was von ihr verlangt wurde. Aber wenn sie es nicht tat, würde ihre Lebensenergie verschwinden. Wer kümmerte sich dann um Meadowcove? Was würde aus dem Land werden?

»Der dich zu was verpflichtet?«, fragte er nach. Seine Stimme wirkte zwar desinteressiert, doch sie sah das rege Interesse in seinen Augen.

Mayara war mit einem mal unfähig, ihn weiter anzusehen. Solange sie in seine Augen blickte, Augen die zu viel verrieten, konnte sie es ihm nicht sagen.

Ihre Hand schloss sich verkrampft um das Amulett in ihrer Tasche. Ihr Herz raste und ihr Kopf schwirrte. »Ich muss …«, begann sie leise. »Ich … es ist … ich bin dazu verpflichtet dem ersten Mann, dem ich heute Nacht begegne ein Versprechen zu geben«, flüsterte sie.

Sie starrte auf seine Hände, während er sich ein Stück Brot in den Mund steckte. »Und was sollst du ihm versprechen?«

Diesmal blieb Mayara lange still. Fieberhaft suchte sie nach den richtigen Worten. Der Fremde wartete geduldig.

»Mich. Bis zum ersten Frühlingsmond«, antwortete sie leise.

Sie konnte hören, wie er scharf Luft holte. Schließlich fragte er: »Was passiert, wenn du diese Verpflichtung nicht erfüllst?«

Mit zitternden Fingern griff Mayara in ihre Tasche und zog das Amulett hervor. »Dann wird das Amulett meine Lebenkraft in sich aufnehmen.«

Der Fremde zischte. »Bin ich der erste Mann, dem du heute Nacht begegnest, Maya?« Zitternd nickte sie. Ihr Blick war auf das Amulett gerichtet, das nun auf ihrer geöffneten Handfläche lag. »Ist der

Zauber bindend?«

Sie musste mehrfach schlucken, ehe sie antworten konnte. »Nur für mich. Und nur bis zum ersten Frühlingsmond.« Sie war sich nicht sicher, ob er ihre Worte hören konnte, so leise sprach sie.

»Dann solltest du dein Versprechen geben. Ich gelobe dir, es nicht auszunutzen oder etwas zu tun, was gegen deinen Willen ist«, sagte er beinahe feierlich.

Verwundert hob Mayara den Kopf und starrte ihn an. Obwohl er durch dieses Versprechen nahezu alles mit ihr machen könnte, wonach ihm der Sinn stand, gab er einen solchen Schwur ab? Die Adligen, denen sie bisher in Tolham begegnet war, würden … Sie erschauderte. Es war besser, nicht darüber nachzudenken, was sie tun würden.

Dann sah sie wieder auf ihre Hand, in der immer noch das Amulett ruhte. Was blieb ihr für eine Wahl?

Das Amulett fester umschließend, damit es ihr nicht aus der zitternden Hand fiel, hob sie es an. »Dieses Kleinod ist mein Versprechen an dich, das mein Körper dir zu Willen sein wird, von jetzt, bis zum Frühlingsmond. Dieses Versprechen mache ich zu Ehren der Herrin des Mondes und dem Herren der Sonne. Möge ich ihr sanftes Licht nie wieder erblicken, wenn ich dieses Versprechen nicht halte.«

»Ein bindender Schwur, wenn er bei *diesen* beiden gemacht wird«, sagte er ernst.

Mayara nickte mit gesenktem Blick. »Ich weiß.«

Er streckte die Hand aus, um ihr Gesicht zu berühren. Mayara schrecke zurück. Der Fremde ließ die Hand wieder sinken und sah sie lange an. »Du bist noch sehr jung«, stellte er fest. »Wie alt bist du?«

»Fünfzehn.«

»Fünfzehn? Hast du dir schon einmal von einem Mann das Bett wärmen lassen?« Mayara spürte die Hitze, die ihr in die Wangen stieg, als sie den Kopf schüttelte. Wieder zischte er. »Welcher Trottel hat dir diesen Zauber untergejubelt?«

»Das kann ich nicht sagen«, flüsterte sie. Oh, sie würde Vache zu gern für das bestrafen, was sie ihr damit angetan hatte. Doch es widersprach den obersten Regeln der Hexen. Und sie wollte nicht, dass es auf sie zurückfiel, sollte die Händlerin Schaden nehmen.

Der Fremde seufzte. Dann sah er sich um. »Meinst du, wir können irgendwo hingehen, wo es wärmer ist?«

Sie schluckte. Der einzige Ort, der ihr einfiel, war ihr Haus. Doch da sie ihren Schwur geleistet hatte, nickte sie nur.

Er sprang behände auf die Beine und hielt ihr dann seine Hand hin, um ihr ebenfalls beim Aufstehen zu helfen. Mayara zögerte, da er jedoch keine Anstalten machte, sie dazu zu zwingen, sie anzunehmen, hob sie den Arm, und legte ihre Hand in seine.

Warm, dachte sie, ehe er sie mit sanfter Kraft auf die Beine zog. Wie konnte seine Haut bei der Kälte hier draußen nur derart warm sein?

Sobald sie auf den Füßen stand, löste sie ihre Hand von ihm und begann beflissentlich die Sachen in den Beutel zu packen. Sie zitterte immer noch, doch die Arbeit, so leicht sie auch war, half ihr dabei, sich wieder ein wenig mehr unter Kontrolle zu bekommen. Als sie fertig war, blieb sie unschlüssig stehen.

Der Fremde lächelte. »Wo müssen wir lang?«

Mayara deutete in die Richtung, in der Meadowcove lag. Dann ging sie, trotz ihrer weichen Knie los. Nach den ersten Schritten hielt sie inne, und sah ihn an. »Wie heißt du?«, fragte sie. Bevor sie ihn mit nach Hause nahm, wollte sie wenigstens seinen Namen kennen.

»Du darfst mich Kiran nennen.«

Die Julfesttradition

ie sprachen nicht viel, während sie gemeinsam durch den Wald gingen. Mayara war dankbar dafür, denn sie fühlte sich nicht sicher genug, um zu sprechen. In ihrem Kopf schwirrten die Gedanken umher und die Angst ließ sie nur um eine Sache kreisen.

Sie hatte das Versprechen gemacht. Sie war daran gebunden. Würde er es ausnutzen? Würde er seinen Schwur brechen? Im Gegensatz zu ihrem Versprechen galt sein Schwur ihr, nicht dem Herren der Sonne und der Herrin des Mondes. Welche Konsequenzen hatte es schon für ihn, wenn er ihn brach? Keine, da sie ihm verpflichtet war.

Doch bisher hatte er nichts getan, was darauf hinwies, er könne seinen Schwur brechen. *Er hat dich durch die Blume gebeten, ihn zu deinem Haus zu führen,* dachte sie bitter.

Sie fühlte sich überfordert. Die Welt schien um vieles größer und verwirrender, als sie es gewesen war, als Aiga noch bei ihr war.

Sobald sie die Grenze von Meadowcove überschritt, legte sich das Zittern ein wenig. Hier erschien ihr alles vertraut. Die Luft schmeckte anders. Es war ein beruhigendes Gefühl. Und so lange sie das Haus nicht betrat, gelang es ihr, sich einzubilden, Aiga würde dort vor dem Kamin sitzend auf sie warten. Doch sobald sie durch die Eingangstür trat …

Mayara blieb stehen. Irgendetwas was falsch. Im ersten Augenblick konnte sie es nicht benennen. Erst als sie zum Haus sah …

Warum ist die Tür auf?, war ihr erster Gedanke. Niemand konnte das Haus betreten, solang ihr Schutzzauber darüber lag. Doch hier stand sie, blickte auf ihr Haus und konnte … Sie sah genauer hin. Die Tür stand nicht offen, sie war weg. Wobei weg wahrscheinlich der falsche Ausdruck war. Die Tür lag zu Kleinholz verarbeitet auf dem Boden. Jemand war hier gewesen und hatte versucht, in das Haus einzudringen.

Ihr Besuch in Magelen vor einigen Jahren kam ihr in den Sinn. »Die Tiere!«, rief sie aus, ließ den Beutel fallen und rannte in Richtung Stall.

Mit wild rasendem Herzen schob sie den Riegel zurück, der die Stalltür geschlossen hielt. Es beruhigte sie ein wenig, dass sie unversehrt wirkte. Dann schob sie zögerlich die schwere Tür auf.

Erleichterung überflutete sie, als sie die wohlbehaltenen Tiere sah. Ihre Beine waren plötzlich nicht mehr dazu in der Lage, sie zu halten und so sank sie kraftlos zu Boden. Ein Schluchzen entfuhr ihr. Den Tieren war nichts geschehen. Sie musste *diesen* Horror nicht noch einmal überstehen.

Kiran trat neben sie und legte ihr die Hand auf die Schulter. Zögernd blickte Mayara auf. Doch er sah sie nicht an. Sein Blick war auf das Haus gerichtet und er runzelte die Stirn.

Sich mühevoll zusammenreißend, rappelte Mayara sich langsam auf, bereit, sich dem nächsten Problem zuzuwenden. Nicht weiter auf die Anwesenheit Kirans achtend, ging sie auf ihr Haus zu, um den Schaden zu begutachten.

Es war nicht ganz so schlimm. Die Haustür lag in Trümmern, daran gab es keinen Zweifel. Auch eines der Fenster war kaputt, der Fensterladen aus den Angeln gerissen. Doch ansonsten schien alles unangetastet und die Schutzzauber, die jeden davon abhielten, einzutreten, ehe er nicht ihre Erlaubnis erhielt, waren noch intakt. Vielleicht sollte sie dazu übergehen, die Schutzzauber zu erweitern.

Sie warf einen schnellen Blick über die Schulter und zwang sich dann zu einem Lächeln. »Sei willkommen in meinem Heim«, sagte sie. Dann entglitt ihr das Lächeln. »Auch wenn es derzeit ein wenig kläglich aussieht.«

Kiran lächelte nicht. Er zeigte nicht einmal eine Spur von Belustigung. »Ich nehme an, es sieht hier nicht immer so aus?«

»Nein, für gewöhnlich nicht. Ich werde mich gleich morgen früh darum kümmern müssen. Ich kann nicht heute Nacht zu Koira gehen, um seine Hilfe zu erbitten.« Sie seufzte schwer und sagte leise und mehr zu sich selbst: »Nur die Große Mutter weiß, wie ich das bezahlen soll.« Sie schüttelte den Gedanken ab und trat durch die Tür. Sie würde das Holz aufsammeln müssen. Vielleicht konnte sie es wenigstens noch dazu verwenden, dem Kamin anzufeuern.

»Ich werde uns einen Tee zubereiten«, sagte sie und ging in die Küche. Dann hielt sie inne und wandte sich zu ihrem Besucher um, der nun unschlüssig in dem Rahmen der zerborstenen Tür stand. »Du trinkst doch Tee, oder?«

Nun lächelte er doch. »Ja, ich trinke Tee. Und eine Tasse davon wäre mir jetzt durchaus Willkommen.«

Mayara nickte und betrat dann die Küche. Sie beeilte sich, den Ofen anzufeuern. Ihren Umhang legte sie nicht ab. Kalte Luft drang durch das zerstörte Küchenfenster und kühlte den Raum merklich ab. Vielleicht sollte sie es doch gleich abdecken?

Während das Feuer im Ofen langsam wuchs, nutzte Mayara die Zeit, um die zerbrochenen Scherben des Fensters aufzusammeln. Dann sah sie sich um. Wo sollte sie die Scherben hinpacken? Gab es vielleicht noch eine Verwendung für sie? Sie konnte es sich nicht leisten, Ressourcen zu verschwenden, die sie womöglich noch gebrauchen konnte. Vielleicht, wenn sie sie mit Magie neu formen würde …

Sie legte das Glas auf ein Küchentuch und wickelte sie darin ein. Sollte sie keine Verwendung dafür finden, konnte sie sie später immer noch entsorgen.

Sobald der Teekessel vorbereitet war, stelle ihn auf die Herdplatte und nahm dann zwei Tassen aus dem Schrank. Dann öffnete sie den Schrank, in dem sie ihre Kräutermischungen aufbewahrte. Sie entschied sich für eine Mischung aus Zitronengras, Melisse und Johanniskraut. Nach dem Schreck – den vielen Schrecken in dieser Nacht – konnte sie gut etwas gebrauchen, was sie beruhigte und ihr die Angst nahm.

Sie füllte die Kräuter in kleine Stoffbeutel, und legte sie in die Tassen. Nun musste sie nur noch warten, bis das Wasser kochte. Kiran bewegte sich im Wohnraum und sie konnte hören, wie seine Füße auf dem Boden auftraten.

Ihr eigenes Zittern hatte sich inzwischen weitgehend gelegt und auch ihr Herzschlag hatte sich normalisiert. Doch es dürstete sie nach etwas Vertrautem. Ihre gemeinsame Tradition mit Aiga kam ihr in den Sinn. Ob ihr Besucher etwas dagegen hätte, wenn …?

Es kam auf einen Versuch an. Während das Wasser noch erhitzt wurde, suchte sie schnell Papier und Stifte heraus. Vielleicht schloss er sich an. Es gab nichts Bindendes an dieser Tradition. Es war lediglich ein Aussenden von Wünschen und Hoffnungen.

Endlich kochte das Wasser. Sie nahm den Kessel vom Ofen und füllte die heiße Flüssigkeit in die Tassen. Schon der Geruch beruhigte sie. Sie stopfte die Stifte, sowie die Blätter, in die Tasche ihres Umhangs, griff nach den beiden Holztassen und ging dann zurück in den Wohnraum.

Kiran stand vor dem Kamin in dem, zu Mayaras Überraschung, ein anheimelndes Feuer brannte. Er sah ihr entgegen, als sie auf ihn zukam. »Ich hoffe, es stört dich nicht«, sagte er.

Schnell schüttelte sie den Kopf. Dann trat sie auf den Esstisch zu und stellte die Tassen darauf ab. »Danke«, sagte sie. Als er ihr einen fragenden Blick zuwarf, deutete sie mit einem Nicken auf den Kamin. »Für das Feuer.«

Seine verwirrte Miene löste sich auf. »Nichts zu danken. Ich hoffe, es stört dich nicht, dass ich das Holz der Tür benutzt habe?«

»Nein. Der Gedanke war mir auch schon gekommen«, gestand sie. Traurig blickte sie auf das klaffende Loch, das vorher von der Holztür verdeckt gewesen war. Ein ungutes Gefühl beschlich sie.

Reiß dich zusammen!, wies sie sich im Stillem zurecht. Doch Kiran schien ihre Unruhe zu bemerken. Er starrte ebenfalls auf den Durchgang. »Ist sowas schon einmal passiert?«

Stirnrunzelnd sah sie zu ihm. Nun, wo das Kaminfeuer den Raum erhellte, wirkten seine hellblonden Haare beinahe selbst wie Flammen. Oder bildete sie sich das nur ein? »Wie kommst du darauf?«

»Deine Reaktion, als du es entdeckt hast. Du bist nicht auf das Haus zugelaufen, sondern hast alles fallen lassen und bist zum Stall gestürmt. Das ließ mich vermuten, dass so etwas schon einmal vorgekommen sein muss. Und wo wir gerade bei den Dingen sind, die du fallen gelassen hast; Ich habe sie auf den Stuhl gelegt.«

»Oh«, entfuhr es ihr unwillkürlich. Den Beutel hatte sie komplett vergessen. »Danke.« Dann seufzte sie tief und deutete auf den Tisch, auf dem die beiden Tassen mit Tee standen. »Wir sollten etwas trinken. Setz dich doch.«

Er folgte ihrer Aufforderung und setzte sich an den Tisch. Auch er hatte seinen Umhang nicht abgelegt. Nun, im Licht des Feuerscheins, konnte sie seine Kleidung genauer betrachten. Sie war in dunklen Brauntönen gehalten. Der Stoff wirkte nicht abgewetzt und war von guter Qualität. Der Schnitt war ungewöhnlich, jedoch nicht extravagant. Als sie seine Kleidung betrachtete, wurde sie sich ihrer eigenen Kleider bewusst. Die warme, zu weite Stoffhose, die abgetragene Bluse mit dem Loch am Ärmelsaum, welches sie noch nicht hatte Stopfen können, der gestrickte Pullover, den schon ihre Mutter getragen hatte … alles was sie trug, stand im starken Kontrast zu seiner Kleidung.

Nach der Tasse greifend, sah sie sich unsicher im Raum um. Ihre Nervosität war beinahe vollkommen verschwunden, da Kiran sich an sein Versprechen hielt und ein vorbildlicher Gast war. Sie lächelte und diesmal fiel es ihr leichter. »Wenn du Hunger hast, ist noch ein Julekuchen in dem Beutel. Ich habe ihn extra für heute Nacht gebacken.«

Die überraschte Freude, die in seinen Augen aufblitzte, vermittelte auch Mayara ein wohliges Gefühl. Und da es so war, fand sie den Mut, in die Tasche ihres Umhangs zu greifen und die Stifte und die Papierstücke hervorzuholen, und sie auf den Tisch zu legen.

Als Kiran den Kuchen, den er inzwischen aus dem Beutel hervorgeholt hatte, daneben stellte, sah er sie fragend an. »Wofür ist das?«

Sie lächelte, doch sie spürte selbst die Wehmut, die dahinter lag. »Die Dinge, die ich für meine persönliche Jultradition benötige.« Sie zögerte kurz. Dann zuckte sie, unsicher geworden, mit den Schultern. »Ich dachte, du möchtest vielleicht daran teilnehmen?«

Nun schlich sich Vorsicht und Argwohn in seinen Blick. »Hat es etwas mit Magie zu tun?«

Woher kam die plötzliche Kälte in seiner Stimme? Hatte er schlechte Erfahrungen mit den Jultraditionen gemacht? Wie sollte sie ihm erklären, um was es sich handelte. »Keine Magie. Nicht wirklich. Oder, wenn du willst, so alt, dass sie nichts mehr mit der heutigen Magie gemein hat«, versicherte sie schnell. »Es ist das Aussenden eines Wunsches. Nur einen. Das, was man sich für das kommende Jahr am meisten ersehnt. Deswegen sollte man gut darüber nachdenken. Wenn man es gefunden hat, schreibt man es auf einen Zettel, und hält diesen bis zum ersten Frühlingsmond stets in seiner Nähe. Man nimmt sich jeden Tag ein paar Minuten, um sich auf seinen Wunsch zu konzentrieren. In der Nacht des ersten Frühlingsmondes sucht man einen Ort auf, der für einen wichtig ist und vergräbt den Zettel mit dem Wunsch und eine kleine Gabe, wie zum Beispiel ein Brot, welches man am Morgen gebacken hat, eine Locke von dem eigenen Haar, irgendwas, zusammen in einem Loch, das man mit eigenen Händen gegraben hat. So übergibt man den Wunsch an die Große Mutter. Befindet sie ihn für würdig und nicht zu anmaßend, erfüllt sie ihn.«

»Alte Magie. So alt, dass kaum jemand sich an sie erinnert«, murmelte er. Dann blickte er sie aus seinen grüngrauen Augen an. »Wer hat dir das beigebracht?«

»Aiga.« Mehr wagte sie nicht zusagen, da sie befürchtete, die Trauer würde sie übermannen. Diese Wunde war noch zu frisch.

Kiran schwieg lange, doch schließlich nickte er, als sei er zu einem Entschluss gekommen. »Ein schöner Brauch. Ich werde mit Freunden an deiner Tradition teilnehmen, Maya.«

Sie lächelte unsicher und schob ihm dann einen Zettel und einen Stift zu. Dann zog sie den anderen zu sich selbst heran und zögerte.

Seit Aigas Tod hatte sie nicht mehr darüber nachgedacht. Ihr einziger Wunsch war es, ihre mütterliche Freundin und Lehrmeisterin wiederzuhaben. Obwohl ... Es stimmte nicht ganz. Es gab noch etwas, was sie ersehnte.

Entschlossen nahm sie den Stift und schrieb ein Wort auf den Zettel. Dann nahm sie ihn in beide Hände, schloss die Augen und dachte fest an ihren Wunsch.

Erst als Kiran sich nach langer Zeit räusperte, öffnete sie die Augen wieder. Sie sah ihn an und lächelte. Nun, wo sie etwas Vertrautes tun konnte, fühlte sie sich besser. Die Schrecken der Nacht wogen nicht mehr ganz so schwer. Und da Kiran seinen Schwur ernst zu nehmen schien, hatte sich auch ihre Angst inzwischen gelegt.

Da es so war, konnte Mayara sich eingestehen, wie schön es war, in dieser Nacht nicht allein zu sein.

Der Brauch

Chandra betrat den Gemeinschaftsraum und blieb überrascht stehen, als sie ihren Bruder entdeckte, der mit Myrrdin und Klio an einem Tisch saß. Welch seltener Anblick. Und obwohl sie eine gewisse Grundspannung in der Körperhaltung ihres Bruders erkennen konnte, die Unzufriedenheit ausdrückte, schien er so entspannt wie schon seit Jahren nicht mehr.

Anscheinend war sein Besuch in der Welt der Menschen zum Julfest erfolgreich gewesen. Doch warum dann diese ungeduldige Erwartung in seinem Blick?

Nun, sie würde es kaum herausfinden, wenn sie hier stehen blieb, oder? Sie ging zu ihnen hinüber und ließ sich auf dem noch freien Stuhl nieder. »Guten Morgen«, sagte sie und hielt dabei den Blick fest auf ihren Bruder gerichtet. Überrascht registriere Chandra den offenen Blick, welchen er ihr schenkte. »Hattest du eine schöne Nacht?«

Er musterte sie eingehend. Wahrscheinlich versuchte er zu ergründen, warum sie fragte. Dann lächelte er geheimnisvoll. »Es war … anders, als erwartet.«

Ihr entging die Pause nicht. »Inwiefern anders?« Nichtssagend zuckte er mit den Schultern. Einen Seufzer unterdrückend, griff sie nach der Kanne mit Tee, die in der Mitte des Tisches stand. Es brachte nichts zu versuchen, ihn zu einer Aussage zu zwingen. Dem Anschein nach wollte er im Augenblick nicht darüber sprechen. Während sie sich Tee eingoss, blickte sie Myrrdin an. »Und wie war dein Abend?«

»Musikalisch. Ich und ein paar der Minnesänger haben ihn gemeinsam verbracht. Es war wirklich erfreulich. Wie war der deine?«

»Ruhig«, antwortete Chandra sofort. Es entsprach der Wahrheit. Sie hatte die letzte Nacht allein verbracht.

Klio räusperte sich. »Anscheinend haben wir alle letzte Nacht erhalten, was wir uns gewünscht haben. Klingt doch nach einem erfolgreichen und gesegnetem Julfest.«

Chandra stimmte ihr im Stillem zu. Doch ihr Bruder wirkte nicht, als hätte er eine erfüllte Nacht im Bett einer Frau verbracht. Oh, er wirkte ausgeglichen und höchst zufrieden und doch … Sie bekam es einfach nicht zu fassen. Was immer es auch war, entzog sich ihr. Aber er saß hier bei ihnen und das zählte. Was immer für seinen Stimmungsumschwung verantwortlich war, sie war dankbar, dass er es gefunden hatte.

Klio, die Muse, schien zu bemerken, dass Chandra nicht weiter in ihren Bruder dringen wollte und wählte ein unverfängliches Thema, dem er sich gut entziehen konnte. »Freust du dich schon auf die nächste Wilde Jagd?«

»Diesmal sogar sehr. Ich weiß nicht, was es ist, aber der erste Vollmond nach dem Julfest ist für gewöhnlich intensiver. Vielleicht weil das Julfest für die Erneuerung steht. Alles scheint reingewaschen von sämtlichen Energien.«

»Es dauert nur noch wenige Tage. Hast du noch etwas vorzubereiten?«

Chandra stutzte. Für gewöhnlich war niemand wild darauf, ihr bei den Vorbereitungen zu helfen. Selbst den stärksten Feen, mit Ausnahme ihres Bruders vielleicht, schien die Wilde Jagd Angst einzuflößen. Oh, sie konnte es durchaus verstehen. Es ging nicht nur darum, den Himmel zu durchqueren und für sich einzunehmen. Diese Nacht nutzte die Göttin des Mondes, um die Energien der Welt in sich aufzunehmen und zu bündeln. Natürlich verzichtete sie nicht auf Fleisch, wenn es ihr begegnete. Und es kümmerte sie nicht, wenn es menschlich war.

In manchen Nächten schlossen die Geister der Vergangenheit sich an. Wesen, deren Macht groß genug war, um den Verführungen der

Hatz zu widerstehen. Für diese eine Nacht waren sie nicht an den Ort gebunden, an dem sie gestorben waren. Es war nicht von Interesse, warum die Seele nicht durch den Schattenschleier gegangen war und zu einem Geist wurde. In der Nacht des Vollmondes waren sie frei und konnten sich ihr anschließen.

Plötzlich seufzte ihr Bruder und riss sie aus ihren Gedanken. Fragend blickte sie ihn an. Für einen Augenblick schien er zu zögern, doch dann entschied er sich offensichtlich anders. »Hat einer von euch schon einmal von einer Tradition zum Julfest gehört, in der eine Frau dem Mann versprechen muss, ihm für einen gewissen Zeitraum im Bett zu Willen zu sein?«

»Wie kommst du denn auf sowas?«, fragte Chandra überrascht.

»Ich hab davon gehört. Doch mir ist diese Tradition nicht bekannt. Nicht in diesem Maße. Deswegen fragte ich mich ...« Er blickte die Geschichtenerzählerin an. Die Muse kannte alle Geschichten, Legenden und Sagen. Wenn es jemand wusste, dann sie.

»Es tut mir leid, Kiran. Eine solche Tradition ist mir nicht bekannt.« Ein abwesendes Nicken war alles, was sie zur Antwort bekam.

Chandras Gedanken überschlugen sich. »Bist du jemandem begegnet, der sich dir auf diese Weise feilgeboten hat?«

»Ja.«

Ihre Wut übernahm die Kontrolle. Es war ein weiteres Zeichen dafür, dass die Menschen alles pervertierten und verdarben, was ihnen zwischen die Finger kam. Und dann noch die Dreistigkeit zu besitzen sich jemanden wie dem Lichtbringer ...

»Reg dich ab, Schwester.« Kirans scharfe Stimme und der warnende Unterton darin, riss sie aus ihren Gedanken.

Anstatt sich zu beruhigen, brauste sie noch weiter auf. »Jemand hat unsere Tradition genommen und sie zu etwas ... kaputtem und verdorbenem gemacht. Und du sagst mir, ich soll mich abregen. Wer immer die Impertinenz besessen hat, sich dir auf diese Weise zu nähern, sollte umgebracht werden. Unverzüglich.«

Der kalte Blick in den Augen ihres Bruders überraschte sie. »Sie hat es nicht freiwillig getan, Chandra. Jemand gab ihr ein Amulett, das mit einem Zauber belegt war. Diese ... Frau hat sich im Wald versteckt, damit sie niemandem begegnet. Wie sollte sie ahnen, dass ich ihren Weg kreuze?«

Mühsam zog Chandra sich von ihrer Wut zurück. Sie ließ sie jedoch nahe an der Oberfläche. »Und du bist dir sicher, es ist nicht nur eine List gewesen?«

»Oh, es gab eine List. Jedoch nicht gegen mich. Jemand hat ihr diesen Zauber aufgezwungen.«

»Hast du eine Ahnung, wer? Denn wir können nicht zulassen …«

»Sie wollte es mir nicht sagen. Sie vertraut mir nicht. Und wer könnte es ihr verdenken, nachdem man sie derart hinters Licht geführt hat.« Chandra sah, wie ihr Bruder ein Amulett anhob, damit sie alle es sehen konnten. »Der Zauber ist an sie gebunden. Hätte sie sich ihm verweigert, wäre ihre gesamte Lebenskraft in das Amulett geflossen.«

»Was kümmert es dich?«, fragte Chandra kühl.

Die Kiefermuskeln ihres Bruders spannten sich an, als er die Zähne zusammenbiss. »Sie hat es sich nicht ausgesucht. Bei den Titten der Großen Mutter, Chandra, sie ist fünfzehn und noch Jungfrau.«

Das war ernüchternd. Fünfzehn war kein ungewöhnliches Alter, um sich das Bett von einem Mann wärmen zu lassen. Doch wenn es unter solchen Umständen geschah … Die Jungfrauennacht war wichtig. Es war eine Ehre für einen Mann gebeten zu werden, eine junge Frau durch diese zu führen. Aber wenn sie gezwungen war, sich einem Fremden hinzugeben … »Hast du sie durch die Jungfrauennacht geführt?«

Kiran zischte. »Wie käme ich dazu? Sie war total verängstigt und hat mir den Schwur lediglich geleistet, weil sie Angst hatte ihre Lebenskraft zu verlieren.«

Aber du hättest es gerne getan, dachte Chandra. Nun wusste sie, woher die Unzufriedenheit im Blick ihres Bruders ihren Ursprung fand. Das Mädchen, mit fünfzehn Jahren konnte Chandra sie guten Gewissens als Mädchen bezeichnen, schien ihren Bruder zu reizen. Vielleicht war es auch der Punkt, dass sie seine wahre Identität nicht kannte. Doch warum hatte er sich dann zurückgenommen? Lag es wirklich nur daran? Sie war ein Mensch. Es sollte ihn nicht kümmern. Und doch … »Was noch?«

»Hm?«

»Du verschweigst etwas.«

Sie starrten sich in die Augen. Ein stummer Kampf fand zwischen ihnen statt und Chandra wusste, würde sie den Blick nun als erste abwenden, würde ihr Bruder nicht ein weiteres Wort sagen. Sie würde ihn nicht vom Haken lassen. Am Zucken seiner Mundwinkel erkannte sie, wie er sich wandt. Dann endlich, senkte er den Blick.

»Als wir zu ihrem Haus gingen, hatte jemand die Türen und Fenster eingeschlagen. Wohl in dem Versuch, in das Haus zu gelangen. Etwas hat ihn jedoch davon abgehalten. Ich bin mir nicht sicher, was es war.« Er seufzte und konnte seine Wut nicht vor ihr verbergen. »Das schürte ihre Angst natürlich zusätzlich. Was nur all zu verständlich ist. Wer immer mit ihr auf diesem Stück Land lebt, war nicht da. Alleine mit einem Fremden, der sie im Wald gefunden hat, ein offensichtlicher Angriff auf den Ort, den sie ihr zu Hause nennt und niemand Vertrautes in der Nähe, der ihr Sicherheit vermitteln kann. Glaubst du wirklich, dies sei der richtige Moment, um sie durch ihre Jungfrauennacht zu führen, Schwester?«

Nein. Nein, das war es natürlich nicht. Beinahe verspürte sie Mitleid mit dem Mädchen. So wie Kiran die Situation darstellte, war es sicherlich eine nervenaufreibende Nacht für sie gewesen. »Wirst du sie wieder besuchen?«

Kiran nickte. »Werde ich. Ich habe sie gestern Abend gefragt, ob ich sie heute wieder besuchen darf. Nach kurzem Zögern hat sie zugestimmt.«

Myrrdin räusperte sich. Der Barde und die Muse hatten die Unterhaltung zwischen Bruder und Schwester schweigend verfolgt. »Dann solltest du etwas mitbringen. Ein Gastgeschenk wäre eine angebrachte Gabe. Man kennt diesen Brauch aus den Liedern.«

Der Herr der Sonne richtete den Blick auf den Barden. »Und was wäre ein angemessenes Gastgeschenk? Was erzählen die Lieder darüber?«

»Schmuck oder derlei Tand. Männer bringen ihren geliebten Blumen.«

Stirnrunzelnd schüttelte Kiran den Kopf. »So wie ich sie gestern gesehen habe, trägt sie keinen Schmuck. Und wir sind keine Geliebten.«

»Wie wäre es dann mit Speisen?«, meldete Klios melodische Stimme sich zu Wort. »Wenn du sie am Abend besuchst, werdet ihr gemeinsam Speisen, nehme ich an. Dann füge dem Mahl etwas zu hinzu. Eine Flasche unseres Weins oder Gebäck. Niemand kann behaupten, es wäre keine angemessene und höchst aufmerksame Gabe.«

»Ja«, murmelte Kiran. Chandra war sich nicht sicher, ob er mit ihnen, oder mit sich selbst sprach. »Ja, das wäre angemessen.« Er griff nach seiner Teetasse und lehrte sie in einem Zug. Dann schob er den Stuhl vom Tisch zurück und stand auf.

»Kiran«, rief Myrrdin, ehe er verschwinden konnte. Der Lichtbringer starrte ihn ungeduldig an. »Wenn du sie durch die Jungfrauennacht führst – ich gehe davon aus, dass du es tun wirst –, erinnerst du dich an den Brauch des Jungfrauengeschenks?«

Chandra starrte den Barden ungläubig an. »Sie ist ein Mensch. Unsere Gesetzmäßigkeiten zählen für sie nicht. Davon abgesehen macht das Versprechen, das sie Kiran gegeben hat, jedes Geschenk unnötig. Sie hat sich ihm bereits versprochen.«

»Es ist Tradition, meine verehrte Chandra, dass der Mann, der eine Frau durch ihre Jungfrauennacht führen darf, im Gegenzug zu dem was sie ihm darbietet, ein Geschenk gibt. Sie bietet ihm das Wertvollste, was sie hat. Etwas, was sie nur einmal im Leben verschenken kann. Es wäre also nur rechtens, wenn Kiran dieses Geschenk würdigt.«

Chandra wollte schon etwas erwidern, doch dann sah sie den Blick ihres Bruders. Die Bestürzung darin sagte ihr deutlich, dass er sich nicht an den Brauch erinnert hatte. Wen wunderte es? Er hatte sich stets geweigert, eine Frau durch die Junfrauennacht zu führen. Ihr wurde klar, sie stand mit ihrer Meinung hier auf verlorenem Posten.

»Ich werde mich daran erinnern«, versprach ihr Bruder und verschwand dann aus dem Gemeinschaftsraum.

Die Herrin des Mondes sah ihm hinterher. Jede Fee, die angefragt hatte, um sich von Kiran durch die Jungfrauennacht führen zu lassen hatte er abgelehnt. Immer hatte er sich stoisch geweigert. Wieso machte er nun eine Ausnahme? Für einen Menschen! Nicht einmal für jemanden ihrer Sippe.

»Es missfällt dir, dass er Interesse an dem Menschen hat«, sagte Klio, nachdem sie sie eine Weile betrachtet hatte.

»Vorsicht, Muse, du vergisst dich.«

Als die andere Frau den kalten Blick Chandras bemerkte, senkte sie sofort den ihren. »Verzeihung, Herrin des Mondes. Ich wollte nicht unhöflich sein.«

Der Tag

Mayara blickte auf die robuste Holztür, die auf dem Pferdewagen des alten Koira lag. Früh am Morgen war sie zu ihm gegangen, um seine Hilfe zu erbitten. Sobald sie wieder zu Hause war, buk sie sein Lieblingsbrot. Sie konnte ihm nicht viel bezahlen, doch wenigstens dazu war sie in der Lage.

Nun trat er neben sie und betrachtete das Haus. »Die Tür kann ich heute noch ersetzen. Das Fenster werden wir vorerst mit Holz verschließen müssen. Ich kann zwar den Fensterrahmen reparieren, jedoch nicht die Scheibe.«

Sie nickte und sah zu ihm auf. »Danke«, sagte sie inbrünstig. »Ich weiß das wirklich zu schätzen.«

Er lächelte beinahe väterlich. »Nun, wo Aiga fort ist, kümmert sich ja sonst niemand um dich. Wir kennen uns schon lange, da kann man sich durchaus auch einmal freundschaftliche Dienste erweisen, Maya.«

Das Lächeln, welches sie ihm schenkte, war herzlich. »Dennoch, ich weiß, du hast viel zu tun. Ich bin dankbar, dass du dir die Zeit nimmst. Ich weiß nicht ...« Tränen traten ihr in die Augen. Verschämt sah sie weg, damit er es nicht bemerkte.

Wenn er nicht wäre, wen hätte sie fragen können? Niemand. Das war die einfache Antwort. Sie wäre auf sich allein gestellt. Aus dem Dorf würde ihr gewiss keiner helfen.

»Nun geh du deiner Arbeit nach und ich meiner. Wenn wir beide fertig sind, werden wir einen Tee zusammen trinken«, schlug der alte Koira vor.

Mayara warf ihm noch einen dankbaren Blick zu, ehe sie sich umdrehte und zum Stall ging. Die Tiere mussten versorgt werden. Es war höchste Zeit. Sie könnte die Ziege melken, dann hätte sie morgen etwas Milch zum Frühstück. Oder heute Abend, wenn …

Sie zuckte zusammen. Als Kiran letzte Nacht gefragt hatte, ob er sie heute erneut besuchen dürfe, hatte sie es nicht gewagt, abzulehnen. Der Zauber war schließlich immer noch bindend. Also hatte sie genickt und er hatte versprochen, bei Sonnenuntergang da zu sein. Sie würde einen Eintopf kochen. Damit konnte sie nicht viel verkehrt machen, oder? Welche Speisen nahmen Adlige zu sich? Was, wenn ihre einfacher Kochkunst ihm zu simpel war?

Ändern kann ich es nicht, dachte sie und öffnete die Stalltür. Rohini, ihr Maultier, grummelte erfreut, als es ihre Besitzerin erblickte. Natürlich freute sie sich. Schließlich kündigte Mayaras Auftauchen die Fütterungszeit an.

Sie ging zu Rohinis Box und nahm den Futterbeutel hinaus, um ihn erneut zu füllen. Liebevoll knabberte das Muli an dem Ärmel ihrer Jacke. Sie musste lächeln und strich dem Tier liebevoll über den Hals. »Ich freue mich ja auch, dich zu sehen.«

Sie versorgte sie Tiere mit Futter und sammelte die wenigen Eier ein. Dann sah sie in die Boxen der Maultiere hinein. Sie waren sauber. Anscheinend hatte das Kleine Volk sich bereits darum gekümmert. Mayara griff nach dem Eimer, der immer neben der Stalltür stand und trat dann nach draußen, um Wasser zu holen. Es war gut, dass sie wenigstens bei den Tieren nicht alleine war. Es gab vieles, um das sie sich kümmern musste und seit Aiga fort war, gab es niemanden, der ihr zur Hand ging.

Sie hörte das Hämmern auf Holz, das vom Haus her zu ihr Drang. *Das stimmt nicht. Wenn du Hilfe brauchst, ist der alte Koira da. Aber du kannst ihn nicht für jedes bisschen um Hilfe bitten. Dir fehlt es nicht an Hilfe, sondern an Gesellschaft,* rief sie sich in Erinnerung.

Da sie nicht ins Haus gehen und Koira bei seiner Arbeit stören wollte, ging sie zu dem Brunnen auf der anderen Seite des Stalles. Sie füllte den Eimer nur halb. Alles andere ergab keinen Sinn, da sie die andere Hälfte auf dem Weg zum Stall durch das Überschwappen des Wassers verlieren würde. Wieso also mehr Mühe machen, als nötig? Dann musste sie eben öfter laufen.

Als auch das erledigt war, sah Mayara sich um. Was gab es noch zu tun? Die Wintertage waren kurz und da sie weder im Garten noch im Haus arbeiten musste – von den alltäglichen Hausarbeiten einmal abgesehen – kam sie sich ein wenig ratlos vor. Tränke und Salben herstellen wollte sie nicht, solange Koira da war. Es wäre ohnehin nicht die rechte Mondphase, um es zu tun. Sich hinzusetzen, um zu weben oder zu stricken, dafür fehlte ihr die Ruhe. Sie könnte allerdings den Eintopf für heute Abend vorbereiten.

Ja, das könnte sie tun. Es wäre eine sinnvolle Beschäftigung und sie würde in der Nähe sein, wenn Koira ihre Hilfe benötigte. Sie ließ noch einen letzten Blick über die Tiere schweifen, nahm den Eimer mit der Ziegenmilch, den das Kleine Volk für sie gemolken hatte, und verließ den Stall.

Als sie beim Haus ankam, stellte sie den Eimer ab und betrachtete ihre neue Eingangstür. Koira war gerade dabei, den Fensterrahmen wieder zu befestigen. »Du bist schnell.« Dann betrachtete sie das Küchenfenster. »Vielleicht sollten wir kein Holz davor machen«, überlegte sie laut.

Koira ließ den Hammer sinken und sah sie an. Dann nickte er. »Der Gedanke ist mir auch gekommen. Du kochst dort, was bedeutet, du benötigst eine Möglichkeit, den Rauch abziehen zu lassen. Du hast die Fensterläden, das sollte reichen, bis ich ein neues Fenster für dich habe«, erklärte er.

Mayara nickte zustimmend. Es wäre besser und sie wollte Koira einfach nicht zu viel Mühe bereiten. »Wenn du bald fertig bist, dann werde ich schon einmal den Tee aufsetzen. Ich habe auch noch ein wenig Julekuchen da, falls du nichts dagegen hast.«

»Ich habe nie etwas gegen Kuchen«, antwortete Koira lachend.

Lächelnd betrat Maraya das Haus. Dank der Sonne, die heute ungewöhnlich warm für diese Jahreszeit erschien, war die Kälte der Nacht verschwunden. Sie stellte den Eimer neben der Tür ab und löste den Knoten an ihrem Umhang. Dann brachte sie den Eimer in die Küche.

Zunächst füllte sie die Milch in die Kanne und holte die Eier aus ihren Umhangtaschen, die sie von den fünf Hühnern erhalten hatte, um sie in den Korb in der Vorratskammer zu legen.

Als die Eier sicher verstaut waren, suchte sie einige Zutaten für den Eintopf aus. Kartoffeln, eingelegte Karotten und Zwiebeln. Sie würde ein wenig von dem getrockneten Fleisch hineintun, auch wenn sie nicht viel davon besaß. Einige Gewürze noch, das musste reichen.

Als sie alles beisammen hatte, ging sie zurück in die Küche und legte die Zutaten auf ihren Arbeitstisch. Den größten Topf den sie finden konnte neben sich stellend, begann sie mit ihrer Arbeit. Mayara beschloss, gleich genug Eintopf zuzubereiten, damit sie in den nächsten Tagen nicht kochen brauchte. Dann könnte sie sich auf ihre Webarbeiten konzentrieren, sollte sie die innere Ruhe dafür finden.

Sie kam zu dem Grund ihrer Unruhe. Kiran. Oh, er war ein vorbildlicher Gast mit tadellosen Manieren gewesen, als er letzte Nacht hier war. Doch der Gedanke an das Versprechen, durch das sie in den nächsten Monaten an ihn gebunden war, jagte ihr Angst ein. Er hatte zwar gestern keinen Anspruch darauf erhoben, aber würde dies auch so bleiben? Sie kannte die Antwort nicht. Obwohl sie sich gestern unterhalten hatten, wusste sie nicht mehr von ihm, als seinen Namen.

Es war ein seltsames Gefühl. Noch eigenartiger war es, dass sie mehr von ihm wissen wollte. Ob das an dem Zauber lag? Dieses Gefühl des stillen Verständnisses, das zwischen ihnen herrschte. Es war ihr erst aufgefallen, als sie sich verabschiedet hatten. Denn zu dem Zeitpunkt hatte ihre Angst endlich weit genug nachgelassen, dass sie wieder klar denken konnte.

Nun kehrte er heute nach Sonnenuntergang wieder. Mayara sah diesem Treffen mit gemischten Gefühlen entgegen. Sie kam nicht umhin, sich zu fragen, ob sie auch auf diese Art empfinden würde, gäbe es den Zauber nicht, den Vache ihr aufgezwungen hatte. Was wäre, wenn sie sich durch Zufall begegnet wären? Gut, sie waren sich durch Zufall begegnet, doch was, wenn es in einer anderen Nacht, unter anderen Voraussetzungen passiert wäre?

Mayara gab das geschnittene Fleisch mit ein wenig Wasser und Gewürzen in den Topf und stellte es auf die Herdplatte. Auf die andere Platte platzierte sie den Kessel mit Wasser, damit es für den Tee später bereit war. Dann feuerte sie den Ofen an und legte den Deckel auf den Topf. Während sie die Kartoffeln und die Karotten schälte und schnitt, würde sie es köcheln lassen. Das würde einen intensiveren Geschmack geben, wenn der Eintopf später fertig war.

»Wo ist denn …?« Fieberhaft begann Mayara auf dem Tisch herumzuwühlen. Sie brauchte dringend Nelkenwurz. Sie war sich sicher, sie hatte vor ein paar Tagen welchen im Wald gesammelt. Hatte sie ihn womöglich schon aufgebraucht? Es war natürlich nicht überlebensnotwendig, doch sie mochte den Geschmack davon in Eintöpfen. Und wenn sie an ihren Besucher dachte, war es nicht verkehrt, alles zu tun, was dazu führte, dass sie sich so wohl wie möglich fühlte.

»Maya?« Koiras Stimme riss sie aus ihren Gedanken. Sie ließ das Messer fallen und blickte auf. »Maya, würdest du mich bitte reinlassen?«

Oh! Natürlich, der Schutzzauber! Schnell lief sie in den Wohnraum. Koira stand an der offenen Tür und blickte sie mit einem belustigten Funkeln in den Augen an. »Entschuldige. Sei willkommen in meinem Heim«, sagte sie schnell.

»Danke.« Der alte Mann trat durch die Tür. »Es ist alles wieder hergerichtet. Zumindest so weit es mir möglich war.«

»Vielen Dank, ich weiß nicht, was ich ohne dich gemacht hätte. Setz dich, ich werde den Tee fertig machen. Der Kuchen steht auf dem Tisch.« Dort stand er seit letzter Nacht. Sie selbst hatte vor Nervosität nichts Essen können und Kiran war mit dem traditionellen Bissen zufrieden gewesen. Er hatte zwar den Geschmack gelobt, doch sie war sich nicht sicher, ob er ihn wirklich gemocht hatte, oder nur höflich sein wollte.

Das Wasser kochte bereits, also musste sie nur noch die Kräuter in den Tee füllen. Sie wählte die Mischung, von der sie wusste, dass Koira sie am liebsten Trank.

Nachdem sie die Tassen mit Kräutern und Wasser gefüllt hatte, fiel ihr das Brot ein, welches sie für den alten Mann gebacken hatte. Sie durfte nicht vergessen, es ihm zu geben.

Da der Tee ohnehin noch ziehen musste, nahm sie es aus dem Tongefäß, in das sie es gelegt hatte und ging zurück in den Wohnraum.

Koira saß bereits am Tisch und aß von dem Kuchen. Es war kein Wunder, dass sie sich fragte, ob Kiran der Kuchen geschmeckt hatte. Sie war an Koiras unersättlichen Appetit gewöhnt. Ansonsten kannte sie keine Männer, mit denen sie regelmäßig speiste.

Mit einem dankbaren Lächeln legte sie das Brot vor ihm auf den Tisch. »Das ist für dich. Es ist das mit Nüssen und Beeren, welches du so gerne isst.«

Der alte Mann schluckte den Kuchen, den er im Mund hatte, hinunter und hob das in ein Tuch eingewickelte Brot an, um daran zu riechen. »Wunderbar, wie immer. Ich danke dir, Mayara. Es wäre jedoch nicht nötig gewesen. Schließlich haben wir uns bereits auf einen Preis geeinigt.«

Einen, der viel geringer ist, als das, was du von jedem anderen erhalten würdest, dachte sie. »Ich möchte es aber. Heute ist der Tag nach dem Julfest, da solltest du eigentlich nicht arbeiten. Da du es dennoch getan hast, sieh es als … Feiertagszuschlag.«

Sein Lachen wärmte ihr das Herz. Es war schade, dass sie nicht öfter Zeit miteinander verbringen konnten. Doch die gelegentlichen Tassen Tee, verbunden mit unverbindlichen Unterhaltungen, waren alles, wofür sie die Zeit fanden. »Ich werde mal den Tee holen.«

Den Weidenkorb in der Hand, sah sie Koiras Wagen hinterher, bis er außer Sichtweite war. Es war eine angenehme Stunde gewesen und der alte Mann hatte sie viele Male zum Lachen gebracht.

»Nun wieder an die Arbeit«, mahnte sie sich. Da sie den Nelkenwurz nicht gefunden hatte, musste sie neuen Sammeln gehen. Die Kartoffeln und die Karotten waren geschält und gewürfelt im Topf und mit Hilfe ihrer Magie hatte sie das Feuer im Ofen beeinflusst, damit es lange genug brannte, bis sie wieder zurück war. Sie drehte sich um und ging dann in Richtung des Waldes.

Der Sonnenstand näherte sich bereits dem Nachmittag, sie musste sich also beeilen. Er hatte gesagt, er würde bei Sonnenuntergang zurückkehren. Sie wollte nicht unhöflich sein. Zudem war sie sich nicht sicher, wie weit Vaches Zauber reichte.

Es dauerte einige Zeit, bis sie den Nelkenwurz endlich fand. Dafür hatte sie tiefer in den Wald hineingemusst, als erwartet. Doch nun füllte sich ihr Korb schnell. Sie nahm nur so viel, dass sie genug für das Essen heute hatte und einige Blätter trocknen konnte. So musste sie das nächste Mal nicht gleich wieder losgehen. Sie beschloss jedoch, sich die Stelle zu merken.

Als sie endlich bereit war, wieder nach Hause zu gehen, sah sie zum Himmel hinauf. »Mutter! Schon so spät.« Wenn sie sich nicht sputete, wäre Kiran doch vor ihr da. Warum war ihr nicht aufgefallen, wie dunkel es inzwischen geworden war?

Mit schnellen Schritten ging sie los. Würde er wütend werden, wenn sie nicht da war? Was würde er denken?

Vollkommen in ihre Gedanken vertieft, achtete sie nicht darauf, wo sie hintrat. Sie übersah ein Erdloch und stolperte. Der Weidenkorb flog ihr aus der Hand und die Kräuter verteilten sich überall um sie herum. Der Aufprall jagte ihr sämtliche Luft aus den Lungen.

Es brauchte einen Augenblick, bis sie wieder atmen konnte. Dann setzte sie sich zögerlich auf. Ihr Kopf dröhnte und ihr rechtes Bein schmerzte unangenehm. Sie zog es an sich heran und betrachtete es. Vorsichtig bewegte sie probehalber den Fuß.

Es schien nichts gebrochen zu sein. Das war etwas Gutes. Der Heimweg würde zwar beschwerlich werden, aber ein fester Kräuterwickel und ein wenig Ruhe sollten dafür sorgen, dass sie den Fuß morgen schon wieder belasten könnte.

Grummelnd und sich über ihre eigene Unachtsamkeit ärgernd, begann sie den Nelkenwurz einzusammeln. Es war ihre eigene Schuld, so gab es nicht einmal jemanden, den sie dafür ausschimpfen konnte. Kurz innehaltend, gestand sie sich ein, wie schön es wäre. Selbst wenn es jemand wäre, der sie für ihre Unachtsamkeit schelten würde.

Als hätte der Gedanke etwas herbeigerufen, knackte hinter ihr ein Zweig. Verunsichert drehte sie sich um. Überrascht riss sie die Augen auf. »Kiran?«, rief sie, als sie den Mann erkannte, der sie mit fragendem Blick und einem belustigten Lächeln auf den Lippen betrachtete.

Die Nacht

Ist der Boden nicht ein wenig ungemütlich«, erkundigte Kiran sich, während er die Frau ansah, die sich nun mühsam aufrappelte.

»Es war keine Absicht«, murmelte sie, offensichtlich peinlich berührt.

Er streckte die Hand aus, um ihr beim Aufstehen zu helfen. Als sie ihre, ohne zu zögern hineinlegte, musste er ein zufriedenes Lächeln unterdrücken. Sie wurde zutraulicher. Vielleicht … Aber darüber sollte er jetzt nicht nachdenken.

Als sie vor ihm stand, sah er, wie sich ihr Gesicht schmerzhaft verzog. Sie hob die Hand und tastete eine Stelle an der Seite ihres Kopfes ab. Als sie die Hand wieder hervorzog, waren die Fingerspitzen mit einer dunklen Flüssigkeit bedeckt.

»Oh«, entfuhr es ihr und sie wurde bleich. Als sie anfing zu wanken, dachte er nicht lange nach. Er trat auf sie zu und hob sie kurzerhand auf die Arme. »Was …?«, entfuhr es ihr erschrocken.

»Du bist verletzt. Ich werde dich nicht laufen lassen«, erklärte er, während er den Weg zu ihrer Hütte einschlug.

»Aber das geht doch nicht«, protestierte sie.

»Warum?« Es verwunderte ihn. Was sprach dagegen?

»Der Weg ist weit und ich bin sicherlich zu schwer. Außerdem kann ich alleine laufen.«

Ein leises Lachen entschlüpfte ihm. »So wie das für mich aussah, als ich auf dich getroffen bin, kannst du das nicht. Und du bist nicht zu schwer.« Es war keine Lüge. Er spürte ihr Gewicht kaum.

»Aber …«

»Ruhe jetzt«, unterbrach er sie heftiger als beabsichtigt.

Sie murmelte leise etwas vor sich hin, was nicht unbedingt freundlich klang. Ihm war es recht. Wenn sie sauer auf ihn war, dann würde sie nicht darüber nachdenken, wie sehr sie sich vor ihm fürchtete. Oh, es gab allen Grund ihn zu fürchten. Er war der Lichtbringer! Der Herr der Sonne! Doch das wusste sie nicht. Und war es nicht einer der Gründe, wieso er sie dazu gebracht hatte, das Versprechen zu geben, welches an den Zauber gebunden war? Und dafür, seinen eigenen Schwur zu leisten. Er würde gern in ihr Bett eingeladen werden, jedoch nicht, wenn es für sie nur eine Verpflichtung war. Die Tatsache, dass sie noch nie das Bett mit einem Mann geteilt hatte, wog dabei ebenfalls schwer.

Es war, wie am Morgen so treffend gesagt wurde, eine Ehre, wenn man eine Frau durch ihre Jungfrauennacht führen durfte. Er wollte diese Ehre. Aber er wollte, dass sie sie ihm freiwillig gewährte.

Kiran spürte wie ihr Körper sich langsam entspannte. Ein gutes Zeichen oder lag es an seiner Körpertemperatur, die immer ein wenig über dem Durchschnitt lag? Im Gegensatz zu der kalten Luft müsste es ihr in seiner Nähe behaglich vorkommen. Ihm war es recht. Er würde alles nutzen, was ihm einen Vorteil verschaffte.

Das aufgebrachte Murmeln verstummte, als er aus dem Wald trat. Nun war es nicht mehr weit zu ihrem Haus. »Willst du wieder laufen?«, fragte er ruhig. Er erhielt keine Antwort. Ein Blick nach unten zeigte ihm, dass sie schlief. Oder war sie bewusstlos? Ihr Atem ging ruhig und sie wirkte entspannt. Anscheinend war sie tatsächlich eingeschlafen.

Beruhigt dadurch, ging er auf das Haus zu. Als er dort ankam, stand er vor dem nächsten Problem. Wie sollte er, mit ihr auf dem Arm, die Tür öffnen? Er würde sie absetzen müssen.

»Maya?«

»Hmm«, machte sie und versuchte näher an ihn zu rücken.

»Maya, du musst wach werden«, sagte er nun ein wenig lauter.

»Was?« Ihre Sprache war verwaschen, doch sie öffnete die Augen und blinzelte mehrere Male. Als ihr bewusst wurde, wo sie sich befand, oder besser gesagt bei wem, schreckte sie auf. »Oh, bin ich eingeschlafen?«

»Offensichtlich«, antwortete er mit einem nachsichtigen Lächeln. »Bist du wach genug, damit ich dich absetzen kann?«

Als sie nickte, entließ er sie aus seinem Griff. Sie schwankte immer noch leicht, doch er trat einen Schritt von ihr zurück. Bis ins Haus würde sie es wohl schaffen.

Sie bewegte sich vorsichtig, als ob sie befürchtete, das Gleichgewicht zu verlieren. Er trat näher an sie heran. Nur für den Fall …

Maya öffnete die Tür und betrat ihr Haus. Als Kiran ihr folgen wollte, funktionierte es nicht. Verdutzt blieb er stehen. Jedes Mal, wenn er die Türschwelle übertreten wollte, machte er stattdessen einen Schritt zurück. Was bei den Titten der Großen Mutter war das? War dies der Grund, wieso letzte Nacht niemand das Haus betreten hatte? Wahrscheinlich.

Die junge Frau drehte sich zu ihm um. »Sei willkommen in meinem Heim«, sagte sie, während sie den Knoten löste, der ihren Umhang hielt.

Diese Worte hatte sie doch auch letzte Nacht gesprochen, oder? Als er nun versuchte, die Türschwelle zu übertreten, funktionierte es. Verwundert drehte er sich herum und betrachtete die Tür. »Was war das?«, fragte er, als er nichts Ungewöhnliches entdecken konnte. »Ich konnte nicht eintreten.«

»Ein einfacher Schutzzauber.« Sie ging in die Küche, mit dem Weidenkorb in der Hand. Kiran folgte ihr, wollte es nicht dabei bewenden lassen.

»Schutzzauber? Du bist eine Hexe?« Ihr Nicken ließ ihn einen Augenblick innehalten. Seine Gattung hatte nicht viel Kontakt zu Menschen. Zu Hexen noch weniger. Einige behaupteten sie seien gefährlich. Andere wiederum meinten, sie wären das Ergebnis, wenn Feen und Menschen gemeinsam Kinder bekamen. Sie erhielten nicht dieselbe Macht wie eine Fee, doch etwas davon blieb in ihnen zurück. Er betrachtete Maya, wie sie begann einige Blätter aus dem Weidenkorb zu zerkleinern und in den Topf auf dem Herd zu geben. Er bevorzugte die zweite Theorie. Sie wirkte überhaupt nicht gefährlich. Doch er hatte bereits letzte Nacht eine Art … Verbindung zwischen ihnen gespürt. Ein Wiedererkennen. Nicht ihrer Person, aber vielleicht ihres Ursprungs. Wenn Feenblut in ihren Adern floss, würde es dieses Gefühl erklären.

»Möchtest du einen Tee haben, während ich den Eintopf fertig koche?«, erkundigte sie sich. Als sie durch die Küche ging, fiel ihm ihr Humpeln auf. Da kam ihm auch wieder die Wunde an ihrem Kopf in den Sinn.

»Setz dich. Ich werde mir erst einmal deine Verletzungen ansehen.«

»Es ist nicht schlimm«, wehrte sie schnell ab.

Stures Weib. »Maya, du hast geblutet. Also setz dich hin, damit ich mir das ansehen kann. Außerdem humpelst du.«

Sie starrte wie ein gescholtenes Kind zu Boden. »Das ist dir nicht entgangen?«

»Wie könnte es? Also …?« Er starrte sie eisern an und wartete. Was gab es da überhaupt zu überlegen? Sie war wirklich seltsam. Vollkommen anders, als die Frauen, die er sonst kannte. Waren alle Hexen so? In der Anderswelt wagte niemand, ihm zu widersprechen. Mit Ausnahme seiner Schwester vielleicht. Er musste zugeben, dass sie es tat, gefiel ihm nicht. Es war kein angenehmes Gefühl.

Irritiert sah er zu, wie sie seufzte und schließlich an einen der Küchenschränke ging. Er wollte sie schon erneut zurechtweisen, doch dann bemerkte er die Kräuter und Trankfläschen, die sich in dem Schrank befanden. Also wartete er. Sie wählte zwei der Trankflächen aus und einige Kräuter. Sie tat es mit derart schlafwandlerischer Sicherheit, dass es deutlich war, wie oft sie es machte. Als Letztes griff sie nach einem weißen Leinentuch, das ebenfalls in dem Schrank lag. Dann ging sie zum Ofen hinüber.

»Maya …«, setzte er wütend an. Wieso hörte sie nicht auf ihn?

»Ich werde einen Kräuterwickel machen. Dafür muss das Tuch in heißem Wasser getränkt werden«, erklärte sie ruhig. Nun, da sie in ihrem Element zu sein schien, wirkte sie mit einem Mal selbstbewusst. Dennoch, sie sollte mit dem verletzten Fuß nicht herumlaufen.

Entschlossen trat er einen Schritt auf sie zu und packte sie. Ohne auf ihren Protest zu achten, hob er sie hoch und setzte sie auf den Tisch, an dem sie vorher die Blätter zerkleinert hatte. »Du sagst mir, was ich machen soll«, forderte er. Und dann hielt er inne. Hatte er, der Lichtbringer, der Herr der Sonne, sich gerade wirklich der Order einer Frau unterworfen? Was war nur los mit ihm?

Maya schien es nicht zu bemerken. Sie begann ihm genau zu erklären, wie er vorgehen musste, um einen Kräuterwickel fertig zu machen. Während er das Leinentuch in heißem Wasser tränkte, stieg ihm der auffallend gute Geruch ihres Eintopfes in die Nase. Nachdem sie das Tuch für heiß genug befand, erklärte sie ihm, wie er die Kräuter auf das Tuch legen musste und wie es zusammengefaltet wurde, damit sie auch dort verblieben.

Als er fertig war, betrachtete er sein Werk stolz. Er arbeitete nie mit den Händen. Schon etwas einfaches, wie dieser Kräuterwickel, wurde immer für ihn erledigt. Es war ein seltsam gutes Gefühl. »Und jetzt?«, fragte er mit neu entfachtem Eifer.

Die junge Frau zögerte. »Jetzt muss ich ihn um meinen Fuß legen. Würdest du ihn mir bitte geben?«

Er nahm den dampfenden Wickel in die Hand und ging zu ihr hinüber. Als sie die Hand danach ausstreckte, zuckte sie erschrocken zurück. »Autsch«, rief sie und pustete gegen die Finger, die an den Wickel gekommen waren. Stirnrunzelnd blickte Kiran den Wickel an. Dann beschloss er, dass er zu heiß für sie war. Als er sie wieder ansah, blickte sie ihn fragend an. »Wie kannst du ihn halten, ohne dich zu verbrennen?«

»Mir macht die Hitze nichts aus. Ich mag Hitze.«

»Ich auch. Aber ... ich mag es nicht, mich zu verbrennen.«

Er zuckte mit den Schultern. Er war der Herr der Sonne. Er wusste, was Hitze mit jenen tat, die ihr zu nahe kamen. »Das ist es, was Hitze tut. Sie verbrennt alles auf ihrem Weg.«

Mit großen Augen starrte sie ihn an. »Nein«, sagte sie knapp.

»Du glaubst nicht, dass Hitze verbrennen kann? Sieh dir deine Finger an und sag das nochmal.«

»Natürlich kann Hitze verbrennen. Aber das ist nur ein Aspekt von ihr«, antwortete Maya umsichtig.

Nur ein Aspekt? Was hatte er übersehen? Hitze verbrannte und zerstörte. So einfach war das. Doch Maya sah dermaßen überzeugt aus, dass er nachfragen musste. »Welche gibt es denn deiner Meinung nach noch?«

»Hitze hilft uns, unsere Mahlzeiten zuzubereiten. Durch die Hitze des Ofens kann ich Brot backen oder eine Suppe kochen. Die Hitze meines Kamins hält mich im Winter warm. Die Hitze von dem Wickel, den du in Händen hältst, wird meinem Knöchel dabei helfen, zu heilen. Hitze ist nicht nur Zerstörung. Sie ist Wärme, das Gefühl behütet zu sein und sie kann heilsam sein.«

Er dachte über ihre Worte nach. Er war geneigt zuzugeben, dass sie recht hatte. Intellektuell verstand er ihre Worte ohne Probleme. Doch er selbst hatte es noch nie von dieser Seite wahrgenommen, noch nie auf diese Weise erlebt. Ihm war immer warm. Er brauchte kein Feuer, um sich zu wärmen. Sein Essen kochte er nicht selber und in der Anderswelt gab es keine Verletzungen oder Erkrankungen, außer sie waren tödlich.

Sie betrachtete ihn mit einem nachdenklichen Gesichtsausdruck. »Du hast es noch nie so gesehen, oder?« Als er den Kopf schüttelte, lächelte sie zu seiner Verwunderung. »Vielleicht sehen es auch nicht viele auf diese Art. Aber eine meiner Gaben von der Großen Mutter ist das Feuer. Auch wenn ich es nicht mag, mich zu verbrennen, so habe ich eine starke Affinität dazu.«

»Deine Gabe?«, fragte er verwundert.

»Hexen erhalten eine der fünf Gaben von der Mutter. Wir können bis zu einem gewissen Punkt über die Erde, das Feuer, das Wasser, die Luft oder den Geist gebieten. Allerdings habe ich noch nie von einer Hexe gehört, deren Gabe der Geist ist.«

»Und welches ist deine Gabe?«

»Feuer und Luft.«

Er nickte, ohne etwas damit aussagen zu wollen. Hexen besaßen also die Macht eines der fünf Elemente zu beeinflussen. War es eine Abwandlung dessen, was die Feen konnten. Sie alle beherrschten unterschiedliche Aspekte. Es konnte ein Element sein, wie es bei den stärkeren Herren und Herrinnen der Fall war, eine Gattung oder aber, ein Material. Anscheinend war es bei den Hexen ähnlich. Doch wie weit ging ihre Macht? Er wollte nicht weiter in sie dringen, so sehr es ihn auch interessierte. Er musste behutsam vorgehen.

»Also«, fragte er und hob den Wickel in die Höhe, damit sie ihn sehen konnte. »Was muss ich nun machen?«

Das Gasthaus

Der Inquisitor zügelte sein Pferd und sah sich um. Der Morgen graute und er war Müde. Vielleicht wurde es Zeit in einem Gasthaus einzukehren, um dort ein wenig zu rasten. Eine gute Mahlzeit und etwas Schlaf, dann könnte er weiterziehen. Wohin ihn seine Reise führen würde, wusste er noch nicht.

Doch, eigentlich weißt du es schon, dachte er. Vor Jahren war einer seiner Brüder verschwunden, während er auf der Jagd nach einer Hexe war. Nicht schwer zu erraten, was geschehen war. Gerüchte besagten, die Hexe sei ebenfalls tot. Doch vielleicht gab es noch mehr von ihnen in der Gegend. Es würde zwar eine lange Reise werden, aber diese konnte er nutzen, um in anderen Gemeinden Halt zu machen, um dort ebenfalls den guten Menschen zu helfen. Wenn es dort Hexen gab, konnte er sich um sie kümmern. Seiner Erfahrung nach, gab es sie überall, wenn man nur aufmerksam genug nachfragte.

Viele Menschen wussten nichts über die Bösartigkeit dieser Kreaturen. Erst wenn er sie darüber aufklärte, wurde ihnen einiges bewusst.

Die Ernte, die missglückte oder nicht so gut ausgefallen war, wie in den Vorjahren, Tiere, die auf unerwartete Weise verstarben, Mädchen, die schwanger wurden, obwohl sie wahrheitsgemäß versicherten, nie bei einem Mann gelegen zu haben, Männer, die sich von ihren Ehefrauen abwandten, weil sie von einer Hexe verzaubert wurden. Es gab viele Dinge, die auf Hexenhandwerk zurückzuführen waren. Es war ein Leichtes diese Anzeichen zu entdecken. Noch leichter war es, die Dorfbewohner von dem Treiben der Hexe zu überzeugen. Diese dann jedoch dazu zu bringen ein Geständnis zu unterzeichnen … Nun, seine Methoden waren äußerst wirkungsvoll. Bisher hatte noch jede der Kreaturen unterschrieben.

Er lenkte das Pferd auf den schmalen Feldweg, der von der Straße abging, auf der er entlangritt. Dadurch sollte er zügig zu einem Gasthaus kommen. Und wo ein Gasthaus war, war das nächste Dorf meistens nicht weit.

Er wechselte in einen zügigen Trab, um den Weg schnell hinter sich zu bringen. Die Nacht war kalt und es verlangte ihm nach der Wärme eines Kamins und vielleicht einer Frau in seinem Bett. Beides würde er in einem Gasthaus finden. Sollten keine leichten Mädchen dort zu finden sein, so war meistens die Wirtin – sofern vorhanden – gerne bereit, im Austausch von ein paar Münzen, das Bett mit ihm zu teilen.

Als das Gebäude in Sicht kam, erkannte er es zunächst nur an dem Lichtschein, der durch die Fenster nach draußen drang. Je näher er kam, desto deutlicher vernahm er das Stimmengewirr von den Männern, die dort anscheinend die Nacht zubrachten. Ungewöhnlich, für diese Uhrzeit. Ob etwas passiert war? Ein Unglück vielleicht?

Er hielt vor dem Gebäude an und stieg von dem Pferd. Die Zügel warf er locker über den Balken, der vor der Schenke aufgebaut war. Auch eine Tränke war vorhanden, dem Gaul würde es also gut gehen.

Der Hexenjäger klopfte sich kurz den Staub aus der Kleidung und nahm die beiden Stufen, die auf die Veranda führten. Dann öffnete er die Tür und warme Luft strömte ihm entgegen.

Die Gespräche verstummten sofort. Viele misstrauische Augenpaare beobachteten ihn, als er eintrat. Den Knoten an seinem Umhang lösend nickte er den Männern freundlich zu. »Guten Morgen, die Herren.«

»Dafür ist es noch reichlich früh«, antwortete einer der Männer.

»Das mag sein«, stimmte der Inquisitor zu. »Doch die Regeln der Höflichkeit gebieten einen Gruß.«

»Wohl wahr. Was führt dich her, Fremder?«, erkundigte sich der Wirt.

»Ich bin auf der Durchreise und suche nach einer warmen Mahlzeit und einem Unterschlupf, wo ich ein paar Stunden schlafen kann.«

»Zahlende Gäste sind immer willkommen. Wie lange möchtest du bleiben?«

»Einen Tag, vielleicht zwei. Ich bin im Auftrag des Herren unterwegs.« Der Hexenjäger wies nicht darauf hin, dass die vertraute Anrede nicht angemessen war. Er wollte Informationen und würde diese nicht bekommen, wenn er ihnen vor den Kopf stieße. Also passte er sich den Gegebenheiten an. Es war eine seiner besonderen Gaben, in keiner Gesellschaft durch extravagantes oder zu bescheidenes Auftreten aufzufallen. Sein unscheinbaren Äußeres und seine tiefe Bassstimme halfen ihm dabei.

»Nun, ich habe noch ein Zimmer. Fünf Silbermünzen pro Nacht. Wenn du ein Reittier hast, nochmal zwei, um es im Stall unterzubringen«, sagte der Wirt.

Der Inquisitor zog seinen Geldbeutel hervor und zählte die Münzen ab. Dann schenkte er dem Wirt ein freundliches Lächeln.

»Essen kannst du hier im Gastraum. Wenn du ein Frühstück möchtest, dann wird meine Tochter dir gerne eines zubereiten. Allerdings muss ich dafür noch einmal zehn Kupfer berechnen.«

Natürlich musst du das, du habgieriger Kerl. Du hast meinen prallgefüllten Geldbeutel gesehen und glaubst nun bei mir leicht einige Münzen verdienen zu können. Nur zu, berechne mir ruhig das doppelte für das Essen, dafür werde ich deine Tochter in meinem Bett haben, ohne etwas dafür zu zahlen. »Natürlich, werde ich für die Speisen zahlen. Ist deine Tochter vielleicht bereit, mir bevor ich zu Bett gehe noch etwas zuzubereiten?«

Der Wirt dachte nach. »Es gibt noch Pastete vom Abend. Die könnte ich dir servieren. Wenn du sie warm haben möchtest, muss ich dich enttäuschen, der Ofen muss erst wieder angefeuert werden.«

»Kalte Pastete wäre mir genehm«, versicherte der Inquisitor schnell. Es war ihm im Augenblick wirklich egal. Doch er spürte die angespannte Stimmung, die über den Raum lag. Er nahm das Getuschel der Männer hinter ihm wahr. Es könnte sich lohnen ein paar Tage hier zu verweilen.

Der Wirt nickte und drehte sich um, um die Pastete zu holen. Er verschwand durch eine schmale Tür, die hinter dem Tresen war.

Der Inquisitor drehte sich um und musterte die Männer. Einfache Männer, denen man ihre harte Arbeit ansah. Trotz des fortschreitendem Winters besaßen sie sonnengebräunte Haut, die im Sommer sicher noch dunkler war. Ihre schwieligen Hände und die verhärmten Gesichter ließen ihn vermuten, dass es sich um Bauern handelte. Einfach, sie zum Reden zu bekommen. Ein paar Bier und sie würden viel zu berichten wissen.

Als er die Tür hinter sich hörte, drehte er sich um und fragte sich, was der Wirt ihm wohl für dieses mickrige Stück Pastete berechnen würde.

»Hier«, sagte der Inquisitor, als er dem Mann ein weiteres Bier hinstellte. An diesem Abend waren schon mehrere Humpen der Trinkwütigkeit des Mannes zum Opfer gefallen. Welch ein Glück, denn der Alkohol löste seine Zunge.

Als er den Bauern am frühen Nachmittag angesprochen hatte, war dieser nur auf ein Gespräch eingegangen, weil er ihm ein Bier spendiert hatte. Der zu Beginn wortkarge Mann, war inzwischen dazu übergegangen, ihm alle möglichen Dinge zu erzählen. Deswegen beschloss er, nun die Fragen zu stellen, die ihn wirklich interessieren. Mit gespielt verwundertem Blick sah er sich im Schankraum um. »Letzte Nacht war hier aber mehr los«, bemerkte er beiläufig.

Der Bauer nickte. »Ja, das liegt daran, weil der Sohn vom alten Flick in der Nacht des Julfestes einer Frau das Bett gewärmt hat, die nicht seine eigene war. Ein übles Weibsstück, sag ich dir. Sie zieht mit Vorliebe verheiratete Männer in ihr Bett.«

»Welch ungewöhnliches Verhalten, für eine Frau«, merkte der Inquisitor an.

»Das kannst du laut sagen. Nichts als Scherereien hat man mit der. Seit vor zwei Jahren ihr Mann gestorben ist, bildet sie sich ein, dieselben Rechte zu haben, wie ein Mann. Laut polternd läuft sie durch die Stadt und widerspricht, sobald man sie zurechtweisen möchte.«

»Ihr Mann ist gestorben?«

»Ja, niemand hat damit gerechnet. Er war immer ein hervorragender Reiter. Das sollte er auch sein, da er Pferde gezüchtet und zugeritten hat. Doch in dem Sommer vor zwei Jahren – zack – fällt er von der Stute, die er gerade zureitet und bricht sich den Hals. Und das Weibsbild? Die hat noch nicht mal geweint. Hat sich brav für alles bedankt und die Gaben der anderen Frauen angenommen, die sie ihr haben zukommen lassen. Und zwei Tage nach seinem Tod steht sie im Stall und mistet dort aus, anstatt vor Kummer und Gram zu vergehen, wie es sein sollte.«

»Und seitdem zieht sie sich Männer in ihr Bett?«

»Tut sie«, bestätigte der Bauer und hob dann den Humpen Bier an, um ihn im einen Zug leer zu trinken.

Der Inquisitor winkte dem Wirt zu, um Nachschub zu ordern. Er wollte den Mann am Reden halten. Was er sagte, klang, als gäbe es hier Arbeit für ihn. »Klingt für mich, als sei sie mit dunklen Mächten im Bunde«, sagte er mit einem verschwörerischen Unterton.

»Würde mich nicht wundern, wenn es mit dem Teufel zuginge«, stimmte der Bauer zu.

Lächelnd nickte der Hexenjäger. Genau eine solche Aussage war es, auf die er gehofft hatte.

Der Kuss

»Sei willkommen in meinem Heim«, sagte Mayara, um Kiran den Eintritt zu gewähren. Sie machte einen Schritt zurück, als er über die Türschwelle trat.

»Wie geht es deinem Kopf?«, erkundigte er sich höflich.

»Besser und dem Fuß auch«, antwortete sie, ehe er danach fragen konnte. Sie fühlte sich entspannter als die Abende zuvor. Es war das erste Mal, dass sie ihn begrüßen konnte, wie es sich gehörte und sie ihm nicht unfreiwillig im Wald begegnete.

Kiran ging an ihr vorbei und öffnete seinen Umhang. Dann hielt er einen Beutel in die Höhe. »Ich habe Wein mitgebracht«, verkündete er.

Mayara lächelte und nahm den Beutel entgegen, als er ihn ihr reichte. »Danke, das ist sehr aufmerksam. Ich habe noch Eintopf da. Er ist von gestern, doch da …« Sie stockte. Nachdem er gestern ihre Wunden versorgt hatte, war er gegangen. Nicht ohne ihr vorher aufzuerlegen, sie solle sich ausruhen. Sie hatte es getan. Nicht, weil er es ihr gesagt hatte, sondern weil es ihr wirklich nicht gut ging. Doch heute fühlte sie sich besser und sie war bereit ihr Essen mit ihm zu teilen.

»Gegen Eintopf habe ich nichts einzuwenden«, erklärte er. Dann reichte er ihr seinen Umhang, damit sie ihn beiseitelegen konnte. »Setz dich ruhig. Ich werde Gläser für den Wein holen. Möchtest du auch einen Tee?« Sie kam sich unbeholfen vor und war froh, in der Küche verschwinden zu können, als er nickte.

Der Kessel mit Wasser stand bereits auf dem Herd, ebenso wie der Eintopf. Der Tee wäre also schnell aufgegossen. Sie legte den Beutel auf ihren Arbeitstisch und öffnete ihn. Sie betrachtete die Weinflasche. Die Form war ungewöhnlich und ihr in dieser Art noch nie untergekommen. Es hieß nichts, da sie nur mit den Flaschen vertraut war, die Aiga immer genutzt hatte. Und die sie nächsten Herbst nutzen würde.

Sie seufzte traurig. Aiga war noch nicht lange fort, doch die alte Frau fehlte ihr. »Keine Ahnung, wie ich das alles ohne dich schaffen soll«, murmelte sie leise und zwang sich dann, Tassen und Gläser aus dem Schrank zu holen. Die Gläser waren Aigas wertvollste Stücke gewesen. Sie hatte sie von ihrer Mutter erhalten. Und nun gehörten sie ihr.

Sie stellte zwei der Gläser auf den Tisch, neben die Teller, die sie bereits vor Kirans erscheinen dort hingestellt hatte. Dann griff sie nach zwei Holztassen und platzierte sie ebenfalls daneben. Sorgsam begann sie die Kräutersäckchen zu füllen, die sie nutzte, um Tee aufzugießen und legte sie anschließend in die Tasse.

Es fühlte sich seltsam an, Kiran im Wohnraum zu wissen. Das tat es nicht, wenn Koira hier war. Wieso war es bei ihm anders? Vielleicht, weil sie ihn erst vor Kurzem kennengelernt hatte. Oder weil er nicht … alt war. Und seit gestern …

Sie unterdrückte das Gefühl, das in ihr Aufstieg, als sie sich daran erinnerte, wie sich Kirans Hände auf ihrem Bein angefühlt hatten, als er ihr den Kräuterwickel angelegt hatte. Warm und sanft waren sie an der Haut ihres Beines entlang gestrichen. Es war gar nichts Verwerfliches an dieser Berührung gewesen, schließlich wollte er ihr nur helfen. Doch sie hatte nichts dagegen machen können, als sich ihr Atem unwillkürlich beschleunigte und wohlige Schauder ihren Körper hinab jagten. Und dem Blick nach, den er ihr zugeworfen hatte, war es ihm aufgefallen. War dies vielleicht auch der Grund gewesen, warum er – sobald er sie gut versorgt wusste – gegangen war?

Wieder seufzte sie. Sie sollte sich nicht mit solchen Dingen beschäftigen. Es war nicht gut, wenn sie sich ständig in ihren Gedanken verlor. Auf diese Weise würde sie nie etwas schaffen. Entschlossen nahm sie die beiden Teetassen und ging zurück in den Wohnraum.

Kiran saß bereits am Esstisch und sah ihr entgegen. Sie konnte seinen Blick nicht deuten, was sie verunsicherte. Als sie den Tee vor ihn hinstellte, blieb sie unschlüssig stehen.

»Willst du dich nicht auch setzen?«, erkundigte Kiran sich, nachdem sie eine Weile dortgestanden hatte.

»Ich ... ich muss noch in die Küche.«

Der junge Mann erhob sich und nickte. »Dann leiste ich dir Gesellschaft«, entschloss er. Anscheinend wollte er nicht alleine hier sitzen. Es war nachvollziehbar, schließlich besuchte er sie, nicht ihren Wohnraum.

Deswegen nickte sie und ging zurück in die Küche. Sie hob den Deckel vom Topf, um den Eintopf zu rühren. Beinahe fertig. Dann beschloss sie, einige Scheiben Brot vorzubereiten, um das einfache Mahl zu ergänzen. Wenn er dann immer noch Hunger hätte, würde sie ihm von den getrockneten Früchten anbieten, die sie in ihrer Vorratskammer lagerte.

Wahrscheinlich war ihm all das zu einfach. Auch wenn er es nicht bestätigt hatte, war es offensichtlich, dass er von hohem Stand war. Wenn es ihr nicht schon vorher klar gewesen wäre, hätte sie es spätestens gestern Abend bemerkt, als er den Wickel vorbereitet hatte. Er war derart unbeholfen gewesen, sie hatte ihm jeden Handschlag erklären müssen. Dies zeigte doch deutlich, dass ihm körperliche Arbeit nicht vertraut war, oder?

Sie nahm das Brot aus dem Tongefäß und legte es auf den Arbeitstisch. Dann griff sie nach einem der größeren Messer und begann einige Schreiben abzuschneiden.

»Du backst dein Brot selber?«, ertönte plötzlich seine Stimme dicht neben ihrem Ohr.

Erschrocken ließ sie das Messer fallen und fuhr herum. Er stand so dicht vor ihr, wie hatte sie da nicht bemerken können, als er sich ihr näherte? Seine grüngrauen Augen blickten ruhig in ihre und machten es ihr unmöglich, sich zu bewegen. *Zu nah,* dachte sie. Sie sollte ihm antworten, doch ihr Kopf kam ihr mit einem mal vollkommen leer vor.

Er machte noch einen kleinen Schritt auf sie zu und als er sich vorbeugte, setzte ihr Herz für einen Schlag aus. Dann begann es mit der doppelten Geschwindigkeit seine Arbeit wieder aufzunehmen. Ihr Atem beschleunigte sich und ihre Sicht verschwamm für einen Moment. War das nun Panik? Oder etwas anderes?

Irritiert nahm sie wahr, wie Kiran die Hand ausstreckte und an ihr Vorbeigriff. Dann trat er einen Schritt zurück und steckte sich ein Stück des Brotes in den Mund. »Sehr gut«, befand er und dann entfernte er sich weit genug von ihr, dass sie wieder atmen konnte.

»D–d–danke«, brachte sie stammelnd hervor. Es gelang ihr nur langsam, sich wieder zu entspannen. Für einen Augenblick war sie wirklich der Meinung gewesen, er wolle sie küssen. Was sie verwunderte, war der kleine Stich der Enttäuschung, der sie durchfuhr. Was war nur los mit ihr?

Sie schluckte das Gefühl herunter und wandte sich wieder dem Brot zu. Sie brauchte etwas, auf das sie sich konzentrieren konnte.

Mit dem Gefühl der Zufriedenheit beobachtete er, wie Mayara begann Butter auf die Brotscheiben zu schmieren. Schon letzte Nacht war ihm aufgefallen, wie sie auf seine Nähe reagierte. Der Blick in ihren Augen, als er seine Hand länger als nötig an ihrem Bein verweilen ließ … Sie war mit ihren fünfzehn Jahren zwar noch jung, doch die Reaktion die er erhalten hatte, war die einer Frau gewesen, die bereit für ihre Jungfrauennacht war. Doch er wollte ihr die Zeit geben, sich an seine Nähe zu gewöhnen. Wenn er sie all zu schnell ins Bett drängte, würde sie keine wahre Freude dabei empfinden.

Aber ihr Blick gerade … Er hatte darüber nachgedacht, sie zu küssen. Sie wäre bereit gewesen. Doch einer Frau immer zu geben, was sie wollte, konnte ein Fehler sein. In ihr den Wunsch zu erwecken, dass es passierte jedoch … Sie sollte sich ruhig nach ihm verzehren. Sollte über ihn nachdenken und über das, was sie alles miteinander tun könnten.

Bisher hatte sie nie über solche Dinge nachgedacht. Dies war ebenso unschwer zu übersehen, wie ihre Reaktion auf ihn. Es war nicht untypisch für jemanden, der derart jung war, doch die meisten Frauen hatten in diesem Alter ihre Jungfrauennacht bereits hinter sich. In der Menschenwelt war es – seines Wissens nach – sogar üblich, schon verheiratet zu sein.

Doch Maya war vollkommen anderes als die Menschen, denen er bisher begegnet war. Auf der einen Seite wirkte sie naiv und unschuldig, doch manche ihrer Äußerungen … Sie wirkten zu abgeklärt, für einen Menschen in ihrem Alter. Ihre Ansichten über Hitze fiel ihm wieder ein. Auch die Art, wie sie gestern auf seine Anweisungen reagiert hatte. Jemand hatte sich darum bemüht, ihr solche Dinge gut genug beizubringen, damit sie selbstbewusst genug auftrat, wenn es darum ging, jemand anderen zu unterrichten, wie sie funktionierten. Es gab jemanden der ihr vermittelte, gut in diesen Dingen zu sein. Andernfalls hätte sie ihm bei seiner Ansicht über die Hitze nicht derart vehement widersprochen.

Auf der anderen Seite war sie in emotionalen Belangen unbeholfen. Nahezu vollkommen unerfahren. Und das war ein beinahe sträfliches Vergehen, wenn er bedachte, wie viel Emotion diese junge Frau in sich trug.

Wer brachte jemanden bei, zwar in Belangen des täglichen Lebens und der Gabe derart bewandert zu sein und ließ dabei andere essentielle Dinge weg? Ihm fiel auf, dass sie hier alleine zu leben schien. Zumindest war ihm bisher niemand anderes begegnet. Ob es überhaupt jemanden gab, der sich um sie kümmerte?

Nun, die Haustür war repariert worden, was sie kaum selbst getan hatte, oder? Also musste da jemand sein. Ein männlicher Verwandter vielleicht? Doch seines Wissens waren Hexen immer weiblich. Also konnte er ihr den Umgang mit ihren Gaben nicht beigebracht haben.

Kiran vermied es, den Kopf zu schütteln. Die junge Frau, der er durch Zufall begegnet war, erschien ihm wie ein Rätsel.

Er zwang sich, seine Gedanken ruhen zu lassen und stellte fest, dass Maya inzwischen nicht nur die Brote fertig mit Butter beschmiert hatte, sondern auch der Eintopf war in zwei Schüsseln gefüllt worden.

Nach der Weinflasche und den Gläsern greifend fragte er: »Also, wollen wir essen?«

Sie nickte und nahm die beiden Schüsseln, um sie in den Wohnraum zu bringen. Er folgte ihr schweigend, da es ihm zu viel Vergnügen bereitete, sie zu beobachten, wenn sie sich wandt.

Doch sie gönnte ihm die Freunde nicht, da sie sich vollkommen auf ihre Aufgabe konzentrierte. Nachdem sie die Schüsseln auf den Esstisch platziert hatte, ging sie zurück in die Küche um den Rest zu holen.

Kiran dachte kurz nach. Er könnte ihr erneut folgen. Doch das wäre wohl zu viel des Guten. Es war schön, wenn sie ein bisschen nervös wurde, solange es die *gute* Art von nervös war. Wenn die Nervosität jedoch Gefahr lief, in Angst umzuschlagen … Nein, er würde sich wie ein braver Gast an den Tisch setzten und auf seine Gastgeberin warten.

Als sie endlich am Tisch saßen und aßen, fiel ihm auf, wie Mayas Blick immer wieder gedankenverloren ins Leere wanderte. Sie war eine eigenartige Gesprächspartnerin. Sie beantwortete jede Frage, die er ihr stellte. Wenn es um ihr Leben als Hexe ging, kamen die Antworten prompt und ohne nachzudenken. Doch sobald er das Thema wechselte, wurde es anders. Ihre Antworten wurden zögerlicher. Manchmal hielt sie mitten im Satz inne und zog sich in sich zurück. Wenn er ihr die Zeit ließ, nahm sie den Satz an der selben Stelle wieder auf. Stellenweise änderte sie ihre Meinung über das, was sie zuvor gesagt hatte. Es war … unbefriedigend. Obwohl sie nicht in der Lage dazu zu sein schien, zu lügen, und freimütig antwortete, blieb sie ihm ein Rätsel. Und seit er sie gefragt hatte, ob sie alleine hier lebte, sagte sie gar nichts mehr.

»Das Essen war wirklich hervorragend«, sagte er. Es war nicht nur reine Höflichkeit, es zu erwähnen. Ihr Essen schmeckte … anders als alles, was er kannte. Was genau es war, konnte er nicht benennen. Vielleicht ein bestimmtes Gewürz? Er wusste es nicht. Was er aber wusste war, dass er ihre Kochkunst unter jeder anderen erkennen würde.

»Danke, ich weiß, du bist wahrscheinlich Besseres gewöhnt.« Sie sprach leise und es schien ihr schwer zu fallen, sich auf ihn zu konzentrieren.

»Sollte meine Frage nach deiner Wohnsituation zu aufdringlich gewesen sein, akzeptiere bitte meine Entschuldigung. Ich war noch nicht oft in …« Er stockte, da er die Anderswelt noch nicht erwähnen wollte. Würde er es tun, musste er ihr seine Identität offenbaren. »In dieser Gegend. Mir sind die Gebräuche nicht gänzlich vertraut. Wir sind ... Leute die Dinge offen aussprechen.«

»Es war nicht zu aufdringlich. Es ist nur ... Die Frau, die mit mir hier gelebt und mich groß gezogen hat, ist vor kurzem gestorben.«

»Das tut mir leid.« Es war das, was man in einer solchen Situation sagen musste, oder? Menschen sagten solche Sachen.

»Danke. Sie fehlt mir. Ich habe es immer noch nicht ganz realisiert.«

»Und seit deine Mutter gestorben ist, lebst du also alleine hier?« Mutig für eine junge Frau, dies in einer Welt zu tun, in der Männer das Sagen hatten.

»Ich muss! Jemand muss sich um das Land kümmern. Und Aiga war nicht meine Mutter. Meine Mutter ... verschwand vor vielen Jahren.«

Aber das Land hilft nicht gegen deine Einsamkeit, dachte er. Langsam durchblickte er sie. Zumindest diese Facette. »Meines Wissens nach, kann das Land recht gut auf sich selbst achten. Es hat die Große Mutter, die sich um es kümmert.«

Überrascht sah sie ihn an. »Du glaubst an die Große Mutter?«

»Natürlich. Ist das nicht ... normal?«

»Es ist ... ungewöhnlich. Glauben da, wo du herkommst, alle an sie?«

»Ohne Ausnahme«, bestätigte er. So und nun war es genug damit, das Thema zu wechseln. »Aber, wir waren bei deinem Land. Wieso glaubst du, du musst dich um es kümmern?«

»Weil es das ist, was Hexen tun. Wir sind die Töchter der Großen Mutter. Wir sind da, um das Land zu hüten. Was glaubst du, würde passieren, wenn ich nicht hier wäre?«

Erstaunt stellte er fest, dass sie mit einem Mal viele Jahre älter erschien. Es war nicht ihr Aussehen, doch ihre Ausstrahlung und ihre Augen wirkten uralt und weise. Er dachte kurz darüber nach. »Jemand anderes würde das Land beanspruchen?«

»Richtig. Und er würde es ausbeuten. Denn das ist es, was Menschen tun. Sie bepflanzen Jahr für Jahr dieselben Felder und wundern sich, wenn die Ernte schlechter wird. Das Land bekommt keine Möglichkeit sich zu regenerieren. Die Nährstoffe und alles Leben wird aus der Erde gezogen und dennoch fordern die Menschen jedes Jahr mehr. Was sie mit dem Land machen, auf dem sie Leben, tut mir weh, doch daran kann ich nichts ändern. Aber Meadowcove ist einer der Alten Orte, jene Plätze, wo – zumindest wenn man Aiga glauben schenkt – die Portale in die Anderswelt liegen. Diese Orte müssen behütet werden. Man muss sie … verstehen. Menschen würden nur die Magie zerstören, die hier wohnt.«

Dies war bei weitem die längste Rede, die er bisher von Maya zu hören bekommen hatte. Und sie beeindruckte ihn nachhaltig. Er dachte einen Moment über ihre Worte nach. Dann nickte er zustimmend. Ihre Ansicht über die Menschen entsprach in etwa seiner eigenen. Dies ließ ihn zu dem Schluss kommen, dass Hexen zwar menschlich zu sein schienen, aber nicht wie Menschen handelten. Noch ein Hinweis darauf, dass ein Teil ihres Erbes bei den Feen liegen könnte. Mitleid beschlich ihn. Wenn es wirklich stimmte, was sie sagte – und daran hegte er keinen Zweifel – musste es ein beschwerliches Leben für sie sein. Sie war noch so jung. Dann dachte er an die zerstörte Tür. »Hast du inzwischen eine Ahnung, wer deine Tür zerstört hat?« Als sie den Kopf schüttelte, seufzte er. Es war zu ärgerlich. Ob sie in ernsthafter Gefahr war? »Wie hast du sie derart schnell repariert? Hast du dafür Magie benutzt?«

Wieder ein Kopfschütteln. »So funktioniert Magie nicht. Koira war so nett, mir eine neue Tür einzusetzen. Er hat auch den Fensterrahmen wieder richtig befestigt.« Sie biss sich auf die Unterlippe, wirkte nun wieder, wie die junge, teils unbeholfene Frau.

»Koira?« Kiran ergriff den Punkt, den er nicht ganz verstehen konnte.

»Er besitzt einen Hof hier in der Nähe. Er hilft mir bei solchen Dingen, obwohl ich ihm nicht viel dafür geben kann.«

Er runzelte die Stirn. »Was gibst du ihm dafür?«, fragte er argwöhnisch. Es kam ihm seltsam vor, dass ein Mann derart … uneigennützig handelte.

Und das schien Maya nicht zu entgehen. Der wütende Blick, der ihn traf, machte es deutlich. »Ich backe ihm ein Brot, oder versorge ihn mit Kräutertränken und Tee, wenn er es braucht. Es ist nicht, was du vielleicht denken magst. Er ist anständig.«

»Entschuldige. Schon wieder. Ich scheine ein Talent dafür zu haben, die Dinge misszuverstehen.«

Sie atmete tief durch. »Schon gut. Du kannst nichts dafür.« Sie presste die Lippen aufeinander. »Er war mit Aiga befreundet. Er kümmert sich gut um sein Land und die Tiere, die darauf leben. Er ist ein guter Mensch.«

Kiran entspannte sich ein wenig. Wenn er mit Aiga befreundet gewesen war, war er sicher älter als sie. Aber um wie viel älter? Er vertraute nicht wirklich auf ihre Einschätzung, was seinen Anstand anging. Dafür war sie in solchen Dingen zu naiv. Wie sonst hätte jemand ihr den Zauber aufzwängen können, der sie überhaupt erst hier zusammensitzen ließ? Es wäre besser, er sagte nichts mehr. Heute schien er kein Talent für einfache Konversation zu besitzen.

»Was tust du für gewöhnlich abends, bevor ich in dein Leben getreten bin?«

Überrascht sah Maya ihn an. »Ich stehe mit den Vögeln auf und gehe für gewöhnlich auch mit ihnen ins Bett. In den Wintermonaten habe ich die Zeit immer genutzt, um zu Weben.«

Handarbeiten. Wie einfallslos. Doch es passte auch zu ihr. Vielleicht wäre es gar nicht langweilig, wenn sie es tat. Sie schien eine eigene Art zu besitzen, Dinge anzugehen. »Zeigst du es mir?«

»Das Weben?« Ihre Überraschung war nicht zu überhören.

»Ja, ich würde es gerne sehen.«

Sie zögerte. Anscheinend war es etwas, was sie im Stillen für sich tat. Was ihr Nicken für ihn nur noch erfreulicher machte.

Sie stand auf, um den Webramen zu holen. Kiran blieb zurück und wartete.

»Warte, da hast du etwas übersehen«, wies sie ihn an und beugte sich vor, um seine Hand zu führen. Seit einer Stunde erklärte sie ihm nun schon, wie man mit einem Webramen umging. Es war schön, sie so zu erleben. Wie sie seine Hand ergriff, ohne darüber nachzudenken. Ihre Führung war nachdrücklich aber sanft.

Nur schade, dass er kein Talent für Handarbeiten besaß. Es wurde von Minute zu Minute deutlicher. Er versuchte, das Webschiffchen zu führen, wie sie es ihm erklärte, doch er verlor immer wieder die Konzentration. Was nicht nur die Art der Arbeit schuld war. Wann immer sie sich vorbeugte, um ihm etwas zu erklären, streiften ihre Brüste seinen Oberarm, drückten sich dagegen. Sie schien es nicht zu bemerken, er dafür umso deutlicher. Und mit jedem Mal, wenn es geschah, bereute er seinen Schwur mehr und mehr. Und deswegen bedauerte er seine Bitte nicht. Es war ein guter Weg, wie sie ihre Angst vor seiner Nähe verlor.

Doch wie konnte er die Situation zu seinem Vorteil nutzen? Gab es einen Vorteil, den er daraus schlagen konnte? Dann kam ihm eine Idee.

Der nächste Fehler war pure Absicht. Als sie sich vorbeugte, um ihm zu helfen, machte er eine schnelle, unbeabsichtigt wirkende Bewegung, die sie dazu brachte, das Gleichgewicht zu verlieren. Als Maya ins Schwanken geriet, griff er nach ihr und zog sie auf seinen Schoß. Natürlich nur, um sie vor einem Sturz zu bewahren.

Mit großen, erschrockenen Augen sah sie ihn an. Er hielt ihren Blick, während seine Arme um ihre Hüften geschlungen waren. Ihre rechte Hand ruhte an seiner Schulter, der linke Arm über seinen rechten gelegt.

Sie war zu überrascht, um sich ihm zu entziehen. Das warme Licht des Kaminfeuers half ihm dabei, die Stimmung zu erschaffen, die er benötigte. Vorsichtig beugte er den Kopf vor, und ließ seine Lippen fragend über ihre streichen. Da sie sich nicht abwandte, küsste er sie. Zögernd. Sehnsüchtig. Nach Einlass bittend.

Er konnte spüren, wie ihre Finger an seiner Schulter sich für eine Sekunde leicht verkrampften. Dann erwiderte sie den Kuss. Unsicher zunächst, doch er ließ ihr die Zeit, sich an das Gefühl zu gewöhnen. Dann gestaltete er den Kuss intensiver, zog sie näher an sich heran. Seine Zunge stupste gegen ihre Lippen und sie verstand die Aufforderung, nahm sie an, und öffnete den Mund.

Es dauerte eine weitere Weile, bis sie die Arme um seinen Hals schlang und von sich aus näher an ihn heranrückte. Ihr heißer, schneller Atem streifte seine Haut. Er konnte ihren wilden Herzschlag spüren, da ihr Oberkörper eng an seinen gedrückt war.

In Gedanken fluchend, nahm er ein wenig der Intensität aus dem Kuss. Er hatte nicht bis zum Äußersten gehen wollen. Nun war er sehr viel weiter gegangen, als er vorgehabt hatte. Doch sie war noch nicht bereit. Sie mochte es im Augenblick vielleicht denken, aber er wusste es besser. Langsam zog er sich von ihr zurück und beendete den Kuss.

Ihr Atem ging immer noch rasend schnell, doch in ihren Augen war von dem Schreck nichts mehr zu sehen. Dafür erkannte er nun etwas anderes darin. Erstauntes Verlangen.

Die Verurteilte

Wieder hatte eine Hexe gestanden. Es war leicht, sie dazu zu bekommen, Reue zu zeigen. Bei dieser war ein Scheiterhaufen jedoch nicht angebracht. Sie hatte ihren Körper genutzt, um das Feuer der Leidenschaft zu entfachen. Er würde ihr die Hitze, die sie in den Männern geweckt hatte nicht für ihren Tod zukommen lassen.

Lange hatte er darüber nachgedacht, welche Strafe die angebrachte wäre. Der Inquisitor hatte sich entschieden. Sie sollte ihre letzten Stunden in einem kalten und einsamen Grab verbringen, wo niemand sie hören oder sehen konnte. Wo niemand ihr die Nähe schenken konnte, die sie sich derart schamlos erbeutet hatte.

Er betrachtete die Bauern, die gemeinsam ein Grab aushoben. Der Bauer, der ihm als erstes von der Hexe erzählt hatte, stand neben ihm und hielt eine Holzbox in der Hand. Sie war nicht groß und besaß eine Öffnung an einer Seite, doch in diesem Fall steigerte es ihren Wert nur.

Endlich war das Grab tief genug. Er gab den Männern ein Zeichen und diese traten beiseite. Er sah den Wirt des Gasthauses an. »Holt die Hexe her«, wies er sie an.

Der Wirt nickte sofort einigen Männern zu, damit sie ihm halfen. Gemeinsam gingen sie zu dem Wagen auf dem, in Eisenfesseln gelegt, die Hexe lag. Sie benötigte nichts, was sie vom Sprechen abhielt, da sie sich, im Versuch sich dem Gestehens zu entziehen, selbst dermaßen geschadet hatte, dass sie nur noch röchelnde Laute hervorbrachte.

Es würde nichts ändern. Er besaß ihre Unterschrift und das war alles, was zählte. Es musste ja niemand wissen, dass die Unterschrift, die das Schriftstück zierte, in seiner Handschrift geschrieben worden war. Ihr Nicken war alles, was er benötigt hatte.

Der Wirt und die Männer kamen zurück, in ihrer Mitte die Hexe. Der Körper der Frau hing schlaff zwischen ihnen. Nach den letzten Tagen war ihre fehlende Gegenwehr nicht verwunderlich. Als man sie jedoch in das Grab legen wollte, kam leben in sie. Die Hexe versuchte, sich dem Griff der Männer zu entwinden, doch die schweren Eisenfesseln machten es ihr unmöglich. Schließlich lag sie auf der feuchten Erde und wurde von zweien der Männer festgehalten, damit sie auch da verblieb.

»Die Pfähle«, wies der Inquisitor an.

Zwei weitere Männer traten hervor, Holzpflöcke und einen Hammer in der Hand. Sie begannen die Fesseln der Hexe damit am Boden zu verankern.

Sobald die Frau sich nicht mehr erheben konnte, ergriff der Inquisitor die Holzbox und trat vor. Er platzierte sie über ihrem Oberkörper, sodass sie vom Kopf bis knapp unter die Brust geschützt war.

Er kletterte wieder aus dem Grab und nickte einem der Männer zu, der einen schweren Jutesack in der Hand hielt. Dieser trat vor und entleerte den Inhalt in das Grab.

Die grauen Tiere begannen sofort aufgeregt umherzurennen und sich ihren Weg zu suchen. Der Hexenjäger betrachtete sie für einige Sekunden desinteressiert. Dann sah er die Männer an. »Macht es zu!«, rief er. Während die Männer sich beeilten seiner Aufforderung folge zu leisten, drehte er sich um, und ging davon.

Nun, wo die Männer begannen, das Grab mit Erde zu füllen, konnte die Hexe doch mehr, als nur zu röcheln. Während der Inquisitor davonritt, wurde er von ihren Schreien begleitet.

Wieder eine, dachte Isra, während sie dabei zusah, wie die junge Frau im Schattenschleier verschwand. Kam es ihr nur so vor, oder wurden es mehr? Die Frauen, denen sie in der letzten Zeit durch den Schleier geholfen hatte, waren zu jung. Sie hatte Augen und Ohren offen gehalten. Keine Krankheit grassierte in der Gegend. Es gab also keinen Grund, wieso diese Frauen sterben sollten. Und auch die Art wie sie starben, war irritierend. Verbrannt, ertränkt, lebendig vergraben … Und das war noch nicht alles.

Etwas ging um. Etwas Dunkles und Verhängnisvolles. Hoffentlich würde jemand dem Einhalt gebieten.

Sie seufzte und ging zurück zu ihrem Pferd. Eigentlich sollte sie sich keine Gedanken darüber machen. Sie sollte ihre Arbeit erledigen und sonst nichts weiter. Doch diese jungen Frauen ließen sie nicht los.

Vielleicht sollte sie sich einige Tage ausruhen. Es waren zu viele gewesen in der letzten Zeit, sie brauchte eine Pause. Eine ihrer Schwester könnte sie vertreten. Zumindest wenn es nicht zu lang war. Ja, das könnte sie tun.

Sie stieg auf die schwarze Stute und schnalzte mit der Zunge. Das Pferd lief los. »Komm schon, meine Gute. Wir gehen nach Hause.«

Nach Hause … Es würde schön sein, für ein paar Tage in der Anderswelt zu verweilen.

Die Muse

Klio ließ das Schriftstück sinken und hob den Blick, als sie ein Geräusch vernahm. Kiran spazierte durch den Garten. Doch er schien nicht in den privaten Bereich zu gehen. Es machte viel mehr den Anschein, als suche er fieberhaft etwas zu tun.

Ungewöhnlich, wenn man bedachte, wie der Lichtbringer in den letzten Jahren gewesen war. Grüblerisch und zurückgezogen hatte er seine Tage verbracht. Nun jedoch schien er von einer emsigen Betriebsamkeit erfasst. Er verschwand Nacht für Nacht und wo immer er hinging, es schien ihm gutzutun. Dies wiederum war gut für sie alle.

Doch wie ein Mann, der die Freuden des Bettes genoss, wirkte er nicht. Dafür war er *zu* aktiv. Also hieß es, er hatte die junge Frau, die er zum Julfest getroffen hatte, noch nicht durch ihre Jungfrauennacht geführt. Insgeheim bewunderte sie ihn dafür. Viele Männer hätten einen derartigen Zauber ausgenutzt. Doch Kiran war … anders. War es immer schon gewesen.

Sie legte ihre Sachen beiseite und stand auf. Kiran sah sie erst an, als sie vor ihm stand. Lächelnd betrachtete sie ihn. »Hast du einen schönen Tag, Kiran?«

Er wirkte abwesend. »Es geht so.«

»Hast du etwas dagegen, wenn ich dich auf deinem Spaziergang begleite?«

»Nein. Nein, deine Gesellschaft wäre Willkommen.« Er wirkte ruhig jedoch nicht so ausgeglichen, wie sie gehofft hatte. Um zu verhindern, dass er seine Meinung änderte, hakte sie sich bei ihm ein.

Gemächlich schlenderten sie durch den Garten. Sie sprachen nicht. Klio ließ ihn in seinen Gedanken schwelgen. Erst als Kiran schließlich lächelte, wagte sie es, zu sprechen. »Was treibt dich um, mein Freund?«

»Ich habe weben gelernt.«

»Weben? Wie kommst du dazu? Welch ungewöhnliches Talent.«

»Ich habe kein Talent dazu«, antwortete er prompt. »Doch in meinem Fall, war dies eher hilfreich.«

»Die junge Frau, die du in der Nacht des Julfestes getroffen hast?« Er nickte bestätigend. Es freute sie, dass er das Thema nicht gleich von der Hand wies. »Wie läuft es?«

»Wenn ich das wüsste. Sie verwirrt mich.«

Oh, das war allerdings interessant. Kiran war niemand, dessen stoische Ruhe und Gelassenheit man einfach durchbrach. »Inwiefern?«

Er sah sie abschätzend an. Wahrscheinlich versuchte er zu ergründen, wie viel er ihr mitteilen wollte. Dann zuckte er mit den Schultern. »Vielleicht liegt es an ihrem Alter. Manchmal wirkt sie wie ein unbeholfenes Kind, das man an die Hand nehmen muss. Aber dann …« Er hielt inne.

»Dann?«

»Es gibt Momente, in denen sie viel älter wirkt, als sie wirklich ist. Es ist seltsam. Ich weiß wahrscheinlich zum ersten Mal in meinem Leben nicht, woran ich bin.«

Die Muse musste ein Lächeln unterdrücken, als sie an die vielen Sagen und Legenden dachte. »Sie ist eine Frau. Es sollte so sein.«

»Ich mag es aber nicht, mich so zu fühlen.« Ein kurzes Zögern. Dann fügte er hinzu: »Und es gefällt mir nicht, fehlbar zu sein.«

»Hm?« Kiran und fehlbar? Das konnte sie sich beim besten Willen nicht vorstellen. Es hatte seinen Grund, wieso er der Herr der Sonne war.

»Es sind einfache Dinge, wie das Weben. Ich scheine für solcherlei Sachen kein Talent zu haben. Wenn ich dann sehe, wie Maya es tut und wie leicht es ihr von der Hand geht, komme ich mir unfähig vor.«

»Ich bitte dich, so schlimm kann es doch nicht sein.«

»Es ist schlimmer. Glaube mir.«

Sie dachte kurz darüber nach. Dann sagte sie: »Aber so wie du sie schilderst, ist sie auch nicht unfehlbar.«

»Sie ist ein Mensch. Niemand erwartet von ihr, unfehlbar zu sein.«

»Was noch?« Es konnte noch nicht alles sein. Dafür wirkte er immer noch zu unzufrieden.

Er seufzte. »Ich habe nach unserem Gespräch bei Tisch neulich beschlossen, sie durch ihre Jungfrauennacht zu führen. Doch ich komme nur sehr langsam voran.«

»Ist das was Schlimmes?« Es war nichts verkehrt daran. Auch wenn sie sich fragte, wieso Kiran sich nicht einfach das Versprechen, das sie ihm gegeben hatte, zu Nutze machte.

»Nicht, solange mir mein eigenes Verlangen nicht im Wege steht.«

Hier lag also das Problem. Kirans Interesse an dem Mädchen war größer, als sie angenommen hatte. Das war ein Punkt, den man nicht einfach übergehen durfte. »Du empfindest etwas für sie?«

»Ich mag sie. Und mal abgesehen von der Tatsache, dass sie mich verwirrt, fühle ich mich wohl bei ihr. Sie ist die einzige Person in meinem Leben, die nicht weiß, wer ich bin. Sie weiß nicht einmal, dass ich eine Fee bin. Wenn sie mich ebenfalls mag, dann nicht, weil ich der Lichtbringer bin.«

»Nicht alle wollen deshalb in deiner Nähe sein, weil du der Lichtbringer bist, Kiran.«

»Aber sicher kann ich nicht sein. Bei meiner Schwester oder zum Beispiel bei dir, weiß ich es. Wir waren schon als Kinder befreundet. Aber bei jedem den ich kennenlerne, frage ich mich, ob man nett zu mir ist, weil man mich, Kiran, sympathisch findet oder weil ich der Lichtbringer bin.«

Wie lange quälte ihn diese Frage schon? Warum hatte er nie etwas gesagt? Seit er vor vielen Jahren der Herr der Sonne geworden war, hatte er sich immer mehr zurückgezogen. Sie hatte es nicht verstanden. Nun konnte sie es nachvollziehen. »Es ist gut, wenn du dich wohl mit ihr fühlst«, beschloss sie. »Du sagtest, sie sei in einigen Dingen sehr unbeholfen?«

»Das ist noch freundlich ausgedrückt. Ich weiß nicht, wie ich es erklären soll. Fragt man sie über ihr Handwerk oder wie sie ihren Tag bestreitet, wirkt sie sehr erwachsen, beinahe schon alt. Aber in emotionalen Dingen …«

»Was glaubst du, woran das liegt?«

Kirans Seufzen sagte viel aus. »Sie hat vor Kurzem jemanden verloren. Die Frau, die mit ihr in Meadowcove lebte. Seit dem ist sie allein. Und auch wenn diese Frau ihr anscheinend viel über das Hexenhandwerk und das Bestellen eines Landes beigebracht hat, hat sie andere Dinge offensichtlich sträflich vernachlässigt.«

»Sie ist eine Hexe?« Das war eine interessante Information. Und da sie wusste, wo Meadowcove lag, würde sie sich die junge Frau, die Kiran so faszinierte bei Gelegenheit einmal genauer anschauen.

»Ja, sie hat es letzte Nacht erwähnt. Es erklärt ihre Ansicht, was das Land angeht. Glaube ich zumindest.« Er sah Klio mit seinen graublauen Augen an. »Was weißt du über Hexen, Muse? Gibt es Geschichten über sie und das, was sie wirklich sind?«

Sie dachte nach. »Ich bin mir nicht sicher. Es gibt einige, aber wie viel Wahrheit in ihnen steckt, kann ich dir nicht sagen.«

»Erzähl mir, was du weißt.«

»Du kennst die beiden Annahmen, wie Hexen entstanden sind?« Er nickte, sagte jedoch nichts. »Ich tendiere zu jener, die besagt, sie sind eine Mischung aus Mensch und Fee. Man weiß nicht, ob sie aus einer Verbindung zwischen einem Menschen und uns entstehen, oder ob sie sehr viel älter sind, als wir.«

Kiran runzelte die Stirn. »Die zweite Theorie ist mir unbekannt.«

Es war schwer die Aufforderung in diesen Worten zu überhören. »Es gibt einige Geschichten, die besagen, dass die Hexen unsere Ahnen sind. Eine Weiterentwicklung der Menschen. Je weiter sie sich entwickelten, und damit uns ähnlicher wurden, desto unwohler fühlten sie sich in der Welt der Menschen. Sie war ihnen zu unperfekt. In manchen Geschichten ist von einer drohenden Gefahr die Rede, die die Hexen zwang, zu fliehen. Hier scheint man sich nicht sicher zu sein. Sie schlossen sich zusammen und erschufen die Anderswelt. Sie taten es, indem sie Orte suchten, die vollkommen rein waren, deren Magie unverbraucht war. Mit Hilfe ihrer Magie verbanden sie diese Orte miteinander und so entstand unsere Heimat. Du errätst sicher selbst, dass es sich bei diesen Orten um jene handelt, die wir heute die Alten Plätze nennen.«

»Für wie wahrscheinlich hältst du diese Geschichten?«

»Es klingt nachvollziehbar. Wenn es so war, ist es vor zu vielen Generationen geschehen, dass wir uns nicht mehr daran erinnern können. Doch wenn einige Hexen zurückgeblieben sind, während andere in die Anderswelt gingen, könnte das erklären, warum wir ähnlich sind, aber nicht gleich. Jene, die hierher gezogen sind, konnten sich in unserer Welt weiterentwickeln. Die, die zurückgeblieben sind, haben sich in eine andere Richtung entwickelt. Du weißt, die Hexen werden die Töchter des Mondes genannt. Uns hingegen nenn man die Kinder des Mondes.«

»Das ergibt tatsächlich Sinn.«

Sie musste lachen. »Kein Grund, dermaßen überrascht zu klingen«, maßregelte sie ihn liebevoll.

»Entschuldige, es galt nicht dir. Eher der Theorie, über die ich nachgedacht habe. Die Frage, die sich mir nun stellt, ist, wenn Hexen immer weiblich sind, wie konnten dann männliche Feen entstehen?«

Eine interessante Frage. Doch auch dazu hatte sie eine Idee. »Nun, sie waren immer noch Frauen. Hätten sie keinen Nachwuchs bekommen, wären sie eine Generation hier gewesen und dann verschwunden. Ich gehe mal davon aus, dass sie ebenfalls, wie auch wir, zu bestimmten Anlässen in die Welt der Menschen zurückgekehrt sind, um ein wenig Erleichterung in den Armen eines Mannes zu finden. Aus diesen Vereinigungen entstand gelegentlich ein Kind. Die Magie der Anderswelt hätte dafür sorgen können, dass einige dieser Kinder männlich wurden. Männer, die ebenfalls Magie nutzen können. Es muss Generationen gedauert haben, ehe es genug von uns gab.«

Kiran verfiel in grüblerisches Schweigen. Anscheinend stimmte er ihren Vermutungen zu. Sie ging schweigend neben ihm her und ließ ihn in Ruhe nachdenken.

Es war überraschend, wie sehr diese junge Hexe ihn nach so kurzer Zeit beschäftigte. Doch sie genoss es, mit ihm über solche Dinge zu sprechen. Es kam nicht oft vor. Eigentlich nie. Es war das erste Mal, dass er sie nach ihrem Wissen fragte.

Sie würde nach Meadowcove gehen. Sie wollte dieses Mädchen unbedingt kennenlernen. Natürlich würde sie Kiran nichts davon erzählen. Aber vielleicht konnte sie ihm durch ihre Besuche sogar helfen. Wenn das Mädchen in emotionalen Dingen unerfahren war, könnte ein Gespräch mit einer Frau Abhilfe schaffen.

Das kleine Haus kam in Sicht. Es war einfach gehalten und wirkte eher zweckmäßig. Dennoch, oder gerade deswegen, fügte es sich perfekt in das Bild ein, das sich ihr bot. Das einstöckige Holzhaus, mit den geöffneten Fensterläden, die Scheune daneben, die nur um ein wenig kleiner war. Ein Stück abseits davon befand sich ein Stall. Es war alles sehr bescheiden und genau dies war der Grund, wieso alles hier harmonisch wirkte.

Sie ließ sich Zeit, während sie auf das Haus zuging, und sah sich um. Es gab Gärten, dies konnte sie an den umgegrabenen Bereichen sehen. Doch nun lagen sie alle in einem tiefen Schlaf. Keine Pflanzen, kein Saatgut wuchs darauf. Sie würde es gern im Frühling sehen, wenn alles gesät war. Oder im Sommer. Es wäre sicherlich ein inspirierender Anblick.

Als jemand aus dem Haus trat, blieb Klio stehen. War dies die Hexe? Sie war jung. Wirklich jung. Sie besaß den Körper einer Frau, wenn auch noch nicht vollkommen, doch ihr Gesicht … Sie konnte verstehen, was Kiran meinte.

Die Frau bemerkte sie zunächst nicht, sondern ging mit schnellen Schritten auf den Stall zu und verschwand darin.

Klio überlegte, wie sie wohl mit ihr ins Gespräch kommen könnte. Sie beschloss, erst einmal zu warten. Vielleicht bemerkte die Hexe sie ja. Sie würde die Zeit nutzen, um sich weiter umzusehen.

Meadowcove besaß eine ganz eigene Magie. Sie wog schwer und fühlte sich zu gleichen Teilen fremd und vertraut an. Sie war schon öfter in der Welt der Menschen gewesen, doch noch nie hatte sie darauf geachtet. Nun wo sie es tat, bemerkte sie den Unterschied. Je mehr Menschen an einem Ort lagen, desto verbrauchter erschien die Magie. Hier wirkte sie vollkommen unberührt. Wenn ihre Theorie stimmte, war es kein Wunder, wieso die Hexen sich damals diese Orte ausgesucht hatten.

»Hallo?«

Die Stimme riss Klio aus ihren Gedanken. Sie drehte sich um und stellte fest, dass die Hexe gleich vor ihr stand. Sie hielt ein paar Eier in den Händen und sah sie fragend an. Die Muse lächelte freundlich. »Hallo.«

»Kann ich Euch helfen?«

Höflich. Aber Klio bemerkte die Unsicherheit in dem Blick ihres Gegenübers. »Kannst du. Ich bin schon seit einiger Zeit unterwegs. Würdest du so nett sein, mir etwas Wasser zu reichen. Ich bin schrecklich durstig.«

Die Hexe musterte sie. Einen Augenblick lang befürchtete die Fee, das Mädchen würde hinter den Glammerzauber sehen können, da ihr Blick kritisch wurde. »Bei Eurer leichten Kleidung ist Euch sicherlich kalt. Wenn Ihr wollt, mache ich Euch einen Tee und Ihr könnt Euch ein wenig aufwärmen.«

»Das wäre wundervoll«, gestand Klio. In der Anderswelt gab es keine Jahreszeiten. Das kalte Wetter hatte sie überrascht. Sie folgte der jungen Frau zum Haus.

»Seid willkommen in meinem Heim.«

Die Muse wunderte sich, über die eigenartige Formulierung, doch sie trat ein und sah sich in dem Haus um. Was das Äußere versprach, setzte sich in seinem Inneren fort. Die Einrichtung war einfach und zweckmäßig. Es gab einen Esstisch mit drei Stühlen, vor dem Kamin standen ein Hocker und einen Schaukelstuhl. Es gab noch zwei kleinere Schränke. Ansonsten war der Raum leer. Es war seltsam. In der Anderswelt legte man viel Wert auf hübsche Dekorationen. Hier schien es anders zu sein. Lag es daran, dass sie eine Hexe war, oder waren alle Menschen so?

»Am besten setzt ihr Euch in die Küche. Der Ofen ist noch warm. Ich weiß, es entspricht keiner angemess...«

»Ein warmer Ofen ist alles, wonach es mit im Augenblick verlangt. Danke.«

Das Mädchen nahm den Hocker mit und brachte ihn in die Küche. Dort stelle sie ihn in die Nähe des Ofens. Dann legte sie die Eier, die sie immer noch in der Hand hielt, auf den Tisch. »Setzt Euch. Ich werde sofort einen Tee zubereiten.«

Klio folgte der Aufforderung und nahm auf dem Hocker platz. Dann betrachtete sie die Küche. Sie war beinahe so groß wie der

Wohnraum. Der Ofen stand nah beim Fenster, an der Wand links daneben standen zwei große Vorratsschränke. Gegenüber von dem Ofen stand ein Arbeitstisch, auf dem mehrere Dinge lagen. Es führten noch weitere Türen von dem Raum ab.

»Wie heißt du?«, fragte sie die junge Frau. Kiran hatte ihren Namen sicher schon einmal erwähnt, doch sie konnte sich nicht daran erinnern.

»Maya.« Das Mädchen goss Wasser in einen Kessel, der auf den Herd stand und öffnete dann die Ofenklappe, um nach dem Feuer zu sehen. Dann legte sie noch einen Holzscheit nach. »Es wird ein bisschen dauern, bis das Wasser kocht. Möchtet Ihr inzwischen ein Glas Wasser haben?«

»Das wäre gut. Du kannst mich Klio nennen. Wir brauchen nicht so förmlich zu sein.« Sie nahm das Glas Wasser entgegen, welches die Hexe ihr reichte.

Maya holte zwei Tassen aus einem der Schränke. Dann ging sie zu dem anderen und wählte ein großes Glas mit Kräutern aus. Interessiert beobachtete Isra, wie sie die Kräuter in kleine Säckchen füllte und diese in die Tasse legte. Dann drehte sie sich lächelnd zu ihr herum. »Ist Euch warm genug?«

»Danke, es ist sehr angenehm. Schön nach der Reise ein wenig sitzen zu können.« Eigentlich war sie nicht lang gereist, doch das wollte sie nicht sagen. Es würde das Bild zerstören, welches sie vermitteln wollte. Dennoch ließ sie ihren Zauber wirken. Der Zauber der Muse. Er diente dazu, Menschen zum Reden zu bringen, auch wenn sie sich nie darüber bewusst wurden, woher das Verlagen kam.

Sie beobachtete ganz genau, wie Maya sich bewegte. Selbstbewusst. Routiniert. Sie schien nicht groß darüber nachzudenken. Da der Schrank mit den Kräutern noch offenstand, wagte die Muse einen Blick hinein. Flaschen, Jutesäckchen und Tongefäße standen, fein säuberlich beschriftet, in den Fächern. Wie behielt sie nur da den Überblick?

»Wohnst du alleine hier?«, erkundigte Klio sich.

»Ja, seit Kurzem.« Der traurige Unterton in ihrer Stimme, entging der Muse nicht. Kiran hatte erwähnt, dass jemand verstorben sei.

»Oh, das tut mir leid. Sind die Nächte hier draußen so ganz allein nicht furchteinflößend?« Sie musste das Mädchen irgendwie dazu bekommen, den Lichtbringer zu erwähnen.

132

»Manchmal. In den letzten Tagen ist es weniger schlimm.« Das Wasser kochte und Maya nahm den Kessel vom Herd und goss die heiße Flüssigkeit in die Tassen.

»Was hat sich geändert?«

Die Röte, die der Hexe in die Wangen stieg, war zauberhaft. »Ich bekomme des Nachts Besuch.« Sie riss die Augen auf, als ihr klar wurde, wie diese Aussage klang. »Wir essen gemeinsam und dann unterhalten wir uns. Manchmal bis kurz vor Morgengrauen.«, fügte sie schnell hinzu.

»Warum? Ist er alt?« Nun war es an der Zeit die kleine Hexe ein wenig aus der Reserve zu locken.

»Nein.«

»Grob?«

»Nein.«

»Fehlen ihn die männlichen Teile?«

»Ich weiß nicht«, gestand sie.

»Gefällt er dir nicht?«

Nun zögerte sie plötzlich. War es nicht herrlich, wie sie von der selbstbewussten Gastgeberin zu einer unsicheren jungen Frau wurde?

»Doch, schon.«

Das waren doch schon einmal gute Voraussetzungen. »Gefällst du ihm nicht?«

Maya zuckte mit den Schultern. »Ich denke doch.«

»Was steht euch dann im Wege? Es ist sehr erfüllend einen Mann in seinem Bett zu haben, sofern er weiß, was er tut. Und gegen einsame Nächte,ist es das beste Heilmittel.«

Anstatt etwas zu erwidern, begann Maya sich fieberhaft mit dem Tee zu beschäftigen.

»Hast du schon einmal mit einem Mann das Bett geteilt?« Ein Kopfschütteln. »Kann es also sein, dass dies der Grund ist, warum ihr euch die Nächte über unterhaltet und nicht dort seid?« Ein neuerliches Schulterzucken. »Maya, es gibt nichts Verwerfliches daran. Und die augenscheinliche Rücksicht, die er nimmt, wird er sicherlich auch zwischen den Laken an den Tag legen.«

»Aber ...« Die Hexe seufzte und nahm einen Schluck von dem Tee.

»Aber?«

»Ich weiß es nicht«, gestand sie.

Sie wirkte so unsicher wie ein verlassenes Kätzchen. Was hielt sie noch davon ab, außer ihrer Jungfräulichkeit? Gab es da noch etwas anderes? Nun, eine Sache gab es. »Hast du Angst ein Kind zu empfangen?«

Zu Klios Verwunderung schüttelte Maya den Kopf. »Nein. Ich kenne Kräuter, die so etwas verhindern, wenn man sie als Tee trinkt.«

»Und du trinkst diesen Tee?«

»Seit heute«, gestand sie.

Also ging Maya davon aus, dass sie und Kiran sich bald näher kommen würden. Das war gut zu wissen. Der Lichtbringer würde in den nächsten Tagen eine Überraschung erleben. Und dank der Kräuter, die Maya zu sich nahm, würde wenigstens kein Kind aus dieser Verbindung entstehen.

Der Geburtstag

Es tut mir leid. Das Essen wird noch ein wenig dauern. Es ist ... etwas dazwischen gekommen.«

»Etwas?«

»Eine Frau, auf der Durchreise. Ich habe mich ein wenig mit ihr unterhalten.« Mayra fragte sich, wieso sie sich rechtfertigte. Doch sie hatte das Gefühl, sie müsse es tun. An den anderen Abenden war das Essen bereits fertig gewesen, wenn Kiran ankam. Diesmal jedoch ... Die Worte von Klio hatten sie derart beschäftigt, dass sie, nachdem die Dame weg war, stundenlang dagesessen und darüber nachgedacht hatte. Als sie realisierte, was es noch alles zu tun gab, war es schon spät.

Der Ofen fiel ihr ein und das, was darin wartete. »Verdammt!«, rief sie und stürzte auf den Ofen zu. Sie öffnete die Ofenklappe und sah sich hektisch nach einem Tuch um, mit dem sie die Form herausholen konnte. Wo hatte sie es nur hingelegt?

Da es verschwunden zu sein schien, schob sie die Ärmel ihres Pullovers nach unten und zog die Form heraus. Es war heiß, doch wenn sie schnell genug war, würde sie es oben auf dem Herd abstellen können, um dann mit ein wenig mehr Ruhe nach dem Tuch zu suchen. Zumindest war der Kuchen nicht verbrannt.

Als sie sich umdrehte, bemerkte sie Kirans fragenden Blick. »Du backst einen Kuchen, obwohl du dich ohnehin schon unter Druck setzt?«, erkundigte er sich.

Sie zögerte, dann nickte sie jedoch. »Es ist ... eine Art Tradition. Nur, weil Aiga nicht mehr da ist, wollte ich es nicht sein lassen.«

»Eine Tradition für was?«

Nun wurde es peinlich. Würde es wirken, als hätte sie eine bestimmte Erwartungshaltung an ihn, wenn sie es ihm erzählte? Sie wollte auf keinen Fall, dass er sich zu irgendetwas verpflichtet sah.

Da sie nicht antwortete, trat er auf sie zu. Ihr Herz begann zu rasen und der Kuss von der Nacht zuvor, kam ihr wieder in den Sinn. Mayara hielt den Blick gesenkt und überlegte fieberhaft, was sie sagen konnte, ohne dass es anbiedernd wirkte.

Kiran legte einen Finger unter ihr Kinn. Dann hob er sanft aber nachdrücklich ihr Gesicht an. Seine Augen musterten sie fragend, fesselten sie. »Für was?«, fragte er noch einmal.

Mayara spürte die Intensität seiner Nähe. Warum machte er sie derart nervös. Es kostete sie all ihre Konzentration, zu schlucken und schließlich Luft zu holen. »Wenn jemand von uns Geburtstag hat, gibt es immer diesen Kuchen«, erklärte sie leise.

Etwas blitzte in Kirans Augen auf. »Du hast Geburtstag?«

Mit zusammengepressten Lippen nickte sie langsam. »Morgen.«

»Warum hast du nichts gesagt?«

Wirkte er wütend? Warum war er wütend auf sie? Es war ja nicht so, als ob sie sich lange kannten. Und sie hatten auch nie über Geburtstage oder Ähnliches gesprochen. »Hätte ich etwas sagen sollen?«

»Zumindest hättest du es andeuten können«, erklärte er ein wenig besänftigt. Er hielt immer noch ihr Kinn umschlossen und musterte ihr Gesicht. Dann lächelte er. »Wenn es dein Geburtstag ist, möchtest du, dass wir morgen den Tag gemeinsam verbringen?«

Sie entwand sich seinem Griff und trat einen Schritt zurück. Genau das war es, was sie nicht gewollt hatte. Nun fühlte er sich verpflichtet seine Zeit für sie zu opfern. Dabei war es unnötig. Das einzige, was Aiga und sie an diesem Tag gemacht hatten, war, den Kuchen um Mitternacht anzuschneiden. Danach waren sie ihrem normalen Tagesablauf gefolgt. Und deswegen schüttelte sie langsam den Kopf. »Das ist nicht nötig«, beteuerte sie.

»Warum?«

»Du hast sicherlich wichtige Dinge zu erledigen. Und auch ich muss meiner Arbeit nachgehen.«

Die Trauer in seinem Blick verwunderte sie. Er trat ebenfalls einen Schritt zurück und seufzte. »Willst du mich nicht bei dir haben?«

»Das ist es nicht. Ich habe dich gerne hier.« Wo kam das nun her? Sie hatte geantwortet, ohne darüber nachzudenken. Und nun, wo sie es aussprach, wusste sie, wie viel Wahrheit in den Worten lag. Sie schloss die Augen. Das wurde immer komplizierter. Er würde nach dem Frühlingsmond wieder fortgehen und dann wäre die Einsamkeit noch schlimmer. Sie durfte sich nicht zu sehr an ihn gewöhnen. Und bei der Göttin, erst recht durfte sie sich nicht in ihn verlieben. »Wir beide haben Aufgaben, die erledigt werden müssen. Ich möchte nicht, dass du deine Verpflichtungen vernachlässigst, weil du dich aus irgendeinem Grund dazu verpflichtet siehst, mir einen Gefallen zu tun.«

»Ich fühle mich nicht verpflichtet. Ich möchte es tun. Ich will dich nicht davon abhalten, deinen Aufgaben nachzugehen. Es interessiert mich jedoch, wie du deinen Tag gestaltest.« Es war schwer zu deuten, was in ihm vorging. Er war anders, als alle Menschen, die sie bisher kennengelernt hatte.

Sie war zu abgelenkt, um zu bemerken, wie er wieder auf sie zukam. Erst als er sie in seine Arme zog, sah sie ihm erneut in die Augen. Sein Blick war ernst und Kiran war ihr so nahe, dass sie seinen Atem auf ihrer Haut spüren konnte.

Mayara wehrte sich nicht gegen seine Umarmung, blieb still stehen, als er seinen Kopf senkte und seine Lippen dicht an ihr Ohr brachte. »Also, erweist du mir die Ehre, deinen Geburtstag mit dir verbringen zu dürfen?«, hauchte er.

Ein wohliger Schauder fuhr ihren Rücken hinab. Ihre Haut begann zu prickeln und plötzlich nahm sie die Wärme seines Körpers viel intensiver wahr. Da sie ihrer Stimme nicht traute, nickte sie.

Sein Lächeln konnte sie zwar nicht sehen, doch sie spürte es, als er die Lippen über ihre Haut streichen ließ. Als sie stoppten, verweilten sie an ihrem Mundwinkel. »Danke«, flüsterte er, immer noch mit diesem verführerischen Unterton in der Stimme. Dann küsste er sie.

Es war ein sanfter Kuss, der nichts verlangte. Vorsichtig, beinahe keusch fuhren seine Lippen über die ihren. Und genau das war es, was Mayaras Herz zum Stolpern barachte. Als er sie letzte Nacht

geküsst hatte, konnte sie seine Leidenschaft spüren. Doch das hier …
es war so vollkommen anders. Kein Kuss, der darauf abzielte, Verlangen zu wecken. Es war warm und … erhebend. Ein dummes
Wort, doch ihr fiel nichts Besseres ein. Gab es überhaupt ein Wort,
um so etwas zu beschreiben? Sie wusste es nicht. Wenn, dann war es
ihr nicht bekannt. Und obwohl er nichts mit diesem Kuss bezwecken
zu schien, knisterte die Luft zwischen ihnen. Oder vielleicht gerade
deswegen? Warum musste das alles derart verwirrend sein?

Plötzlich befanden seine Lippen sich wieder an ihrem Ohr.
»Maya?«

»Mmh?« Wenn er mit diesem Ton sprach, konnte er einer Frau die
Knochen schmelzen lassen.

Das Grinsen war deutlich zu spüren, selbst wenn sie es nicht sehen
konnte. »Dein Kuchen wird verbrennen, wenn du ihn noch lange auf
der Platte stehen lässt.«

»Oh, verdammt!« Sie schreckte auf und drehte sich um. Den
Kuchen hatte sie vollkommen vergessen.

Um punkt Mitternacht schnitten sie den Kuchen an. Wie jedes Jahr
brach Mayara ein kleines Stück ab und nahm sich einen Augenblick
Zeit, um sich etwas zu wünschen. Ein Geburtstagswunsch, der nicht
zu ausgefallen war. Und wie jedes Jahr konzentrierte sie sich dabei auf
ihren Wunsch des Julfestes.

So auch heute. Als sie sich das Stückchen in den Mund steckte,
bemerkte sie, wie Kiran sie beobachtete. Wieder konnte sie seinen
Blick nicht deuten, doch er schien irgendwas von ihr zu erwarten.
Nur was?

Sie lächelte beklommen und schluckte den Kuchen hinunter.
»Danke, dass du die Nacht heute hier bist«, sagte sie.

»Es ist mir eine Ehre und ein Vergnügen, Maya. Niemand sollte
seinen Geburtstag alleine verbringen.«

Im Stillen stimmte sie zu. »Das macht es ein wenig leichter.
Normal war Aiga immer da. Doch nun …« Sie stockte. Nicht darüber nachdenken. Es sollte doch ein fröhlicher Tag sein. Sie wollte

nicht traurig werden, weil sie an das dachte, was sie verloren hatte. Besser, wenn sie sich auf positive Dinge konzentrierte.

Sie war dank Kiran nicht allein. Und da sie dringend nach Tolham musste, um Salz und weißes Mehl zu kaufen, wäre es vielleicht nicht schlecht, wenn Kiran bei ihr war. Schließlich müsste sie auch zur alten Vache. Ob sie sich anders verhielt, wenn ein derart feiner Herr wie ihr Gast sie begleitete?

Plötzlich kam sie sich verachtenswert vor. Würde dies nicht wirken, als würde sie ihn ausnutzen? Tat sie es vielleicht sogar, wenn sie ihn mit in die Stadt nahm?

Doch der Besuch war geplant gewesen und sie hatte Kiran, nachdem der Kuchen gerettet war, versprechen müssen, ihren geplanten Tagesablauf wegen seiner Anwesenheit nicht zu ändern. Es meinte, es würde ihm sicherlich Vergnügen bereiten. Sicher war Mayara da nicht, doch sie wollte ihm den Wunsch nicht abschlagen.

»Woran denkst du?«, erkundigte Kiran sich und riss sie damit aus ihren Gedanken.

»An morgen«, gab sie wahrheitsgemäß zurück.

Die Art wie er sie musterte, konnte man beinahe schon als unverschämt bezeichnen. »Macht es dich nervös, dass ich den Tag mit dir verbringe?«

Sie seufzte. Keine Chance, dem Thema zu entrinnen. »Ich frage mich, wie die Leute in Tolham darauf reagieren werden.«

»Weil du einen Mann an deiner Seite hast?«

Sie überlegte kurz. Nein, dies war nicht der Grund. »Ich fühle mich nicht wohl dort. Und die Bewohner tragen ihren Teil dazu, dass es so ist. Sie wissen es und nutzen es aus. Ich frage mich, wie es wohl ist, wenn ich in Begleitung bin.«

Er schien über ihre Worte nachzudenken. Dann nickte er. »Das kann ich nachvollziehen.«

Mayara entspannte sich ein wenig. Es tat gut zu sehen, wie ungezwungen er auf den morgigen Dorfbesuch reagierte. »Wie ist es dort, wo du herkommst? Ich weiß kaum etwas darüber. Eigentlich gar nichts.« Erst jetzt wurde ihr klar, dass es stimmte. Sie wusste so gut wie nichts über ihn, während er Nacht für Nacht mehr über ihr Leben in Erfahrung brachte.

Er zuckte abwehrend mit den Schultern. »Nicht besonders, ich habe oft das Gefühl …« Kiran holte tief Luft, sprach jedoch nicht weiter.

Sofort befiel sie ein schlechtes Gewissen. »War ich zu neugierig?«

»Nein, ich spreche nur nicht gern von zu Hause.«

Das war seltsam. Seine Kleidung und auch sein Benehmen wiesen darauf hin, dass er adelig sein musste. Das Leben eines Adligen war vielleicht nicht leichter als das ihre, doch was das Körperliche anging, so hatte er doch sicherlich Bedienstete, oder? »Ich weiß kaum etwas von dir«, gestand sie schließlich. »Wir unterhalten uns Nacht für Nacht. Aber nun, wo ich darüber nachdenke, weiß ich nicht viel mehr, als deinen Namen.«

Es brauchte einen Moment, doch dann lächelte er. »Du weißt, dass ich unglaublich schlecht im Weben bin.«

Das Kichern löste etwas in ihr. Bis gerade war ihr gar nicht bewusst gewesen, wie angespannt sie war. »So schlimm war es nicht.« Es war schlimmer gewesen, doch das wollte sie ihm nicht sagen. Sie würde sich hüten ihm zu gestehen, dass sie die ganze Arbeit nochmal auftrennen musste. Dann sah sie ihn an.

Seine Augen wirkten nachdenklich und ein wenig traurig. Sie ärgerte sich, da diese Niedergeschlagenheit nicht dort gewesen war, ehe sie sein zu Hause angesprochen hatte. Sie machte einen Schritt auf ihn zu. »Es tut mir leid, wenn ich dich traurig gemacht haben sollte. Ich würde gerne etwas über den Ort erfahren, wo du herkommst. Und auch mehr über dich. Aber ich werde dich nicht mehr danach fragen.«

»Du kannst mich alles fragen, Maya«, versicherte er schnell. Dann setzte er ein kläglichen Lächeln auf. »Es gibt nicht viel zu erzählen. Es ist nicht viel anders als hier. Ich fühlte mich mal mehr, mal weniger wohl dort. In den letzten Jahren war es eher das Zweite. Einzig bei meiner Schwester hatte ich das Gefühl, dass sie mich so sieht, wie ich wirklich bin.«

Er sprach in der Vergangenheit. »Was ist jetzt anders?«, fragte sie.

Er trat auf sie zu, nahm ihr Gesicht zwischen seine Hände und beugte sich zu ihr hinab. Der Kuss, den er ihr gab, war lang und sehnsuchtsvoll. Mayara vergaß ihre Frage, vergaß, wie es war

Knochen zu besitzen, die sich nicht anfühlten wie aus Lehm gemacht, als sie seinen Kuss erwiderte.

»Nun habe ich dich getroffen. Das ist anders«, sagte er, als er sich wieder von ihr löste.

Vache sah auf, als Mayara den Laden betrat, Kiran dicht hinter sich. Es war seltsam anders. Die Bewohner von Tolham betrachteten sie heimlich. Es entging ihr nicht. Doch niemand kam auf sie zu und selbst die adlige Dame, in deren Auftrag sie einen Wandteppich gewebt hatte, hatte ohne zu murren und zu handeln, den vereinbarten Preis bezahlt. Nun würde sich zeigen, wie Vache auf ihren Besucher reagierte.

»Mayara, ich habe dich schon erwartet«, sagte die Händlerin und lächelte. Dann erblickte sie Kiran und das Lächeln verschwand. »Oh. Du hast jemanden mitgebracht?«

Mayara trat an die Theke und stelle, wie immer, ihren Weidenkorb darauf ab. »Ein Besucher«, antwortete sie.

»Ich wusste nicht, dass du Besuch erwartet hast.«

Errötend warf sie einen Blick auf Kiran. »Es war auch nicht geplant«, gestand sie.

»Also eine unerwartete Bekanntschaft. Ich verstehe. Habt ihr euch in der Julfestnacht getroffen?«

Mayara nickte, was sollte sie auch sonst tun. Es brachte nichts, es zu leugnen. Der überraschte Ausdruck in Vaches Augen ließ sie die Stirn runzeln.

»Welch ein eigenartiger Zufall, dass ihr euch ausgerechnet in dieser Nacht begegnet seid.«

Da war etwas in der Stimme der Händlerin, was ihr nicht gefiel. Deswegen war sie froh darüber, als Kiran neben sie trat. »Wieso? Viele waren in dieser Nacht unterwegs.«

»Nun, Herr, so viele wohl nicht. Zumindest nicht in dieser Gegend. Ich weiß von dem jungen Seth.« Vache blickte Mayara an. »Er hat dich wohl besucht in dieser Nacht.«

Mayara erschauderte, als sie sah, wie Kirans Augen sich veränderten. Plötzlich waren sie eiskalt, dann sah er sie an. »Du wirst mir diesen Seth vorstellen.«

Keine Frage. Es klang eher nach einem Befehl. Und sie konnte sich auch denken, worum es ging. Die zerstörte Tür und das Fenster. Doch es würde Kiran sicherlich Probleme bringen, wenn er sich mit dem Sohn des Barons anlegte. Seth konnte viele Dinge tun, ohne eine Strafe davonzutragen. Und er konnte es allein deswegen, weil sein Vater nun mal der Freiherr von Tolham und seiner Umgebung war.

»Nein«, sagte sie deshalb entschlossen. Seth war unberechenbar. Sie wollte nicht, dass Kiran sich ihretwegen in Gefahr begab.

»Doch«, sagte er zu sanft.

Wieder erschaudernd, wandte sie sich zu Vache um. »Ich habe die Salben dabei, um die du gebeten hast«, sagte sie.

Es schien, als würde die Händlerin sich endlich wieder darauf besinnen, weshalb sie hier war. »Ja, ja natürlich. Lass mich nur schnell nachrechnen, was du von mir bekommst. Es waren zwei einhalb Kupfer pro Salbe, richtig?«

»Drei«, erinnerte Mayara sie. Obwohl sie nicht davon ausging, die Händlerin hätte es vergessen. Es war nur allzu offensichtlich ein neuerlicher Versuch, um den Preis zu drücken.

»Natürlich.« Die Antwort kam prompt. Es war deutlich, wie viel Angst Vache vor Kiran zu haben schien.

Schweigend warteten Kiran und sie, bis Vache endlich alle Salben angesehen und sie bezahlt hatte. Die Zeit schien schleichend zu vergehen.

Mayara wagte es erst wieder, normal zu atmen, als sie draußen standen. Kirans Stimmung jagte ihr Angst ein. Ihr sonst so ruhiger und fürsorglicher Besucher erschien eiskalt und furchteinflößend. Seine Wut strahlte in starken, heißen Wellen von ihm ab. Sie musste ihn dringend auf andere Gedanken bringen. Vielleicht sollte sie ihre weiteren Besorgungen auf einen anderen Tag verlegen.

»Lass uns nach Hause gehen«, sagte sie und ging in Richtung des Dorfeingangs davon.

Sie kam nur einige Schritte weit. Kiran hatte ihren Umhang gepackt und hielt sie fest. »Das war mein ernst, Maya.«

»Kiran ...«, setzte sie an, doch weiter kam sie nicht.

»Nein! Spar dir das. Er schuldet dir zumindest die Münzen, die die Reparatur gekostet haben. Wenn nicht sogar mehr.«

Fieberhaft überlegte sie, was sie tun konnte. Dann fiel ihr etwas ein. Es wäre gemein, diese Karte auszuspielen, doch ... »Bitte, es ist mein Geburtstag. Ich möchte nicht, dass es heute Streit gibt.«

Sein Gesichtsausdruck wurde sanfter. Erleichtert sah sie, wie wieder Wärme in seine Augen trat. »Also gut. Weil es dein Geburtstag ist. Aber glaube nicht, ich werde es vergessen.«

Ein Problem, mit dem sie sich an einem anderen Tag befassen musste. »Lass uns nach Hause gehen«, bat sie erneut.

Kiran trat auf sie zu und zog sie plötzlich in seine Arme. Ihr waren die Bewohner nur all zu bewusst, die diese Szene beobachteten. Doch im Augenblick war es ihr egal. Kirans Wärme zu spüren tat gut. Sie lehnte sich an ihn und schloss die Augen. Nach einigen Sekunden legte sie ihre Arme um seine Mitte.

Sie blieben einige Zeit so stehen. Dann murmelte Kiran: »Lass uns nach Hause gehen.«

Er schien immer noch wütend, als Mayara eine Tasse mit Tee vor ihn auf den Tisch stellte. Der Heimweg war schweigend verlaufen und war seiner Laune nicht unbedingt zuträglich gewesen.

»Kiran?« Sie wagte es kaum, ihn anzusprechen. Er sah auf und musterte sie fragend. »Das heute ...«

»Lass es gut sein, Maya. Diese Diskussion können wir uns für einen anderen Tag aufheben. Heute ist dein Geburtstag.« Er sah auf das schwindende Tageslicht. »Zumindest noch.«

»Es tut mir leid, dass du verärgert bist.«

Kiran griff nach ihrer Hand und zog sie auf seinen Schoß. »Das muss es nicht. Es ist nicht deine Schuld. Wie gesagt, lass es uns vergessen. Für heute.«

Ehe sie etwas sagen konnte, zog er sie näher an sich und küsste sie. Der Kuss begann sanft, beinahe zaghaft. Als sie ihn erwiderte und ihre Arme um seinen Hals legte, gestaltete Kiran ihn intensiver.

Die Art wie er sie küsste, raubte ihr die Sinne und versetzte ihren gesamten Körper in Aufruhr. Die Hitze seines Körpers brachte sie dazu, sich vollkommen zu entspannen und in ihrem Kopf herrschte gähnende Leere. Es fühlte sich gut an, auf diese Weise von ihm geküsst zu werden. Es war wundervoll, die Wärme seiner Hände in ihrem Rücken zu spüren, während sie auf und ab fuhren. Ihr Atem raste vor Leidenschaft. Derartiges hatte sie noch nie gespürt.

Kiran erschien es nicht anders zu gehen. Sein Kuss wurde fordernder, erotischer. Er ließ die Lippen an ihrem Hals entlangfahren. Als er die Zähne über ihre Haut fahren ließ, entfuhr ihr ein unwillkürliches Stöhnen.

»Maya?«

»Hm?«, keuchte sie atemlos. Zu mehr war sie nicht in der Lage.

Seine Lippen nah an ihr Ohr bringend, flüsterte er: »Erweist du mir heute Nacht die Ehre, dich durch deine Jungfrauennacht zu führen?«

Sie erstarrte. Es war eine fast einstudierte Reaktion, sobald dieses Thema aufkam. Doch sie fühlte sich wohl in seiner Nähe. Er war rücksichtsvoller gewesen, als sie je erwartet hatte. Es brauchte nur eine Sekunde, dann nickte sie.

Die Jungfrauennacht

Kiran schob Maya sanft von seinem Schoß und griff dann nach ihrer Hand. Das kurze Aufblitzen von Panik in ihren Augen entging ihm nicht. Auch die Art wie sie ihre Finger um seine Hand schloss verriet ihre Angst. Doch sie hatte ja gesagt. Nun, sie hatte genickt. Er würde sie beim Wort nehmen.

Er ließ ihr keine Zeit, um sich allzu viele Gedanken zu machen und küsste sie erneut. Sie brauchte diesmal ein wenig, ehe sie ihn erwiderte. Er spürte ihr leichtes Zittern. Seine Hände in ihrem Rücken wartete er darauf, dass sie sich wieder entspannte.

Als sich die Anspannung in ihren Muskeln löste und sie sich gegen ihn lehnte, schickte er seine Hände auf Wanderschaft. Er fuhr ihren Rücken hinab, strich leicht über ihr Gesäß und fuhr dann an ihrer Taille nach oben. Seine Handballen strichen an ihren Brüsten vorbei. Es mochte auf sie wie ein Zufall wirken, doch Kiran überließ an diesem Punkt nichts mehr dem Zufall. Er wusste genau, was er tat.

Immer den gleichen Weg nehmend, ließ er seine Hände über ihren Körper gleiten. Als er ein drittes Mal an ihrer Taille entlang nach oben fahren wollte, glitten seine Hände unter ihren Pullover. Sie rückte ein Stück nach vorne und somit näher an ihn heran. Ihre Brust drückte sich gegen ihn, brachten sein Blut zum Kochen.

Ihre Haut war warm und weich. Es war ein schönes Gefühl nach derart langer Zeit wieder eine Frau zu berühren. Erfüllend war auch, dass sie keine Ahnung hatte, wer er war.

»Wo ist dein Schlafzimmer?«, murmelte er, während er die Lippen über ihren Hals streichen ließ. Sie erschauderte unter seinem Atem. Ein gutes Erschauern, da war er sich sicher.

Sie deutete in Richtung Küche, unfähig zu sprechen. Ihr keuchender Atem verriet, wie bereit sie für ihre Jungfrauennacht war.

Er legte seine Lippen wieder auf ihre und hob sie auf seine Arme. Ohne damit aufzuhören sie zu küssen, trug er sie durch die Küche bis in das Schlafzimmer, das dort angrenzte. Er schenkte den Raum keine Aufmerksamkeit, als er Maya auf dem Bett absetzte und sich von ihr löste. Kiran hatte nur Augen für sie.

Mayas Gesicht war gerötet, ihre Brust hob und senkte sich ungewöhnlich schnell. Es lenkte seinen Blick auf dieselbe. Er kniete vor ihr nieder und legte seine Hände an ihre Unterschenkel. Durch die warme Hose sollte sie seine Berührung kaum spüren, doch sie reagierte darauf.

Mit sanften aber sicheren Griff zog er ihr erst die Schuhe und dann ihre Socken aus. Anschließend glitten seine Finger unter ihre Hose, um die Haut an ihrem Unterschenkel zu erkunden. Obwohl diese Berührung nichts Anrüchiges haben sollte, gelang es ihm dadurch die erotische Spannung zwischen ihnen noch zu verstärken.

»Küss mich!«, verlangte er mit schnurrender Stimme.«

Maya beugte sich mit fieberhaftem Glanz in den Augen vor und kam seiner Aufforderung nach.

Seine Hände unter der Hose hervorziehend, rückte er näher an sie heran, um sie erneut unter den Pullover zu schieben. Dabei schob er das Kleidungsstück ein Stück nach oben. Über die sanfte Wölbung ihres Busens streichelnd, ließ er den Kuss leidenschaftlicher werden. Sie schien vollkommen von der Situation benebelt. Es war gut, so kam sie nicht dazu all zu viel nachdenken. Er würde für die nächsten Stunden das Denken für sie übernehmen.

Er ließ einige Zeit vergehen, bevor er ihren Pullover ganz nach oben schob und ihn über ihren Kopf zog. Unwillkürlich hob sie die Hände, um ihre Brüste zu verdecken.

»Nicht«, sagte er sanft. Dann ergriff er ihre Hände, um den Blick auf ihre aufgerichteten Brustwarzen freizugeben. Mit einem kleinen Lächeln beugte er sich vor und umschloss eine davon mit den Lippen.

Mayaras plötzliches Luftholen, hatte nichts mehr mit Angst zu tun. Es war pure Erregung, die er darin wahrnahm. Ihre intensive

Reaktion auf ihn, erregte ihn mehr, als er erwartet hatte. Seine Erektion pulsierte schmerzhaft in der plötzlich zu engen Hose.

Die Hände erkundeten weiterhin den Körper, der vor Kiran lag. Langsam näherte er sich ihrer Hose. Sie schien es gar nicht zu realisieren. Oder wartete sie nur darauf?

Als er das Band löste, welches ihre Hose an Ort und Stelle hielt, krallte sie ihre Finger in sein Haar. Wieder holte sie Luft, eine Mischung aus lustvoller Erwartung und Nervosität. Wieder lächelte er und gab ihre Brustwarze frei.

Nervös war gut. Er mochte nervös. Er wollte nicht, dass sie vor Angst verging, aber nervös …? Es konnte dem, was sie hier taten, eine ganz besondere Note verpassen.

Mit geübtem Griff zog er ihre Hose und ihre Unterkleidung hinab und ließ sie unbeachtet neben das Bett fallen. Und die Angst kehrte zurück. Er bemerkte es daran, wie sie zu erstarren schien.

»Leg dich unter die Decke«, flüsterte er und gab ihr einen sanften Kuss auf die Lippen. »Es ist kalt heute Nacht.«

Maya nickte keuchend und tat, was er verlangte. Sobald sie unter der Decke war, verschwand die Angst. Manchmal war es so einfach.

Ihre Augen verrieten, wie sehr ihre Gedanken zu rasen schienen. Er nutzte die Gelegenheit, um sich ebenfalls schnell zu entkleiden. Dann schlüpfte er neben ihr ins Bett und suchte mit seinen Händen nach ihr.

Überraschend für ihn, beugte sie sich vor, um ihn zu küssen. Er ließ es zu, erwiderte den Kuss und ließ sie seine ganze Erregung spüren. Doch er achtete darauf, dass lediglich seine Lippen und seine Hände ihren Körper berührten.

Als sie aufstöhnte, wanderte er mit seiner Linken ihren Bauch hinab, bis er sie zwischen ihre Schenkel schob. Ihre Oberschenkelmuskeln spannten sich kurz an, doch als er mit einem Finger zwischen ihre Schamlippen fuhr, stöhnte sie erneut, diesmal lauter, auf.

Wie feucht sie war. Kaum zu glauben, dass sie noch nie die Freunden des Bettes erlebt hatte. Während er seine Finger kreisen ließ, rückte er näher an sie heran, hauchte ihren Namen, dicht an ihrem Ohr.

Sie bemerkte es vielleicht nicht, doch er brachte sie langsam dazu, ihre Schenkel für ihn zu öffnen. Sie rückte näher an ihn heran, ihre Küsse waren fordernd, nicht länger eine Antwort auf die seinen.

Noch näher an sie heranrückend, drückte er seine Erektion gegen ihren Oberschenkel. Sie war jedoch zu sehr von dem abgelenkt, was sein Finger tat, um es zu bemerken.

Langsam und zaghaft, begannen nun Mayas Hände, seinen nackten Oberkörper zu erkunden. Ihre Berührungen waren federleicht, sodass sie kaum zu spüren waren. Doch dies ließ ihn diese nur noch umso intensiver wahrnehmen. Wann hatte ihn zuletzt eine Frau dermaßen erregt?

Als er spürte, wie sie versuchte, ihn näher an sich zu ziehen, machte er eine schnelle Bewegung, die ihn über ihr platzierte. Sein Gewicht war auf seine Unterarme gestützt, welche neben ihrem Kopf auf der Matratze lagen. Er löste seine Lippen von ihren, während er seinen Penis bis kurz vor ihren Eingang brachte. »Bereit?«, fragte er mit heiserer Stimme und sah ihr in die Augen. Er wollte sicher sein. Jetzt abzubrechen würde unangenehm sein. Sehr sogar. Doch er musste es wissen.

Sie nickte und er konnte nicht anders, als zu lächeln. Er sah ihr in die Augen, achtete auf jede noch so kleine Anwandlung von Panik, während er sein Becken langsam vorschob und in sie eindrang.

Maya biss sich auf die Unterlippe und schloss die Augen. Er konnte den Augenblick, in dem er ihr Jungfernhäutchen durchstieß genau erkennen, da sich ihr Gesicht kurz schmerzhaft verzog. Doch nun aufzuhören, würde nur noch unangenehmer werden, deswegen drang er weiter in sie vor. Erst als er sie vollkommen ausfüllte, hielt er inne, gab ihr die Zeit, sich an ihn zu gewöhnen.

Sie öffnete die Augen und sah ihn an. Er erwiderte ihren Blick ernst. »Alles in Ordnung?«

»Ja«, hauchte sie.

Kiran sah es als Aufforderung. Er zog sein Becken ein Stück zurück, nur um dann wieder die Bewegung nach vorne zu machen. Langsam zunächst.

Es dauerte nicht lange, bis Maya den Kopf mit geschlossenen Augen und leicht geöffneten Lippen zur Seite warf. Ihre Finger krallten sich in das Bettlaken.

Nun beschleunigte er seine Bewegungen, fuhr mit einer Hand an ihrem Oberschenkel entlang und brachte sie dazu, ihn um ihn zu legen.

Und als sie es tat und ihre Arme um ihn legte, war er nicht mehr in der Lage, irgendwas bewusst zu steuern. Er verlor sich vollkommen in dem Gefühl, sie unter sich zu haben.

Mayara hatte den Kopf auf Kirans Brust gelegt und döste vor sich hin. Sie war nicht in der Lage dazu, auch nur einen Muskel zu bewegen, selbst wenn ihr Leben davon abhinge. Ihr Körper fühlte sich angenehm schwer an. Ihr Unterleib pulsierte immer noch. Eine Nachwirkung der Orgasmen, in die Kiran sie in den letzten Stunden immer wieder getrieben hatte.

Seine Hand fuhr sanft durch ihr Haar. Das einzige Zeichen dafür, dass er wach war. Er wirkte entspannter, als sie ihn je zuvor gesehen hatte.

Wohlig seufzend schloss sie die Augen. Nun, im Nachhinein, konnte sie gar nicht mehr verstehen, warum sie solche Angst davor gehabt hatte.

Kirans Hände waren sanft und fordernd gewesen, seine Küsse neckend und erotisch. Und er war so rücksichtsvoll gewesen.

Ihr Seufzer schien Kiran auf sie aufmerksam gemacht zu haben, denn seine Hand verweilte plötzlich an einer Stelle. Sie wartete, ob er die Bewegungen wieder aufnehmen würde, doch es geschah nicht.

Schließlich hob sie, mit viel Überwindung, den Kopf und sah ihn an. Er musterte sie mit fragendem Blick. »Geht es dir gut?«, fragte sie.

Sein leises Lachen wirkte gelöst und entspannt. »So gut, wie schon lange nicht mehr. Was ist mit dir? Habe ich dir weh getan?«

War dies der Grund für den fragenden Blick gewesen? Es hatte kurz geschmerzt, als er das erste Mal in sie eingedrungen war. Doch das Gefühl war schnell etwas anderem, viel größerem gewichen. »Nein«, sagte sie kopfschüttelnd.

Lächelnd ließ er eine ihrer Haarsträhnen durch ihre Finger gleiten. Dann ergriff er sie und zog sanft daran,

Dem Zug folgend, näherte sie sich seinem Gesicht. Dann trafen ihre Lippen aufeinander. Es war keiner dieser leidenschaftlichen Küsse, die sie bisher getauscht hatten. Dieser hier war sanfter.

Sie rückte näher an den warmen Körper heran und schmiegte sich in seine Arme. Ihm schien im Augenblick genau so wenig nach Sex zu sein wie ihr, aber es war schön, die Nähe des anderen zu spüren.

Kiran drehte sich, bis er auf der Seite lag. Seine Hand begann wieder damit, durch ihr Haar zu fahren.

So eingehüllt, in seine sanften Küsse, Berührungen und die ungewöhnliche Wärme, die von ihm ausging, trieb Mayara dahin. Immer tiefer wurde sie in die Dunkelheit gezogen, bis sie schließlich einschlief.

Die Hütte

Der Geruch eines schwelenden Feuers stieg Isra in die Nase. Sie zügelte ihr schwarzes Pferd und sah sich um. Dort vorne stieg Rauch auf. Gleich hinter dem Hügel. Und dies war auch der Ort, von dem aus der Tod ihr zuflüsterte. Immerzu und beständig spürte sie das Ziehen der Seelen, die auf sie warteten. Was dort wohl passiert war?

Die Schnitterin ritt weiter und überquerte den Hügel. Die Magie auf dem Land, das sie beritt, war schwer und wirkte unverbraucht. Es handelte sich um einen der alten Orte. Jene Orte, die von reiner Magie durchflutet waren. Doch etwas schien sie in Aufruhr versetzt zu haben.

Als endlich die Quelle des Rauches in Sicht kam, überlief es sie kalt. Drei! Drei Seelen warteten auf sie. Sie standen vor einem heruntergebrannten Haus, das nur noch aus Schutt und Asche bestand. Vor dem Haus lagen drei Körper.

Während Isra sich dem Haus näherte, betrachtete sie die Körper. Wut überkam sie. Drei Frauen unterschiedlichen Alters. Es könnte sich um Großmutter, Mutter und Tochter handeln. Der Bauch der jüngsten Frau war auf eine Art und Weise geschwollen, die vermuten ließ, dass eine vierte Generation dabei gewesen war, zu entstehen. Man hatte ihnen Hände, Füße und den Kopf abgetrennt und einfach achtlos neben den Körpern liegen lassen. Dem Blut nach zu Urteilen, welches sich über das Gras verteilt hatte und nun in den Boden sickerte, war es hier an diesem Ort geschehen.

Es fiel ihr schwer, den Blick von dem Massaker abzuwenden und sich den Seelen der Frauen zuzuwenden. Ein Lächeln gelang ihr nicht. Viel zu geschockt war sie über das, was sich hier abgespielt hatte.

»Ich bin hier, um euch zum Schattenschleier zu führen«, sagte sie ruhig. Die Erleichterung, die von den Seelen zu ihr herüberströmte berührte Isras Herz. »Wollt ihr mir sagen, was geschehen ist?«

»Hexenjäger«, erklärte die Seele der ältesten Frau. »Der Baron über dieses Gebiet war nicht damit einverstanden, dass meine Enkelin seinen Bastard austragen wollte, anstatt etwas dagegen zu tun. Er hat einen der Inquisitoren gerufen, um sich des … Problems anzunehmen.«

Die Mutter erklärte: »Wir haben immer friedlich hier gelebt. Wir waren geschätzt und unsere Heilkunst viel gefragt. Wir haben nie etwas Böses getan.«

Isra nickte ernst. »Ich glaube euch. Ich weiß, ihr habt nichts Unrechtes getan. Ich werde euch zum Schattenschleier bringen, damit ihr den Frieden bekommt, den ihr verdient habt.« Hexenjäger! Schon wieder! Sie wurden langsam zu einer Pest, die sich nicht stoppen ließ. Wie viele der zu jungen Seelen in den letzten Jahren, Hexen oder nicht, waren ihnen zum Opfer gefallen? Das musste aufhören! Sofort!

Sie schluckte ihre Wut für einen Moment hinunter und führte die Seelen ein Stück von ihrem Todesort weg. Sie hätte den Schleier auch gleich dort herbeirufen können, doch es graute ihr davor. Sie wollte nicht, dass dies das Letzte war, was die Seelen der Frauen zu sehen bekamen.

Sie ritt weiter in das Land hinein, bis sie einen Platz fand, der vollkommen friedlich erschien. Dann drehte sie sich zu den Frauen um. Sie wirkten nicht mehr so angespannt. Traurig zwar, doch das taten Seelen oft. Ein Leben hinter sich zu lassen, war niemals leicht.

Der sanfte Schimmer des Schattenschleiers legte sich über die Gegend. Sie nickte den Frauen zu und sah ihnen dabei zu, wie sie im Reich der Göttin verschwanden. Dann lenkte sie ihr schwarzes Pferd wieder zurück auf die Straße.

Ihre Gedanken kreisten um die Inquisitoren. Sie waren eine Seuche, die man bekämpfen musste. Waren wirklich all die jungen Frauen in den letzten Jahren Hexen gewesen? Vermutlich nicht.

Doch genügend. Sie durfte nicht zulassen, dass jemand derart vehement gegen sie vorging. Hexen waren ihre Vergangenheit und ihre Gegenwart. Durch sie war die Anderswelt entstanden. Zumindest wenn sie den Ansichten ihrer Großmutter vertraute. Was sie tat.

Wenn jemand alle Hexen ausrottete, was würde dann mit ihnen geschehen? Ihres Wissens nach war die Anderswelt an die Alten Orte gebunden. Doch was, wenn dies nicht so war? Es spielte keine Rolle. Sie musste der Sache auf den Grund gehen. Es war nicht richtig, was hier geschah.

Das Geschenk

Der Januarwind war schneidend kalt, während Kiran auf Mayas Hütte zuging. Als sie in Sichtweite kam, stellte er verwundert fest, dass sämtliche Türen und Fenster geöffnet zu sein schienen. Auch die Stalltüren standen weit offen und die Tiere grasten friedlich davor. Doch wo war Maya?

Er konnte sie nirgends entdecken. Es war später Nachmittag und sie wusste, er würde kommen. Seit ihrer Jungfrauennacht war er immer um diese Zeit gekommen. So hatten sie ein oder zwei Stunden, um sich miteinander zu unterhalten und etwas zu essen, ehe sie den Rest der Nacht in Mayas Schlafzimmer verbrachten. Der Sex mit ihr war … anders. Anders als alles, was er bisher erlebt hatte. Seit sie ihre Angst erst einmal abgelegt hatte und auch ihre Scham vergessen konnte, war sie zu seiner lernwilligen und kreativen Liebhaberin geworden. Die Art, wie sie seinen Namen hauchte, wenn er sie zum Höhepunkt führte, ging ihm durch und durch. Es schien keinen Teil zu geben, den sie bei ihm nicht erreichte.

Deshalb wunderte es ihn, dass sie noch nichts über das Jungfrauengeschenk gesagt hatte. Drei Wochen war es nun schon her und kein Wort hatte sie verloren. Dachte sie vielleicht, es stünde ihr nicht zu, nur wegen des Versprechens, das sie in der Julfestnacht abgegeben hatte? Oder wusste sie womöglich gar nichts von dem Brauch? Er würde sie fragen.

Er ging zu dem Haus und rief Mayas Namen. Keine Antwort. Ein Schrei ertönte und er fuhr herum. Kein angstvoller Schrei, sonst wäre er bereits dabei, die Quelle ausfindig zu machen. Es war deutlich

Mayas Stimme gewesen. Es war ein Ausruf vollkommener Freude, gleich dem Jauchzen eines Kindes. So etwas hatte er von ihr noch nie gehört.

Er ging um das Haus herum und blickte über das weite Feld, welches dahinterlag. Und da war sie. Staunend betrachtete er die junge Frau, mit der er des Nachts das Bett teilte.

Auf einem stämmigen Pferd mit rötlichem Fell ritt sie in einem schnellen Galopp über die Wiese. Einige Strähnen ihres rötlichen Haares hatten sich aus ihrer Frisur gelöst und flatterten nun in lose im Wind. Ihr Sitz wirkte sicher und sorgenfrei, ihre Augen strahlten und ihr Gesicht … Wann hatte er jemals bei jemanden einen Ausdruck solcher Unbeschwertheit gesehen? Noch nie.

»Los, Rohini!«, rief sie und das Pferd legte noch einmal an Geschwindigkeit zu.

Es graute ihm, als er ihren schmalen Körper auf dem herumtollendem Tier sah. Wenn sie bei dieser Geschwindigkeit hinunterfiel, würde sie sich das Genick brechen.

»Maya!«, rief er, um ihre Aufmerksamkeit zu erlangen.

Als sie ihn erblickte, zog sie sanft an den Zügeln und das Pferd wurde, zu seiner Erleichterung, langsamer. Sie lenkte es zu ihm hinüber. Nun konnte er das Tier genauer betrachten. Es sah seltsam aus. Ein Pferd dieser Art hatte er noch nie gesehen. In der Anderswelt waren die Pferde wesentlich größer und besaßen einen eleganteren Körperbau.

»Hallo«, sagte sie lächelnd, als sie das Pferd zum Stehen brachte.

»Du brichst dir noch den Hals, wenn du so mit dem Pferd herumtollst.« Nun, wo sie nicht mehr Gefahr lief zu fallen, konnte er seinem Unmut freien Lauf lassen. Ihr unbekümmertes Lachen verärgerte ihn. »Komm runter!«, befahl er.

Bevor sie widersprechen konnte, machte er zwei Schritte auf sie zu und legte seine Hände um ihre Taille. Dann hob er sie von dem Tier und stellte sie neben sich auf dem Boden.

»Rohini ist ein Maultier. Und nachdem das Wetter in den letzten Tagen immer so schlecht war, brauchte sie ein wenig Auslauf.« Sie machte eine kurze Pause. »Ich ebenfalls.«

»Wenn du dich körperlich betätigen willst, hättest du mich fragen können«, murmelte er unheilvoll. Und wieder lachte sie. Es war ein Ärgernis.

»Doch das hätte Rohini nicht geholfen. Und das hier ist etwas anderes. Wenn Rohini und ich reiten, fühle ich mich frei.«

»Und bei mir nicht?« Seine Stimme klang wie die eines bockigen Kindes. Seine Wut schwang deutlich darin mit. Doch sie schien es nicht ernst zu nehmen.

Sie warf ihm einen seltsamen Blick zu, sagte jedoch nichts. Stattdessen griff sie nach den Zügeln des Tieres und führte es zum Stall.

Ein Maultier ... Welcher Art waren diese Tiere? Warum waren sie ihm nicht bekannt? Konnte er es wagen sie danach zu fragen, ohne gleich Aufmerksamkeit auf seine Herkunft zu lenken? Oder waren sie in der Welt der Menschen derart weitläufig bekannt, dass sie gleich die Verbindung zu der Anderswelt herstellte?

Ob er Maya folgen sollte? Es würde sicher ein wenig Zeit in Anspruch nehmen, die Tiere zu versorgen und sie für die Nacht zurück in den Stall zu führen. Er könnte ihr zumindest Gesellschaft leisten.

Auf der anderen Seite hatte er sich mit seiner Reaktion wohl nicht gerade mit Ruhm bekleckert. Vielleicht war es besser einfach hier zu warten.

Sie kam schneller wieder aus dem Stall, als er vermutete hatte. Zu seiner Verwunderung reichte ein Hinweis ihrerseits aus, mit ruhiger Stimme vorgetragen, damit die Tiere wieder in den Stall gingen. Wie eigenartig. War dies ein Teil der Magie der Hexen?

Nachdem Maya die Stalltür verschlossen hatte, kam sie zu ihm hinüber. Sie lächelte immer noch. Wenigstens hatte seine Zurechtweisung ihr die gute Stimmung nicht verdorben. Zeit, sich zusammenzureißen.

»Hast du das Tier schon versorgt?«, erkundigte er sich.

»Ich habe sie nur abgesattelt. Das Kleine Volk besteht darauf, mir einige Arbeiten abzunehmen. Im Gegenzug dürfen sie in dem Stall wohnen und bekommen immer mal wieder eine Kleinigkeit von mir, wenn sie sie benötigen.«

»Das Kleine Volk lebt hier?« Oh weh, das könnte zu einem Problem werden. Die Angehörigen des Kleinen Volkes besaßen ihre ganz eigene Magie. Dazu gehörte auch, hinter den Glammerzauber sehen zu können. Hatten sie ihn bereits gesehen und als Fee erkannt? Was, wenn sie Maya etwas von seiner Herkunft verrieten? Er würde mit ihnen sprechen müssen. Wenn er ihnen klar machte, wer er war, würden sie den Mund halten.

Er atmete tief durch, um sich wieder auf Maya zu konzentrieren. Dann streckte er die Hand nach ihr aus. »Komm her!«, forderte er sanft. Bereitwillig kam sie dem nach und schmiegte sich in seine Arme. Zeit, ein anderes Thema anzuschneiden. »Darf ich dich etwas fragen?«

»Natürlich«, murmelte sie, den Kopf an seine Brust gelehnt, die Augen geschlossen.

»Warum hast du noch nichts bezüglich des Geschenkes gesagt?«

»Geschenk?« Maya hob den Kopf und sah ihn fragend an.

»Das Geschenk der Jungfrauennacht.« Ihr Blick wurde verwirrter. Anscheinend kannte sie den Brauch nicht. »Wenn ein Mann eine Frau durch ihre Jungfrauennacht führen darf, steht es ihr zu, um ein Geschenk zu bitten. Im Gegenzug, da sie ihm etwas geschenkt hat, was sie nur einmal verschenken kann.«

»Bei euch ist das so Brauch?«, fragte sie verwundert.

»Ja, bei euch nicht?«

»Ich habe noch nie etwas davon gehört. Aber das heißt nichts.«

»Also?«

»Also, was?«

»Was darf ich dir schenken?«

Ihr Blick wurde verschlossener. Hatte er etwas Falsches gesagt? Dann seufzte sie. »Ich brauche nichts.«

»Es geht nicht darum, ob du es brauchst, Maya. Man kann sich auch Dinge ersehnen, ohne sie zu benötigen. Dies ist doch ähnlich wie dein Jusfestbrauch, oder nicht?«

»Kann sein. Wahrscheinlich hast du recht. Wenn ich darüber nachdenke, habe ich mir auch etwas gewünscht, was ich nicht zum Überleben benötige. Etwas, was mehr dazu dient, dass ich mich wohler fühle.«

»Na siehst du. Denk darüber nach und teile mir dann mit, welches Geschenk du dir wünschst.«

Sie wandt sich unangenehm berührt und trat dann einen Schritt von ihm zurück. »Das letzte *Geschenk*, das ich erhalten habe, was das Amulett, das du nun trägst.«

»Nun, es ist doch gar nicht so schlecht gelaufen«, sagte er und versuchte die Stimmung ein wenig aufzulockern.

Ihr Lächeln wirkte unecht. »Nein, ist es nicht. Aber dennoch war es für mich, in dieser Nacht, nichts Angenehmes, Kiran. Was nicht heißt, dass es immer noch so ist, versteh mich da bitte nicht falsch. Aber als Vache mir das Amulett gab, tat sie es, um mir Seth auf den Hals zu hetzen. Das glaube ich zumindest. Wieso sonst hätte er in dieser Nacht hier sein sollten?«

»Vache? Die Händlerin meinst du?« Empörtheit steig in ihm auf. Wie lange dachte Maya schon darüber nach, ohne ihm ihre Gedanken mitzuteilen? Warum vertraute sie sich ihm nicht an? Sie waren kein Paar, das wäre auch niemals möglich, denn sie war ja immer noch ein Mensch, doch sie waren Geliebte. Da durfte man sich solche Dinge anvertrauen. Und es war unschwer zu erkennen, wie sehr sie sich vor Seth fürchtete. Kein Wunder, wenn man bedachte, was der Mann mit ihrem Haus angestellt hatte. Er betrachtete sie, sah ihre Beklommenheit. Es würde nichts bringen, weiter in sie vorzudingen.

Um sie von ihren düsteren Gedanken, an denen zweifellos er Schuld war, abzubringen, beugte er sich vor und gab ihr einen spielerischen Kuss auf die Nasenspitze. »Lass und hineingehen und etwas trinken. Du siehst aus, als könntest du ein Glas Wasser vertragen.« Er zögerte. »Und dann würde ich liebend gern etwas über Rohini erfahren und wie du zu ihr gekommen bist.«

Ihr Lächeln entlohnte ihn. Die düstere Stimmung schien mit einem Mal verschwunden. Welch eine Erleichterung.

Als Maya sich leise murmelnd auf die andere Seite drehte, betrachtete er ihr Gesicht im Mondschein. Wenn sie schlief, sah sie noch jünger aus. Sie war heute anders gewesen. Zu sehr in ihre eigenen Gedanken verstrickt, um ihr gemeinsames Liebesspiel zu genießen.

Nun schlief sie und nuschelte zwischendurch vor sich hin. Er hatte das Geschenk nicht mehr erwähnt, doch er ahnte, dies war eines der Dinge, die sie beschäftigten. Und er wollte ihr etwas schenken. Nur leider lag es nicht an ihm. Maya schien nicht willig, ein Geschenk zu akzeptieren. Die Gastgeschenke, wie den Wein und die Kekse, die er zwischendurch mitbrachte, nahm sie dankbar an. Doch anscheinend war alles darüber hinaus zu viel. Gab es überhaupt jemanden in ihrem Leben, der ihr ab und an etwas schenkte?

Da kam ihm sein anderes Problem in den Sinn. Das Kleine Volk. Jene Wesen, die anscheinend auf diesem Land lebten und Maya bei einigen Dingen halfen.

Sich mit einem Blick vergewissernd, Maya nicht zu wecken, sobald er aufstand, schlich er sich aus dem Bett. Im von Mondschein erhellten Zimmer suchte er seine Sachen zusammen und verließ es dann leise. Erst in der Küche kleidete er sich an. Dann verließ er das Haus und ging zu dem Stall hinüber.

Er sagte nichts, wartete nur. Während er es tat, betrachtete er den Mond. Es war Halbmond. In weniger als zwei Wochen würde seine Schwester zur Wilden Jagd ziehen.

Ein Rascheln ertönte, dann stand plötzlich ein Mann des Kleinen Volkes vor ihm. »Was willst du hier, Fee?«

Er betrachtete das kleine seltsam wirkende Wesen. »Du weißt, *was* ich bin, aber weißt du auch, *wer* ich bin?«

»Eine Fee. Was muss ich mehr wissen?«

»Ich bin der Lichtbringer.«

Das Wesen quiekte ängstlich, blieb jedoch zu Kirans Verwunderung vor ihm stehen. »Was willst du von der Hexe?«

»Sie ist meine Geliebte.« Wieder ein Quieken. Es war richtig, Angst vor ihm zu haben. Doch darum ging es hier nicht.

Das Wesen betrachtete ihn lange. Dann sagte der Kleine Mann: »Sie weiß nicht, was du bist.«

»Nein.«

»Warum verheimlichst du es?«

Er dachte lange darüber nach. Wenn er der Sprecher seines Clans war – wovon er ausgehen musste – dann machten sie sich augenscheinlich Sorgen um Maya. »Weil ich nicht will, dass sie sich fürchtet.«

»Pah. Maya fürchtet sich nicht vor den Feen. Dafür kennt sie Deinesgleichen nicht gut genug.«

»Ihr werdet ihr nichts sagen. Wenn doch …« Er ließ das Ende des Satzes offen.

»Wir werden nichts sagen«, bestätigte der Mann. »Doch sei dir gewiss, es wird herauskommen. Die Magie von Meadowcove wird dein Geheimnis nicht ewig hüten.« Damit drehte der Mann des Kleinen Volkes sich um und ging davon.

Kiran starrte ihm nach. Er würde dieses Volk nie verstehen. In der Anderswelt gab es sie nicht. Und bisher hatte er noch nie viel mit ihnen zu tun gehabt. Aber die Feen betrachteten sie mit vorsichtigem Misstrauen und dieses musste irgendwo begründet liegen.

Er drehte sich um und ging zurück zum Haus. Wenigstens diese Geschichte war erledigt. Nun blieb nur noch Mayas Geschenk. Nun sah er sich vor einem neuerlichen Problem. Mayas Schutzzauber war immer noch aktiv. Er streckte die Hand aus und wartete. Kiran konnte den Widerstand spüren, spürte wie Mayas Magie und die Magie des Landes sich um ihn legte, ihn schmeckte und schließlich akzeptierte. Er konnte das Ziehen spüren und er nahm den Augenblick wahr, in dem der Zauber ihn anerkannte und passieren ließ.

Als er den Wohnraum betrat, fiel sein Blick auf den Schaukelstuhl, auf dem er am Abend an einem prasselndem Kaminfeuer gesessen hatte. Auf dem Kaminsims lag ein feinsäuberlich zusammengefalteter Zettel. Mayas Wunsch, den sie in der Julfestnacht aufgeschrieben hatte. Jeden Abend gab es ein paar Minuten, in denen sie den Zettel von dort wegnahm und gedankenverloren in die Flammen des Kamins starrte. Sie besann sich auf ihren Wunsch.

Ob er es wagen könnte …?

Sie schlief, also würde sie es niemals erfahren. Doch vielleicht würde es ihm einen Hinweis geben, was er ihr schenken könnte. Wenn sie nicht bereit war, einen Wunsch zu äußern, so musste er für sie wählen. Er wollte die Tradition nicht brechen. *Sie* hatte verdient, dass er sich an sie hielt.

Mit teils schlechtem Gewissen trat er auf den Kamin zu und nahm den Zettel in die Hand. Man sah, wie abgegriffen er bereits war. Sorgsam faltete er ihn auseinander und stutzte, als er nur ein einziges Wort darauf entdeckte:

Freundschaft

Das war ihr Wunsch? Sie hätte sich alles wünschen können. Alles! Und doch stand dort nur die bescheidene Bitte nach einem Menschen, der sie verstand und es genoss seine Zeit mit ihr zu verbringen.

Er mochte sie. Und dies hier führte nur dazu, dass er noch mehr Respekt vor ihr hatte. Er würde niemals ihr Gefährte sein können. Feen und Menschen taten sich nicht zusammen. Dies war ein ungeschriebenes Gesetz. Und er war nicht dafür geschaffen, jemanden an sich zu binden, um eine Familie zu gründen. Doch er empfand tiefe Sympathie für sie und er fühlte sich wohl in ihrer Gesellschaft. Sein Herz konnte er ihr nicht schenken, doch Freundschaft? Ja, er würde versuchen neben dem Liebhaber auch ihr Freund zu sein.

Der Schock

Mayara musste sich zwingen, einen Schluck von ihrem Tee zu nehmen. Der Geruch verursachte ihr heute Morgen Übelkeit. Sie konnte sich selbst nicht erklären, was mit ihr los war. In den letzten Tagen ging es ihr nicht gut. Ob sie vielleicht krank wurde? Es spielte keine Rolle. Sie sollte sich zwingen den Tee zu trinken, denn eine Schwangerschaft wollte um jeden Preis verhindern. Es gab viele Gründe dafür und Kiran wäre sich nicht erfreut darüber. *Aber es wäre schön, nicht alleine zu sein,* dachte sie sich.

Es klopfte an der Tür. Die Tasse auf den Arbeitstisch stellend, ging sie in den Wohnraum. Als sie die Haustür öffnete, stutzte sie. Dort stand Klio, die Adlige, die sie vor einigen Wochen um eine Tasse Tee gebeten hatte.

»Welche Überraschung«, rief Mayara mit ehrlicher Freude in der Stimme.

Die Frau lächelte. »Da du mich das letzte Mal derart freundlich empfangen hast, hoffe ich erneut auf deine Gastfreundschaft«, erklärte ihre Besucherin.

»Sei willkommen in meinem Heim«, sagte Mayara und trat beiseite. »Möchtest du eine Tasse Tee? Das Wasser ist noch heiß.«

»Nur all zu gerne«, erklärte Klio und legte den Umhang ab. Dann musterte sie Mayara eindringlich. »Du bist ein wenig blass um die Nase? Geht es dir gut?«

Sie beeilte sich, zu lächeln. »Nur ein wenig müde. Ich sollte womöglich etwas mehr schlafen.«

Gemeinsam betraten sie die Küche. Mayara machte sich gleich daran, einen Tee aufzugießen. »Hast du einen besonderen Wunsch?«, erkundigte sie sich, als sie den Schrank mit den Kräutern öffnete.

Ihre Besucherin warf einen Blick auf die Tasse, die auf dem Arbeitstisch stand. »Was trinkst du?«

»Davon würde ich dir abraten, es sei denn, du möchtest eine Schwangerschaft verhindern. Das Zeug schmeckt furchtbar«, erwiderte Mayara.

»Dann überrasche mich.« Klio beobachtete Mayara dabei, wie sie den Finger über die vielen Gläser streichen ließ, bevor sie sich für eines entschied. »Wenn du den Tee trinkst, bedeutet dies, du hast dich inzwischen dafür entschieden, dir einen Mann zu nehmen, der dir das Bett wärmt?«

Mayara erstarrte mitten in der Bewegung. So wie Klio es ausdrückte, klang es beinahe abwertend. Doch dann nickte sie. Sie griff nach dem Glas und stellte es auf den Arbeitstisch. Dann ging sie zu dem anderen Schrank, um eine Tasse und eines der Kräutersäckchen herauszunehmen.

»Ich freue mich für dich. Es ist eine gute Sache.«

»Danke«, murmelte Mayara, unsicher, was man in einem solchen Fall sagte. Schon das letzte Mal war es ihr unwirklich vorgekommen, wie ungezwungen Klio mit manchen Themen umging. Die Frau schien es darauf anzulegen, Mayara zum Erröten zu bringen. Was ziemlich oft geschah, wenn sie sich mit ihr unterhielt.

Sie öffnete das Glas mit den Kräutern und ihr Duft strömte ihr entgegen. Das sonst, für Mayara, so angenehme Aroma verstärkte ihr Unwohlsein. Sie schluckte hart und begann die Kräuter in das Säckchen zu füllen.

Auch Klio schien es aufzufallen. »Maya, du solltest dich ein wenig hinsetzen. Du siehst wirklich nicht gut aus. Du bist ganz grün um die Nase.« Sie machte eine Pause. »Willst du mir immer noch weismachen, es läge nur an dem Schlafmangel? Komm schon, was ist los mit dir?«

»Ich weiß nicht.« Wie viel Überwindung diese drei Worte sie kosteten. Inzwischen hatte sie das starke Bedürfnis sich zu übergeben. »Vielleicht liegt es daran, dass ich nicht viel geschlafen habe. Oder weil ich meine Blutung … bekommen … soll …« Sie wurde immer leiser, während sie sprach. Wenn sie es recht bedachte, hätte sie ihre Blutung schon längst bekommen sollen. Lag es vielleicht an den

Kräutern, die sie trank, um eine Schwangerschaft zu vermeiden? Sie hatte sie noch nie zuvor zu sich genommen, daher war sie sich nicht sicher, auf welche Art sie wirkten.

Plötzlich fiel es ihr schwer, zu atmen. Ihr Herz raste und ihre Gedanken begannen zu kreisen. Unfähig, sich länger zusammenzureißen, stürzte sie zum Waschbecken und übergab sich.

Ihre Besucherin war beinahe sofort neben ihr. Sie strich ihr mit sanften Händen über den Rücken und murmelte ihr tröstende Worte zu. Mayara versuchte, sich mit aller Kraft zu beruhigen, doch ihr Magen krampfte sich immer wieder zusammen und brachte sie dazu, erneut zu würgen.

Irgendwann, Mayara konnte nicht sagen, wie lange es dauerte, sank sie zitternd zu Boden. Es *konnte* nicht möglich sein. Es *durfte* nicht möglich sein. Sie hatte die Kräuter genommen, um eine Schwangerschaft zu verhindern. Sie waren wirksam, das wusste sie mit Bestimmtheit.

»Hier«, sagte Klio und reichte ihr eine Tasse mit Wasser.

»Danke«, murmelte sie schwach und nahm den Becher, um einen Schluck zu trinken. Danach ging es ihr tatsächlich ein wenig besser.

»Was ist los, Maya?«, fragte Klio, während Mayara sich wieder erhob.

Sie fühlte sich schwach und zittrig. »Ich bin mir nicht sicher«, gestand sie. »Nur als ich … als ich mit dir gesprochen habe, ist mir klar geworden, dass ich meine Blutung schon längst hätte bekommen müssen.« Dann sah sie Klio beinahe flehend an. »Aber das ist nicht möglich. Ich habe die Kräuter genommen, ich kann gar nicht schwanger sein.«

Die Frau betrachtete sie eingehend. »Ich denke nicht, dass Kiran derart unvorsichtig wäre. Selbst wenn du nichts dafür getan hättest, Kiran ganz sicher«, murmelte sie gedankenverloren.

Mayara sah Klio geschockt an. Die Tasse glitt ihr aus der Hand und landete mit einem hölzernen Klacken auf dem Boden. Wasser verteilte sich über die Bohlen, doch das kümmerte sie im Augenblick nicht. Ihr Blick war auf die Frau gerichtet, die neben ihr stand. Klios erschrockener Gesichtsausdruck ließ vermuten, dass auch ihr klar wurde, was sie gerade gesagt hatte. »Du kennst Kiran?«

»Maya ... ich ...« Klio seufzte. »Wir kennen uns.«

Der Stich saß tief. Hatte Klio sie nur deswegen aufgesucht? War ihre Begegnung gar kein Zufall gewesen? Und in welchem Verhältnis stand sie zu Kiran? Klios Worte waren es gewesen, die sie zu der endgültigen Entscheidung verholfen hatten, Kiran in ihr Bett zu lassen. War das alles ein perfider Plan der beiden?

Ihr Herz zog sich schmerzhaft zusammen. Sie hatte geglaubt, endlich so etwas wie Freunde gefunden zu haben. Doch nun stellte sich heraus, dass zumindest eine von beiden sie von Anfang an belogen hatten. »Du solltest gehen«, sagte Mayara tonlos.

»Maya ...«

»Bitte«, unterbrach sie Klio.

Die Frau nickte und zog sich zurück. Ehe sie die Küche verließ, drehte sie sich noch einmal zu ihr um. »Bitte sag Kiran nichts davon, dass ich hier gewesen bin. Er weiß es nicht und ich möchte nicht, dass er wütend wird, weil ich mich eingemischt habe. Ich habe es wirklich nur gut gemeint, Maya.«

Ins Leere starrend nickte Mayara. Dann lauschte sie darauf, wie Klio ihr Haus verließ.

ieberhaft und in der Hoffnung, irgendwas zu finden, was ihre rasenden Gedanken besänftigen könnte, strich Maya durchs Haus. Sicher, sie hatte Klio nicht gut gekannt, doch es schmerzte auf diese Weise belogen worden zu sein. Hinzu kam noch die Angst vor der Schwangerschaft. Es gab keine andere logische Erklärung, oder? Wenn sie nur das Amulett hätte, um es nochmal genauer untersuchen zu können.

»Wie soll ich das bloß Kiran erklären?«, murmelte sie leise, während sie zum Stall hinüberging. Er wäre sicherlich nicht erfreut. Hatte Klio nicht angedeutet, er selbst hätte auch Vorkehrungen getroffen? Wie er wohl reagieren würde.

Sie betrat den Stall und ging zu Rohini. Als sie die Arme um den starken Hals des Tieres legte, fühlte sie sich gleich ein wenig besser. Sie vergrub die Nase in dem warmen Fell und atmete tief ein. Die Übelkeit war verschwunden. Ob es an den Kräutern gelegen hatte? Es könnte eine Reaktion ihres Körpers gewesen sein, weil es gegen die Schwangerschaft wirkte.

»Oh man«, stöhnte sie und sank zu Boden. Die Gewissheit wurde immer größer und so langsam geriet sie in einen Strudel, der sie immer tiefer hinabzuziehen schien. Es würde ein anstrengender Abend werden. Doch sie würde es Kiran heute noch sagen. Es brachte nichts, es vor sich herzuschieben. Er hatte ein Recht es zu erfahren.

Nicht fähig dazu, im Augenblick noch irgendwas zu entscheiden, löste sie sich von dem Maultier. Erst jetzt fiel ihr der Mann des

Kleinen Volkes auf, der sie wohl seit geraumer Zeit anstarrte. »Hallo«, sagte sie mit matter Stimme.

»Du hast geweint«, stellte ihr Gegenüber fest. »Hat *er* dir wehgetan?« Der Argwohn in der Stimme, machte Mayara stutzig.

»Wen meinst du?«

»Den … Mann, der dich seit dem Julfest besucht.«

Sie hatten Kiran also bemerkt. Nun, es wunderte sie nicht. Das Kleine Volk war sehr aufmerksam, wenn es um ihr Gebiet ging. Da sie nun einmal hier lebten, gehörte Meadowcove ebenso ihnen, wie auch ihr.

»Nein, ich bin nur nachdenklich.«

Das Gesicht des kleinen Mannes wurde sanfter. »Vermisst du die Alte?«

Mayara musste lächeln, als sie die Bezeichnung hörte, die das Kleine Volk für Aiga nutzte. Es war seltsam. Für jeden Menschen, dem sie begegneten, fanden sie solche Bezeichnungen. Außer für sie. Sie war einfach nur Maya. »Jeden Tag«, gestand sie schließlich.

»Wenn er dir weh tut, sagst du es uns?«

Besser nicht. Das Kleine Volk war zu allem fähig, wenn es darum ging jemanden zu rächen oder zu beschützen. »Ich werde es versuchen. Aber nur, wenn du mir versprichst, dass ihr nichts unternehmt, außer ich erlaube es euch.«

Die Augen des Mannes weiteten sich. »Wir würden nie … einem … Wir werden ihm nichts tun«, versprach er. Seine Reaktion verwunderte sie. Für gewöhnlich waren sie für jeden Schabernack zu haben. Und es war deutlich, wie wenig sie Kiran mochten. Im Normalfall hätten sie schon lange etwas getan. Warum also bei Kiran nicht?

»Danke«, sagte sie und lächelte schließlich. Es fühlte sich seltsam ungewohnt an.

Als es am späten Nachmittag klopfte, stieg ihre Nervosität ins Unermessliche. Es war eine Sache, zu beschließen, Kiran alles zu sagen. Eine ganz andere hingegen war es, diesen Beschluss auch in die Tat umzusetzen.

Sie ging zur Tür und öffnete. »Sei willkommen in meinem Heim«, murmelte sie und trat beiseite. Sie war nervös und nestelte an den Ärmeln ihres Pullovers herum.

Kiran kam auf sie zu und zog sie in die Arme. Sie lehnte sich kurz an ihn, doch als ihr klar wurde, worüber sie sich unterhalten mussten, löste sie sich wieder von ihm.

Er blickte sie stirnrunzelnd an. »Was ist los?«

»Wir müssen reden«, erklärte sie. Sie atmete tief durch. »Willst du dich nicht setzen?«

»Mit wäre lieber, du würdest mir sagen, was los ist«, antwortete er, nun misstrauisch geworden.

Es gab eigentlich keinen Grund, es länger hinauszuzögern, doch es graute ihr davor. Er seufzte und sie sah dabei zu, wie er sich schließlich an den Esstisch setzte.

Sie schluckte. Gab es einen richtigen Weg, so etwas mitzuteilen? Wahrscheinlich nicht. Nicht in einer solchen Situation. Sie wagte es nicht, sich ihm gegenüber zu setzen, also blieb sie einfach dort stehen, wo sie ihn in Empfang genommen hatte. »Ich bin schwanger«, platzte sie heraus.

Er runzelte die Stirn. »Das ist nicht möglich«, erwiderte er.

»Ich weiß, dass es nicht möglich ist, aber es ist so.«

Nun schwieg er. Sein Gesicht war unergründlich, es war nur zu erahnen, wie sehr es in ihm arbeitete. Was dachte er nur? War er wütend? Enttäuscht? Ängstlich? Ängstlich könnte sie nachvollziehen. Ihr ging es nämlich ebenso.

»Hast du das geplant?«, fragte er sie plötzlich vollkommen ohne Vorwarnung.

»Was?« Wie konnte er ihr so etwas unterstellen? Hatte sie jemals durchblicken lassen, sie wolle ein Kind?

»Ich weiß, du bist einsam. Ist das ein Versuch, mich zum Bleiben zu bewegen, wenn der Frühlingsmond kommt?«

Das konnte nicht sein ernst sein, oder? Er wirkte sehr ernsthaft. Seine Vermutung verletzte sie zutiefst. Sie war unfähig Etwas zu sagen.

»Ich weiß du bist einsam. Aber ich habe etwas zur Verhütung eingenommen. Wenn du nun schwanger bist, bedeutet es, du hast etwas getan, um das zu umgehen. Ich weiß, wie allein du dich fühlst, seit Aiga gestorben ist, Maya. Aber so etwas zu tun, ist absolut unakzeptabel.«

»Das ist dein Ernst?«

Er nickte. »Welcher andere Schluss bleibt mir?«

Plötzlich packte sie die Wut. Wie konnte er nur so etwas behaupten? »Wie kannst du nur glauben, ich würde so etwas tun? Wenn du wirklich davon ausgehst, solltest du jetzt besser gehen. Und nur, falls du es wissen möchtest. Nein, es war nicht geplant. Ich will nicht einmal ein Kind. Aber nun ist es so. Und ich werde nichts dagegen unternehmen. Wir Hexen sind dazu verpflichtet das Leben und alles, was die Große Mutter und bietet zu ehren. Und jetzt geh, Kiran.«

Er stand auf, sagte nichts. Er wirkte ebenfalls wütend und eiskalt. Er hatte den gleichen Blick, wie jener, mit dem er damals Vache angeblickt hatte.

Ohne ein weiteres Wort verließ er das Haus. Mayara ging zur Tür und ließ ihrer Wut freien lauf. »Und komm bloß nicht wieder her!«, brüllte sie vollkommen in Rage und knallte dann die Haustür hinter sich zu.

Es dauerte nicht lange, da beruhigte sie sich wieder. Und plötzlich war sie unendlich traurig. Sie war nicht davon ausgegangen, dass er erfreut sein würde. Wie könnte er? Aber die Vorwürfe, die er ihr gemacht hatte, verletzten sie zutiefst. Welch ein anstrengender Tag. Erst die Sache mit Klio und nun …

Erschöpft sank sie zu Boden und schloss die Augen. Eine einzelne Träne lief ihre Wange hinab und fiel schließlich zu Boden.

Das Einsehen

Kiran suchte die Gartennische auf, in der er die letzten Wochen so gut wie gar nicht gewesen war. Wütend und enttäuscht, sich so in Maya getäuscht zu haben, setzte er sich auf die niedrige Steinmauer und dachte nach.

Dieses Verhalten passte gar nicht zu ihr. Zumindest nicht zu der Maya, die er kennengelernt hatte. Doch es zeigte mal wieder, wie die Menschen waren. Und Maya bildete dabei wohl keine Ausnahme.

Er sah auf, als er Schritte hörte. Seine Schwester näherte sich ihm. »Was willst du hier?«, fuhr er sie an. »Geh!« Er war extra hergekommen, um seine Ruhe zu haben.

»Kiran, was ist los?«, erkundigte sie sich, ohne auf seinen rauen Tonfall zu reagieren. »Du bist zurückgekehrt und hast mit niemanden gesprochen. Stattdessen ziehst du dich hier her zurück. Also würde ich gerne wissen, was mit dir los ist.«

»Es ist … nichts. Ich will nur meine Ruhe haben.« Er wollte jetzt nicht über Maya sprechen. Nicht wo seine Wut noch derart im Vordergrund stand.

»Warum bist du nicht bei ihr? Dem Mädchen, das du in der Julfestnacht getroffen hast.«

Er seufzte. Wieso musste Chandra auch immer dermaßen hartnäckig sein? Warum konnte sie nicht einfach akzeptieren, wenn er allein sein wollte?

Er antwortete nicht, in der Hoffnung, sie würde wieder gehen. Doch Chandra fasste sein Schweigen wohl als Aufforderung auf, weiterzusprechen. »Es wird nichts ändern, wenn du weiterhin hier herumsitzt und vor dich hingrübelst. Ich würde gern wissen, was passier…«

»Nicht jetzt, Chandra«, unterbrach er sie barsch. »Lass mich, für den Augenblick, bitte einfach allein.«

Und endlich stand sie auf und ging davon. Er atmete tief durch und versuchte seine Gefühle zu ordnen. Er liebte Maya nicht. Dessen war er sich bewusst. Doch ihr Verrat, und seine falsche Einschätzung ihr Wesen betreffend, schmerzte ihn mehr, als er je hätte vermuten können.

Dieses Kind hätte nicht entstehen dürfen. Er war sich seiner Position in der Anderswelt bewusst. Ein Kind mit einem Menschen? Undenkbar. Er hatte einen Verhütungstrank genommen. Er wusste nicht, wie es ihr gelungen war, doch sie hatte es irgendwie geschafft, diesen auszuschalten.

Es dürfte ihr nicht schwergefallen sein. Jeden Abend hatte er mit ihr gegessen. Als Hexe kannte sie sicherlich Wege, um eine Schwangerschaft in jedem Fall herbeizuführen.

Bis zu dem Augenblick, als sie ihm von ihrer Schwangerschaft erzählt hatte, war er nicht geneigt gewesen, darüber nachzudenken, welche Bedeutung ihr Dasein als Hexe haben könnte. Nun hatte er das Nachsehen.

Nun, er würde sie nicht mehr aufsuchen. Wenn sie gehofft hätte … ja was eigentlich? Sie hielt ihn für einen Menschen aus Adelskreisen. Glaubte sie wirklich so jemand, würde sie zur Frau nehmen? Oder hatte sie gehofft, er würde sich um sie und das Kind kümmern. Es wäre auch ein Garant dafür, nicht allein zu sein.

Was immer auch dahinter steckte, er würde zu keinem Ergebnis kommen. Er musste es abhaken, alles anderen ergab keinen Sinn.

Den Schmerz in seinem Herzen ignorierend, stand er auf und ging zurück in sein Schlafgemach, um dort die Nacht alleine zu verbringen.

Am nächstem Morgen betrat er mit einem unguten Gefühl den Speiseraum des Hauses. Er erblickte seine Schwester, die gemeinsam mit Klio an einem Tisch, abseits von allen anderen, saß. Sie tuschelten miteinander. Wahrscheinlich über ihn.

Mit dem Wissen, nicht drum herum zu kommen, ging er zu ihnen und nahm Platz. Er setzte eine besonders mürrische Miene auf, in der Hoffnung, sie würden ihn in Ruhe lassen. Seine Nacht war unruhig gewesen. Obwohl sie sich erst einige Wochen kannten, war er an Mayas Nähe gewöhnt. Wie es dermaßen schnell hatte passieren können, war ihm selbst nicht klar.

»Guten Morgen, Bruder.« Chandra sah ihn an und musterte ihn kritisch. »Harte Nacht?«

Er knurrte unzufrieden und griff nach der Kanne mit Kaffee. Er versuchte den Blick, den die beiden Frauen teilten, zu ignorieren. Als er die Tasse zum Mund führte, entfuhr ihm ein unwillkürlicher Seufzer.

»Hast du Streit mit Maya gehabt?«, erkundigte die Muse sich.

»Sie ist schwanger«, spuckte er aus, ehe er darüber nachdachte.

»Was?« Chandras Stimme wurde eiskalt. Nicht gut. Für niemanden. Und ganz bestimmt nicht für Maya. Er wusste nicht, wieso es ihn kümmerte, doch das tat es.

»Das kann nicht sein«, bemerkte Klio beunruhigt.

»Wieso sollte es nicht sein können?«, erkundigte Chandra sich. Dann sah sie Kiran an. »Hast du keinen Verhütungstrank genommen?«

»Natürlich habe ich.« Er seufzte. »Ich weiß es nicht. Ehrlich, ich habe keine Ahnung, wie es soweit gekommen ist. Aber sie ist schwanger. Und ich vermute, es hängt mit ihrem Hexenhandwerk zusammen. Sie hat irgendwas getan, um den Verhütungstrank auszuschalten.« Schnell hatte er sich in Rage geredet.

»Das kann nicht sein!«, rief die Muse. »Als ich bei ihr war ...« Sie stoppte abrupt, als Kiran den Kopf hob und sie fixierte.

»Du warst bei ihr?«, fragte er drohend.

Klio seufzte. »Es hat nun keinen Sinn mehr es zu leugnen. Ja, ich war bei ihr. Zwei Mal, um genau zu sein. Ich dachte, ich könnte dir vielleicht helfen, indem ich ihr ein wenig die Angst nehme. Und ich war neugierig auf sie. Aber als ich bei ihr war, hat sie erwähnt, dass sie selbst einen Verhütungstee trinkt. Bei meinem zweiten Besuch trank sie ihn sogar, während ich da war.«

»Dann hat sie dich belogen«, vermutete Chandra.

Klio schüttelte sofort inbrünstig den Kopf. »Nein. Welchen Grund hätte sie dafür gehabt? Für sie war ich nur eine Fremde auf der Durchreise.«

Kiran schöpfte Hoffnung. Sollte Maya ihn vielleicht doch nicht hintergangen haben? Dann fielen ihm die Vorwürfe ein, die er ihr gemacht hatte. Es spielte keine Rolle. Sie wollte ihn nicht wiedersehen. Und wer konnte es ihr verübeln, nach allem, was er ihr unterstellt hatte?

»Haben sich die beiden Verhütungstränke vielleicht gegeneinander aufgehoben?«, fragte Chandra nachdenklich.

»Unwahrscheinlich.« Klio schien sich den Überlegungen seiner Schwester anschließen zu wollen. »Was, wenn …« Sie stockte. Dann sah sie Kiran an. »Du hast damals gesagt, der Zauber sei ihr aufgezwungen worden? Der, der sie an dich bindet.« Er nickte. Klios Blick wurde noch ein wenig nachdenklicher. »Was, wenn ihre Schwangerschaft ein Resultat aus eben jenem Zauber ist? Wenn er etwas beinhaltet hat, was in jedem Fall zu einer Schwangerschaft führt?«

Es ergab Sinn. Hatte die Händlerin nicht erwähnt, Seth in der Nacht des Julfestes wäre auf der Suche nach Maya gewesen? Wenn er den Zauber in Auftrag gegeben hatte, war es dann möglich, dass er ihr Haus vor Wut zerstört hatte, als er sie dort nicht antraf?

Es gab nur einen Weg, es herauszufinden.

Er sprang auf und hielt dann inne. Seine Schwester und Klio sahen ihn fragend an. »Es gibt jemanden, der mir diese Fragen beantworten kann. Und ich werde diese Person nun aufsuchen, um ein paar Antworten zu verlangen.«

Er hätte es wissen sollen. Missmutig sah er zu Klio, die mit verbissener Miene neben ihm herging. Wenigstens Chandra hatte er davon abhalten können, ihn zu begleiten. Doch die Muse besaß ein schlagendes Argument. Sie kannte Maya und mochte sie. Und das führte dazu, dass sie persönliches Interesse an dem hatte, was gerade geschah.

174

Er hatte ihr nicht widersprochen. Es hätte keinen Sinn gehabt und insgeheim war er sogar froh über ihre Gesellschaft.

Als sie Tolham betraten, brauchte er einen Augenblick, um sich zu orientieren und den Laden wiederzufinden, in dem er damals mit Maya gewesen war.

Als er ihn fand, ging er ohne zu Zögern darauf zu. Er machte sich nicht die Mühe, die Tür so umsichtig zu öffnen, wie beim letzten Mal, als er hiergewesen war. Als er sie aufstieß und einen Schritt in den Laden setzte, schlug sie so kräftig gegen die Wand, dass eine Kerbe darauf zurückblieb.

Er konnte hören, wie sich etwas im Hinterzimmer bewegte. »Wer wagt es?«, rief sie aufgebracht und betrat den Verkaufsraum. Als sie ihn erblickte und sein Gesicht sah, erbleichte sie.

Er ging auf sie zu und packte sie grob beim Oberarm. »Was war in dem Zauber?«

»Ich weiß nicht, wovon Ihr sprecht«, sagte sie, und versuchte sich seinem Griff zu entwinden.

»Lüg mich nicht an!« Kiran ließ den Glammerzauber fallen und gewährte ihr einen Blick dahinter.

Vache wurde noch blasser. »Du bist eine Fee?«

»Ich bin der Lichtbringer. Und ich rate dir, bleib bei der Wahrheit, sonst bekommt es dir nicht gut. Was. War. In. Dem. Zauber?«

»Ich ... es war nicht meine Idee«, versuchte sie sich zu verteidigen.

»Ist Maya wegen des Zaubers schwanger geworden?«

»Ja, aber ich habe das nicht geplant. Ich habe nur ausgeführt, was gewünscht war.«

»Und du glaubst, dies macht es besser?«, erkundigte Klio sich, als sie neben Kiran trat. Auch sie hatte den Schutz des Glammers abgelegt und ihre Augen glitzerten wild.

»Es war alles Seths Idee. Er wollte Maya in den Zwang setzen, ihn zu heiraten. Wäre sie von ihm schwanger geworden, wäre ihr keine andere Möglichkeit geblieben. Dann wäre ihm ihr Land zugefallen«, beeilte die Frau sich, zu erklären.

Kiran schubste sie beiseite und deutete mit ausgestrecktem Zeigefinger auf sie. »Das wird ein Nachspiel haben, alte Frau«, drohte er. »Ich werde wiederkommen.« Dann verließ er den Laden.

Klio folgte ihm mit schnellen Schritten, bis sie zu ihm aufgeholt hatte. »Was hast du jetzt vor?«, fragte sie ihn.

»Ich schulde Maya eine Entschuldigung. Das ist das Erste, was ich machen werde. Und danach werde ich mir diesen Seth vorknöpfen.«

Die Muse vermied es, noch etwas zu sagen. Kiran verstand, wieso. Seine Wut hatte den Siedepunkt erreicht. Ein falsches Wort und er würde diese Stadt in Schutt und Asche legen.

Die Furcht

Vache stand zitternd hinter der Theke ihres Ladens und sah auf die Eingangstür. Der Herr der Sonne. Der Lichtbringer! Und sie hatte ihn gegen sich aufgebracht. Was sollte sie nun tun? Er hatte gesagt, er würde wiederkommen. Sollte sie weglaufen? Doch er würde sie überall finden, wo die Sonne schien. Was läge für ein Sinn dahinter, fortzulaufen?

Mit zitternden Händen fuhr sie sich über den Hals. Was sollte sie tun? Er gab ihr die Schuld an Mayas Schwangerschaft. Verdammt, wer hätte denn ahnen können, dass das Mädchen ausgerechnet ihm begegnete und er ihr Versprechen auch noch annahm? Es hatte alles derart einfach gewirkt, als Seth mit seinem Plan zu ihr gekommen war. Meadowcove war gutes Land, welches eine reiche Ernte versprach. Viel zu gut, für jemanden wie die Hexen. Und er war nun einmal der Sohn des Barons. Was hätte sie tun sollen? Seine Bitte ablehnen und das Gold ausschlagen? Undenkbar.

Als hätte ihr Gedankengang ihn heraufbeschworen, öffnete sich die Tür zu ihrem Laden und Seth trat ein. Er betrachtete sie und runzelte die Stirn. Kein Wunder. Sie zitterte immer noch.

»Ist was passiert?«, erkundigte er sich. Seine Stimme triefte vor Desinteresse.

»Allerdings«, murmelte sie und rieb sich über den Hals. Sie war sich unsicher, ob sie ihm etwas sagen sollte. Wenn nicht, würde er früher oder später auf den Herr der Feen treffen und dann war es sein Problem. Auf der anderen Seite, wäre ihm die Information vielleicht ein paar Münzen wert. Vache musterte den jungen Lord. Ja, die Nachricht über den Lichtbringer in dem Gebiet seines Vaters, sollte ein paar Silberstücke bringen.

»Was ist, Alte? Warum starrst du mich so an?«

Ihr Lächeln war beinahe als lieblich zu bezeichnen. »Ich hatte interessanten Besuch heute Morgen. Einer, der dich auch interessieren sollte«, äußerte sie kryptisch.

»Besuch? So, so, und warum sollte dieser Besuch mich interessieren?«, fragte er und bemühte sich weiterhin desinteressiert zu wirken.

Doch Vache wusste, sie hatte ihr Ziel erreicht. »Weil es früher oder später dich betreffen könnte.«

Seth runzelte die Stirn. »Und warum könnte es mich betreffen?«

»Könnte. Es ist abhängig davon, was Maya gedenkt, meinem Besuch zu erzählen.«

Als der Name der naiven jungen Frau fiel, blitzte deutliches Interesse in den Augen ihres Gegenübers auf. Seine Besessenheit für Maya schien von Tag zu Tag zu wachsen. War es am Anfang nur um den Besitz des Landes gegangen, schien es ihm inzwischen ein Bedürfnis zu sein, sie ebenfalls zu besitzen. »Und wem sollte Maya was erzählen?«

»Ich weiß nicht, ob ich dir das erzählen kann. Meine Unversehrtheit könnte davon abhängen«, erklärte Vache.

Wie erwartet, zog Seth mit einem ungeduldigen Seufzer seinen Geldbeutel hervor. Dann legte er zwei Silbermünzen auf die Theke. Eine davon schob er Vache zu. Die andere blieb unter seiner Hand. Ein klares Zeichen, dass sie sie nur erhalten würde, wenn ihre Information es wert war.

»Nun, die liebe Maya hat in der Nacht des Julfestes einen Mann getroffen. Und der Zauber hat gewirkt, sie ist schwanger geworden.«

Wut blitzte in Seths Augen auf. Diese Information schien ihn nicht sonderlich zu erfreuen.

»Hinzu kommt, dass dieser Mann ein Herr der Feen ist.«

Seth schluckte. Diese Information schien ihm noch weniger zu behagen. Doch diesmal war es Angst, die ihn beeinflusste. »Weißt du, welcher von ihnen es ist?«

Die Händlerin beäugte die Silbermünze, welche unter der Hand des jungen Herren lag. Mit einem auffordernden Blick schob er sie zu ihr herüber. Die Münze verschwand sofort in Vaches Griff und sie lächelte erneut. »Es ist der Lichtbringer«, antwortete sie.

»Was?«, rief Seth schockiert und beugte sich vor. »Wie ist das möglich?«

»Ich weiß es nicht. Doch er war heute hier und er war nicht erfreut über Mayas Schwangerschaft. Wobei mir einfällt, warum wurde er so wütend, als ich Maya gegenüber erwähnte, dass du in der Nacht des Julfestes bei ihrem Haus warst?«

»Du hast was?« Seth erbleichte. Was immer er getan hatte, schien nichts Gutes zu sein.

»Ich habe mir nichts dabei gedacht. Ich wollte Maya lediglich darauf aufmerksam machen, damit sie dir vielleicht gewogener ist«, erklärte sie schnell.

»Du dummes Weibsbild«, fauchte er und wurde, wenn möglich, noch blasser.

»Wie hätte ich ahnen können, dass es dir Probleme bereiten könnte, wenn ich es erwähne?«, fragte Vache. Nun machte sie sich keine Sorgen mehr um den Herrn der Feen, der nicht in ihrem Laden war, sondern um den Mann, der gleich vor ihr stand.

»Das wird ein Nachspiel für dich haben«, erklärte Seth und verließ dann eiligst den Laden.

Die Händlerin blieb zurück und seufzte. Es war kein guter Tag für sie.

Die Einigung

Mayara schreckte aus dem Schaukelstuhl hoch, der am Kamin stand und brauchte einen Moment, um zu realisieren, wo sie war. Sie fühlte sich ermattet und es kostete sie einiges an Überwindung, um aufzustehen.

Sie schlurfte zur Tür, öffnete sie und erstarrte. Kiran und Klio standen da und sahen sie beide mit Verzeihung heischenden Minen an. Ihr Magen zog sich zusammen und die Wut stieg gleich wieder in ihr auf.

»Was wollt ihr?«, erkundigte sie sich mit kühler Stimme.

»Reden«, antwortete Kiran prompt. Dann zögerte er und sah zu Klio.

Diese hielt den Blick fest auf Mayara gerichtet. »Wir wollen uns entschuldigen. Dürfen wir hereinkommen, damit wir in Ruhe miteinander sprechen können?«

Sie wollte sie nicht hereinlassen. Ihr war klar, wie unfair sie sich gerade verhielt, doch Klios Lüge hatte sie ebenso verletzt, wie Kirans Worte am Tag zuvor. Doch dann schob sich ihre Situation in den Vordergrund. War sie es ihnen nicht zumindest schuldig, sie anzuhören? Führte ihr Gefühl des Verletzseins dazu, dass sie sich ihnen gegenüber unfair verhielt?

Aiga hatte immer gesagt, man müsse den Menschen eine zweite Chance geben. Die alte Frau hatte ihr viele gute Ratschläge gegeben. Wäre es dann jetzt nicht ungerecht, sie nicht zu befolgen?

Mit einem schlechten Gefühl im Bauch und ihren Widerwillen beiseiteschiebend, trat sie einen Schritt zurück. »Seid willkommen in meinem Heim«, sagte sie.

Kiran atmete erleichtert auf und wollte einen Schritt vortreten. Stattdessen trat er zurück. Verwundert blickte er sie an.

Nun versuchte Klio, das Haus zu betreten und machte ebenfalls einen Schritt zurück.

Überrascht betrachtete Mayara die beiden. Sie hatte die Formel zum Auflösen des Schutzzaubers doch gesagt. Wieso konnten sie nicht in ihr Haus kommen? »Seid willkommen in meinem Heim«, sagte sie erneut.

Und wieder traten beide einen Schritt zurück. Sie runzelte die Stirn. Konnte der Zauber ihren Unwillen spüren und ihn übernehmen? Lag es womöglich gar nicht an den Worten, sondern an ihrem Willen, ob jemand das Haus betreten konnte, oder nicht?

»Wartet kurz«, murmelte sie und ging dann zum Schaukelstuhl, wo ihr Schultertuch lag. Wenn sie nicht hereinkonnten, würde sie raus gehen müssen. Es dauerte sicher nicht lange, hoffte sie zumindest. Mayara legte sich das Tuch um und trat dann zu ihnen hinaus.

Kiran machte einen Schritt auf sie zu, doch sie wich ihm aus. Sie wollte an ihrer Wut festhalten. Sie würden ihnen zuhören. Für Aiga. Aber dies bedeutete nicht, dass sie ihnen auch verzeihen würde. Sie ging voraus und Kiran und Klio folgten ihr schweigend.

Auf halbem Weg zum Stall blieb sie plötzlich stehen und drehte sich zu ihnen herum. »Was habt ihr zu sagen?«

Klio warf Kiran einen kurzen Blick zu und trat dann vor. »Ich zuerst. Danach werde ich gehen und euch in Ruhe miteinander reden lassen.« Sie sah Mayara tief und aufrichtig in die Augen. »Es tut mir leid, dir verheimlicht zu haben, dass ich Kiran kenne. Ich hätte von Beginn an ehrlich zu dir sein sollen. Ich verstehe, wieso du dich dadurch verletzt fühlst. Ich kann lediglich versprechen, in Zukunft ehrlich zu dir zu sein, und ich hoffe, irgendwann wirst du mich wieder bei dir Willkommen heißen.«

Mayara musterte ihr Gegenüber intensiv. Klios Augen wirkten ehrlich betroffen. Und ihre Worte klangen ebenfalls aufrichtig. Doch konnte sie ihr verzeihen? Dann wurde ihr bewusst, dass Klio es gar nicht verlangte. Sie wollte nur die Möglichkeit, dass es irgendwann so sein *könnte*. Keine Verpflichtungen. Nur die Bitte, über ihre Worte nachzudenken. Also nickte sie und sah die Frau an. »Ich werde darüber nachdenken«, antwortete sie.

Erleichternd lächelnd nickte Klio. »Danke«, sagte sie schlicht, drehte sich um und ging davon.

Mayara blieb alleine mit Kiran zurück. Er stand betreten vor ihr, und schien nach Worten zu suchen. Sie wartete und ließ ihm die Zeit. Dabei zog sie das Tuch enger um sich. Sie hatte nicht damit gerechnet, dass es dermaßen kalt sein würde.

»Ich habe einen riesigen Fehler gemacht«, gestand er schließlich. »Ich weiß nun, dass du nie etwas Derartiges tun würdest. Ich hätte es schon vorher wissen sollen, doch …« Er stockte.

Sie sagte immer noch nichts. Sie wusste auch nicht, was sie sagen sollte. Es tat weh, auch wenn er seine Worte inzwischen bereute. Allein die Tatsache, dass er ihr etwas dermaßen Hinterhältiges zutraute …

Er trat erneut einen Schritt auf sie zu, legte den Finger unter ihr Kinn, um ihren Kopf anzuheben, damit er ihr in die Augen sehen konnte. »Es tut mir aufrichtig leid. Ich war nur …« Er schüttelte betroffen den Kopf. »Ich mag dich sehr, Maya. Bei dir kann ich sein, wie ich wirklich bin. *Wer* ich wirklich bin. Und in dem Augenblick, wo du mir von der Schwangerschaft erzählt hast, habe ich geglaubt, mich getäuscht zu haben. Ich habe mich nicht über die Schwangerschaft aufgeregt, sondern darüber, mich in dir geirrt zu haben. Was ich offensichtlich nicht habe.«

Mayara schluckte und ihr Atem ging schwer. Ihn so nah bei sich zu spüren, verfehlte seine Wirkung nicht. »Was willst du damit sagen?«

»Du bist mir wichtig. Ich kann dir nicht sagen, dass ich dich liebe, aus vielerlei Gründen. Aber ich will bei dir sein. Ich möchte, dass wir Freunde sind. Und … und wenn du mich noch willst, will ich auch dein Geliebter sein.«

»Das ist nicht so einfach«, gestand sie. Ihre Wut war verschwunden, doch die verletzten Gefühle hielten sich hartnäckig an ihr Herz geklammert.

»Wir haben Zeit. Sag mir nur, dass ich dich besuchen darf, damit wir Zeit miteinander verbringen können. Ich stelle keine Erwartungen an dich und du bestimmst die Bedingungen.«

Sie nahm sich Zeit, darüber nachzudenken. Es wäre vielleicht das Beste, oder? Sie würde ein Kind von ihm bekommen. Er versprach ihr nichts und sie wollte auch keine Versprechen von ihm. Doch wenn dieses Kind die Chance bekam, seinen Vater kennenzulernen, wäre dies etwas Gutes. Oder nicht? Es wäre beruhigend, die nächsten Monate nicht alleine durchstehen zu müssen. Obwohl er sie verletzt hatte, mochte sie Kiran. Es ging ihr ähnlich wie ihm. Sie liebe ihn nicht. Doch sie genoss seine Gesellschaft und die Zeit, die sie miteinander verbrachten. Sie mochte den Menschen, der er war. Und bei ihm machte sie sich keine Sorgen, wenn sie war, wer sie war. Sie musste sich keine Gedanken darum machen, wie sie sich verhielt.

Und all diese Gründe, ließen sie auch endlich das Gefühl des Verletztseins beiseiteschieben. Sie nickte stumm.

Das Aufleuchten in seinen Augen erfreute sie. Sie fühlte sich gut mit der Entscheidung, die sie getroffen hatte. Doch es gab noch etwas, was sie klarstellen wollte. »Was du mir vorgeworfen hast, hat mich sehr verletzt. Auch, weil du geglaubt hast, ich hätte dich belogen und hintergangen. Ich würde so etwas nie tun, Kiran. Ich, ich wäre auch nie davon ausgegangen, dass du mir so etwas antust. Und ich weiß nicht, welchen Eindruck du von mir bekommen haben musst, damit du mir etwas derart … Gemeines zutraust.«

»Das ist es ja«, erklärte er schnell. »Es passte überhaupt nicht zu dem Bild, welches ich von dir hatte. Ich hätte einfach nachdenken müssen, anstatt auszusprechen, was mir als erstes durch den Kopf ging.«

Sie nickte. Sie verstand, was er ihr sagen wollte. Dann seufzte sie tief. »Lass uns versprechen, in Zukunft immer ehrlich zueinander zu sein, in Ordnung? Wenn wir uns daran halten, wird so etwas nicht nochmal geschehen.«

Sie konnte seinen Blick nicht deuten, als er schließlich nickte. Als Kiran dieses Mal einen Schritt auf sie zutrat, wich sie nicht vor ihm zurück. Als er die Arme umsichtig um sie legte, ließ sie ihn gewähren. Und als er sie an sich zog, lehnte sie ihren Kopf an seine Brust und schloss erleichtert die Augen.

Die Versammlung

Isra sah sich um. Jeder Schnitter war in der großen Halle versammelt. Die Seelen mussten eine Nacht lang warten. Tod hatte sie gerufen. Die oberste der Schnitterinnen, trat in ihre Mitte und drehte sich einmal um sich selbst, um jede von ihnen zu Mustern.

»Es ist schön, euch hier zu sehen, meine Kinder. Schwere Zeiten stehen uns bevor und düstere Geschehnisse gehen ihnen voraus.«

Isra nickte zustimmend. Als sie sich umsah, bemerkte sie, wie auch andere Schnitterinnen es taten. Also war sie nicht alleine.

Tod fuhr fort: »Seelen von jungen Frauen, die der Hexenkunst mächtig sind, ziehen in das Land der Großen Göttin. Düstere Gestalten, die die Hexenjäger genannt werden, tragen die Schuld daran. Jede von euch hat bereits mehrere dieser bedauernswerten Seelen durch den Schattenschleier gehen sehen.«

»Wir haben unsere Aufgabe erfüllt. Warum sind wir hier?«, erkundigte sich eine der Schnitterinnen. Isra kannte sie. Sie war eine jener dunklen Reiterinnen, die sich nicht kümmerte, warum sie eine Seele durch den Schattenschleier führen musste.

Isra wollte die Aussage nicht so stehen lassen. »Weil es uns etwas angehen sollte, wenn derart viele junge Menschen durch den Schattenschleier wandern. Es muss uns interessieren. Wenn die Inquisitoren so weiter machen, werden jene Frauen, die der Hexenkunst mächtig sind, bald ausgerottet sein. Betrachte ich die Anzahl, der jungen Frauen, die ich persönlich durch den Schleier führte, ist die Gattung der Hexen ernsthaft in Gefahr. Wir wissen, wie verbunden sie dem Land sind. Und sie halten die Magie in diesem Teil der Welt.«

»Was interessiert uns diese Welt? Es betrifft nicht die Anderswelt. Sollen die Menschen doch tun, was sie wollen.«

Tod bewegte sich und jede der Schnitterinnen erstarrten. Schweigen legte sich über den Raum. Die oberste der Schnitterinnen sah sie alle der Reihe nach an. Ihr Blick war ernst und bekümmert. »Es sollte uns alle angehen. Vor vielen Generationen war unsere Welt eng an die Welt der Menschen gebunden. Niemand kann wissen, welche Auswirkungen es auf unsere Welt haben wird, wenn die Magie dieser Welt verschwindet. Noch sind die alten Plätze unberührt. Doch was geschieht, wenn die Hexen nicht mehr da sind, um sich um diese Orte zu kümmern?«

Verschämtes Schweigen. Selbst jene, die ihre Kritik laut ausgesprochen hatten, wagten es nicht, gegen ihre Oberste zu sprechen.

Isra räusperte sich. »Was also bleibt uns zu tun?« Sie sah nun ebenfalls in die Runde. »Etwas muss gegen die Inquisitoren getan werden, doch was können wir tun?«

»Was können wir nicht tun? Die Regeln, die wir verfolgen, sind von uns aufgesetzt. Wir haben uns auferlegt, uns nicht in Dinge einzumischen, welche uns nicht betreffen. Die Seelen zum Schattenschleier zu führen, ist unsere oberste Priorität. Doch dies tun wir, um die Welten davor zu bewahren, von ruhelosen Geistern überlaufen zu werden.«

Isra nickte zustimmend. Doch es beantwortete immer noch nicht die Frage nach dem, was sie tun konnten.

Tod indessen fuhr fort. »Wenn wir zulassen, dass eine Gattung ausgerottet wird, welchen Sinn hat dies für uns? Welches ist unsere zweite Priorität?«

»Der Schutz unserer Welt«, antworteten mehrere Stimmen prompt.

Tod nickte zufrieden. »Ganz genau. Und was würden wir tun, um unsere Welt zu schützen?«

»Alles was nötig ist.« Mehr Stimmen meldeten sich diesmal zu Wort.

»Was würde also gegen einen Kampf sprechen? Was untersagt uns, nicht alles einzusetzen, was uns zur Verfügung steht, um unsere Welt zu schützen?«

Und plötzlich wurde Isra klar, worauf ihre Oberste hinaus wollte. »Wir sollten gegen die Inquisitoren in den Kampf ziehen? Die Hexenjäger ausschalten, indem wir ihre Seelen von den Körpern lösen?«

Das anerkennende Lächeln, das sie von Tod erreichte, gab ihr Recht. »Dies wäre eine Möglichkeit. Wir tun das, was wir am besten können. Wir sammeln Seelen.«

»Von Lebenden?«

»Das widerspricht jeglicher Ethik.«

»Können wir so etwas wirklich tun?«

Die Kommentare dröhnten durch den Raum, nur Isra hielt sich dieses Mal zurück. Sie wusste, was zu tun war. Sie wusste, was man von ihr erwartete. Sie würde ausreiten und erneut dem Ruf folgen. Und fand sie einen dieser Barbaren in der Nähe der Todesorte, würde sie diese Seelen gleich mit einsammeln. Doch für die Schnitterin stand fest, diese verruchten Seelen würden nicht in das Land der Großen Göttin einziehen.

Die Versammlung fand nur langsam ein Ende und die Mienen die Isra sah waren sehr unterschiedlich. Einige schienen entschlossen, während andere zweifelten. Wieder andere wirkten unbehaglich. Und einige wenige strahlten Freude aus.

Isra wusste, sie waren dabei einige der Schnitterinnen an die Dunkelheit zu verlieren. Diese Veränderung der Auslegung ihrer eigenen Regeln, würde manche nicht zum besseren Verändern. Es blieb abzuwarten, welche Konsequenzen ihre Oberste daraus zog. Doch Isra ahnte bereits, wie viele Schnitterinnen ihre Fähigkeiten entzogen bekommen würden, wenn dies hier erst einmal vorbei war.

Die Verabredung

Er saß auf dem Schaukelstuhl am prasselnden Kaminfeuer und beobachtete Maya aus halb geschlossenen Augen, während sie an einer Strickarbeit saß. Die letzten Tage waren beinahe gewesen, wie früher. Doch nicht ganz. Bisher hatte sie ihn nicht in sein Bett eingeladen, doch dies war Kiran egal. Er genoss es, einfach nur bei ihr sitzen zu können. Sie unterhielten sich viel. Es war ähnlich wie in den ersten Nächten ihres Kennenlernens.

Heute war sie von einer seltsamen Betriebsamkeit gepackt gewesen. Als er ankam, war sie gerade dabei, ihr Tagewerk zu verstauen und wegzuräumen. Er vermutete als Ursache das Lichterfest, welches schon bald anstand. Wie Hexen es wohl begingen? Es wäre interessant zu sehen. Und vielleicht würde sie ihm zustimmen, wenn er sie bat, an ihrer Feierlichkeit teilzunehmen.

Als Maya seufzte und sich zurücklehnte, sah sie ihn an. Dies hatte sie in der letzten Stunde nicht einmal getan. Kiran lächelte erwartungsvoll.

»Möchtest du einen Tee?«, erkundigte sie sich und erhob sich aus dem Stuhl. Kiran nickte und sah ihr dann nach, als sie in die Küche ging.

Obwohl sie ihm augenscheinlich verziehen zu haben schien, wirkte Maya immer noch distanziert. Es schmerzte, doch er sah ein, dass es seine eigene Schuld war.

Nun saß er hier und fragte sich, ob er warten oder ihr in die Küche folgen sollte. Vor ihrem Streit wäre es keine Frage gewesen, über die er lange nachgedacht hätte. Seufzend stand er auf, um ihr zu folgen.

Als er die Küche betrat, sah sie nicht auf. Sie stellte gerade den mit Wasser gefüllten Kessel auf den Ofen und öffnete die Klappe, um nach dem Feuer zu sehen. Es war aus. Nun war sie es, die seufzte.

»Soll ich das Feuer anmachen?«, erkundigte er sich.

Maya sah überrascht auf, als hätte sie ihn jetzt erst bemerkt. »Nicht nötig«, antwortete sie und lächelte dann. Sie griff nach etwas Reisig und ein paar kleinen Holzscheiten, und stapelte sie geschickt im Ofen. Dann sah sie sich nach dem Feuerstein um. Sie fand ihn nicht.

Mit einem unsicheren Blick auf ihn drehte sie sich wieder zu dem Ofen um und hielt ihre Hand hinein. Dann begann sie einige leise Worte zu murmeln.

Kiran spürte eine Veränderung in der Luft um ihn herum. Es war wie eine leichte Bewegung in der Luft, doch es *schmeckte* anders. Plötzlich loderte eine Flamme im Ofen auf und verwandelte sich schnell in ein prasselndes Feuer.

Fasziniert, weil es das erste Mal zu sein schien, dass Maya Magie in seiner Nähe anwandte, sah er auf den Ofen. Als er sich davon lösen konnte und ihr ins Gesicht sah, wirkte es gerötet und ihre Augen glänzten wie die einer Geliebten. *Weil sie die Magie liebt,* schoss es ihn durch den Kopf.

Er lächelte und trat auf sie zu. Die Hitze, die ihr Körper plötzlich ausstrahlte, zog ihn magisch an. Ihre Körpertemperatur schien seine mit einem Mal zu übersteigen. Und es war das erste Mal, dass er auf einen Körper traf, der wärmer war, als der seine.

Gebannt griff er nach ihrer Hand. Maya ließ es geschehen und entzog sich ihm nicht. Wieder spürte er die Veränderung der Luft und sie schien noch wärmer zu werden. Kiran trat noch näher. Sie sah ihn aus großen Augen entgegen.

»Du bist so warm«, erklärte er ruhig und zog sie an sich, brachte sie sanft dazu, sich an ihn zu schmiegen.

»Das kommt von der Feuermagie«, murmelte sie entspannt und schloss die Augen.

»Ich habe sowas noch nie erlebt«, gestand er. »Ich habe noch nie zuvor jemanden wie dich getroffen.«

»Jemanden wie mich?«, fragte sie verwundert. Doch sie rückte nicht von ihm ab, blieb in seiner Umarmung stehen.

»Eine Hexe. Jemanden, der Magie beherrscht. Ich würde gern mehr darüber erfahren.«

Sie seufzte wohlig, während sie sich näher an ihn schmiegte. »Es spricht nichts dagegen. Was möchtest du denn wissen?«

»Was kannst du mir sagen?«, fragte er. Er wusste nicht, ob es irgendwelche Regeln darüber gab, was Hexen weitergeben durften, und was nicht.

»Frag und ich werde dir sagen, ob ich dir etwas dazu sagen kann.«

Er dachte darüber nach. »Das Feuer im Ofen eben, das hast du mit Magie entfacht, oder? Wie hast du es gemacht?«

»Ich habe die Gabe des Feuers und der Luft. Beides gehorcht mir bis zu einem Gewissen grad. Ich kann es nach meinen Vorstellungen lenken. Doch die Elemente haben auch ihren eigenen Willen. Diesen müssen wir achten.« Sie hob den Kopf und sah ihn an. »Du hast die Magie gespürt«, stellte sie fest.«

»Ich weiß nicht, ob das, was ich gespürt habe, Magie war. Aber die Luft wirkte plötzlich anders. *Schmeckte* anders. Ich weiß nicht, ob das Sinn ergibt.«

Ihr Lächeln wirkte plötzlich gelöst und die Distanz zwischen ihnen schien verschwunden. »Tut es. Bei solch kleinen Dingen spüre ich die Veränderung nur leicht. Doch an großen Festen, zu denen die Gaben geehrt werden, da kann man es überall in Meadowcove spüren. Ich weiß nicht, ob es dieses Jahr ebenso sein wird. Sonst war Aiga immer bei mir. Aber ich werde es versuchen.«

Kiran sah eine Möglichkeit und ergriff sie. »Du sprichst vom Lichterfest?«

»Du kennst es?«

»Ich … ich habe davon gehört. Spricht etwas gegen Gesellschaft, in dieser Nacht?« Natürlich kannte er es. Es gab niemanden in der Anderswelt, der es nicht kannte. Doch dies konnte er ihr natürlich nicht sagen.

»Es spricht nichts dagegen. Willst du mich in dieser Nacht besuchen?«

Er nickte und ihr überraschter Blick amüsierte ihn. »Ich würde gern dabei sein. Wenn jemand … ohne die Gabe nicht stört.«

»Überhaupt nicht«, erklärte sie.

Ihre Freude schien echt zu sein. Ging es darum, ihn dabei zu haben oder an diesem Tag nicht allein zu sein? Kiran wusste es nicht. Und die Tatsache, dass er sich diese Frage überhaupt stellte, ärgerte ihn zutiefst.

Der Gegenschlag

Isra ritt über das Land und ließ sich von dem Flüstern leiten. Ihr schwarzes Pferd spürte es ebenfalls. Sie musste die Stute nicht lenken, sie kannte den Weg.

Ein dunkles Gefühl hielt sie gefangen, seit sie zurück in der Welt der Menschen war. Sie war entschlossen. Sie würde jeden der verderbten Männer in den Abgrund ziehen, die sich Inquisitoren nannten. Doch wie sollte sie diese erkennen?

Ein Schrei drang an ihre Ohren. Mit einem leichten Druck ihrer Schenkel ließ sie das Tier beschleunigen und ritt in zügigem Tempo auf den Ort des Geschehens zu. Und dann sah sie *sie*. Eine Karawane aus Menschen, die einen Wagen mit sich führten. Auf dem Wagen stand eine Art Gefängniszelle. Zu klein, um einen Menschen zu halten. Doch eine Frau kauerte darin.

Isra betrachtete sie genauer. Die Hände und Füße waren in Eisenketten gelegt, sie trug einen Knebel, wahrscheinlich um sie vom Sprechen abzuhalten. Das strahlend weiße Gewand stand im extremen Kontrast zu dem verfilzten dreckigem Haar. Ihre Augen wirkten dumpf und leblos, das Gesicht eingefallen.

Wut überkam die Schnitterin. Was hatte man dieser Frau angetan? Das Gewand war lang und reichte ihr bis zu den Knöcheln. Auch die Ärmel waren lang genug, um die Arme zu bedecken. Doch Isra sah den Schmerz in den Augen der Frau. Die gekrümmte Haltung schien ihre Pein nur noch zu verstärken.

Isra beschloss, ihnen zu folgen. Sie würde dem ein Ende setzen. Heute würde sie keine Seele einer jungen Frau durch den Schleier führen.

Die Gesellschaft stoppte. Isra tat es ihnen in sicherer Entfernung gleich. Doch sie spürte die Veränderung in der Luft. Konnte die Magie spüren, die hier versammelt war. Es war einer der alten Orte. Jener Orte, die aus unerfindlichen Gründen eine reinere Form der Magie besaßen.

Sie konnte die kleine Hütte sehen, vor der die Männer standen. Der Wagen mit der Frau war ein wenig abseits. Sie schien nicht zu registrieren, was um sie herum geschah.

Einer der Männer trat vor und hob die Arme. Alle anderen Mitglieder der Prozession verstummten augenblicklich.

»Meine Freunde«, startete der Mann. Er trug einen dunklen Mantel und schien sich perfekt in die Gesellschaft einzufügen. Doch etwas an ihm war … anders. »Heute wollten wir eine der Ketzerinnen dem Recht zuführen. Sie hat zugegeben mit dem Teufel im Bunde zu stehen und anderen mit ihrer gestohlenen und verruchten Hexenmacht geschadet zu haben. Lasset uns diesen Ort von der Verderbtheit reinigen, welche dieses Weibsbild über ihn gebracht hat.«

Zustimmendes Gemurmel ertönte.

Isra packte die Wut. Sie ließ den Glammerzauber fallen und trieb das Pferd an, um auf die Männer zuzureiten.

Als sie sie kommen sahen, nahmen die meisten von ihnen Reißaus. Der Sprecher blieb stehen und sah ihr furchtlos entgegen.

Nicht mehr lange, dachte Isra verbissen und ließ ihre Stute nochmals beschleunigen. Ihr schwarzes Haar wehte ihr um den Kopf, der Umhang, wehte verhängnisverheißend hinter ihr her.

Als sie schließlich einige Meter vor dem Mann stoppte, waren nur noch sie beide da. Sie lächelte, während er ihr hasserfüllte Blicke zuwarf.

»Metze, glaubst du wirklich, ich habe Angst vor deinesgleichen?«

Sie lächelte liebenswürdig, öffnete den Mund dabei jedoch genug, um einen Blick auf ihre scharfen Zähne zu gewähren. »Das solltest du«, antwortete sie und hob die Hand.

Als er den Mund öffnete, um ihr etwas entgegenzuwerfen, was zweifellos nicht schmeichelhaft war, schnippte sie mit dem Finger. Mehr bedurfte es nicht und sein Körper sank zu Boden.

Die Seele stand unverändert dort und funkelte ihr wütend entgegen. Er schien nicht bemerkt zu haben, was geschehen war. »Du glaubst, du kannst mich aufhalten? Niemand sollte es wagen, sich mir entgegenzustellen. Ich werde jedem das Leben nehmen, der sich mir in den Weg stellt!«

Sie musste grinsen. »Wie schön, dass du es auf diese Weise ausdrückst.« Sein verständnisloser Blick erfüllte sie mit mehr Zufriedenheit, als sie jemals vermutet hätte. »Du bist einer jener Männer, die sich Inquisitor nennen«, erklärte sie.

»Und du solltest dich davor hüten, dich uns in den Weg zu stellen«, spuckte er ihr entgegen.

»Warum?«

»Ich werde dich jagen und zur Strecke bringen.«

»Du wirst niemanden mehr zur Strecke bringen«, erklärte sie. Dann deutete sie mit einem Nicken auf den Leichnam.

Die Seele des Mannes stutzte, drehte sich dann jedoch um. Der Laut, den er von sich gab, hatte nichts Menschliches an sich. Isra wartete und stieg von ihrer Stute ab.

Es dauerte lange, bis er sich wieder zu ihr umwandte. »Du Hure! Was hast du getan? Mach es rückgängig!«, schrie er ungehalten.

Die Schnitterin schüttelte mit dem Kopf. »Nichts dergleichen werde ich tun. Leider kann ich deinem sterblichen Körper nicht die Schmerzen zufügen, wie du sie den armen Frauen zugefügt hast. Aber ich kann dafür sorgen, dass deine unsterbliche Seele auf ewig hier gefangen ist, ohne jemandem schaden zu können.« Sie ging zu dem Leichnam hinüber und durchsuchte ihn nach dem Schlüssel für den Käfig, der auf dem Wagen stand. Als ihre Finger das kalte Metall umschlossen, ging sie zurück zu ihrem Pferd.

»Das kannst du nicht machen!«, schrie er ihr hinterher, während Isra die schwarze Stute dazu brachte, sich umzudrehen, um zu dem Wagen zu reiten, auf dem die Frau immer noch in ihrem kleinen Gefängnis zusammengekauert war.

Als sie vor dem Käfig stand, blickte die Frau ihr geradewegs in die Augen. »Ich hole dich dort raus«, versprach die Schnitterin.

Sie steckte den Schlüssel in das kleine Schloss und öffnete die Tür. Mit einiger Mühe gelang es ihr, die Frau aus ihrer Zelle herauszuholen. Sie schien starke Schmerzen zu haben.

Endlich gelang es Isra, den Knebel zu entfernen. Dann suchte sie nach dem passenden Schlüssel, für die Eisenfesseln die um Handgelenke und Fußknöchel lagen.

»Danke«, erklärte die Frau schließlich schwach und sank auf den Boden. Die Stimme klang rau und heiser. Ob sie viel geschrien hatte, während der Tortur, die sie durchleben musste? Und dass sie es musste, stand außer Frage. Die Brandwunden an ihren Fußsohlen, die unnatürliche Haltung der Finger ... Wie oft waren sie wohl gebrochen worden? Es würde einiges an Pflege brauchen, bis diese Frau wieder auf eigenen Beinen stehen konnte. Sie war dehydriert und unterernährt. Wie lange hatte der Inquisitor sie in seinen Fängen gehabt?

»Zwei Monde lang.«

Isra betrachtete die Frau. Ihr war gar nicht bewusst gewesen, die Frage laut ausgesprochen zu haben. Zwei Monde lang. Welch grausame Vorgehensweise. Sie schluckte hart und betrachtete die Frau lange. Mitleid befiel sie. »Gibt es einen Ort, wo ich dich hinbringen kann? Oder willst du hierbleiben?«

Die Frau schüttelte entschieden den Kopf. »Hierbleiben kann ich nicht. Nicht, solange die Dorfbewohner hinter mir her sind«, erklärte sie. Ihre Stimme klang verwaschen und ihre Aussprache wirkte befremdlich. Doch nun fiel Isra auf, dass der Frau einige Zähne fehlten. Ihre Mundwinkel waren mit getrockneten Blut bedeckt. Sie wollte gar nicht wissen, wie es unter dem schneeweißen Gewand aussah.

»Hast du einen Ort, zu dem ich dich bringen kann, damit du dich erholen kannst?«

Die Frau überlegte. Ihr Blick schweifte ins Leere, doch der Schmerz daraus verschwand nicht. »Es gibt ... jemanden. Eine Schwester. Eine weitere Hexe. Sie lebt in einem anderen Teil des Reiches. Vielleicht ist es dort nicht so schlimm und die Hexenjäger sind noch nicht bis dorthin vorgedrungen.«

Isra vermied es, der Frau zu erzählen, was sie wusste. Stattdessen ging sie zu ihrer Stute und nahm den Wasserschlauch, der an dem Sattel befestigt worden war.

Gierig trank die Hexe einige wenige Schlucke. Die Erleichterung war ihr klar anzusehen. »Danke«, erklärte sie erneut.

»Brauchst du noch etwas aus deiner Hütte?«, fragte Isra.

Der Blick der Frau wurde von Trauer durchzogen. »Es ist nichts mehr da«, flüsterte sie. Ihre Stimme klang nun etwas sicherer. »Sie haben alles geplündert. Den Rest haben sie zerstört. Nicht einmal mehr Kleidung besitze ich. Die Dinge, die sie nicht für sich selbst beansprucht haben, haben die Männer vor meinen Augen verbrannt. So wollten sie mich dazu bringen, Untaten zu gestehen, die ich niemals begangen habe.«

»Und hast du? Gestanden, meine ich.«

Die Frau seufzte. »Mir blieb irgendwann keine Möglichkeit mehr. Ich wollte nur noch, dass es endet. Also habe ich unterschrieben, was immer er mir vorgelegt hat.«

»Wir werden eine Lösung finden«, versprach Isra. Dann dachte sie nach. Eine Reise alleine, würde die Frau nicht überleben, so viel war sicher. Doch wie weit durfte Isra ihre Pflichten ausdehnen? Sie schloss die Augen und beschloss, die Hilfe für die junge Frau ebenfalls zu ihrer Aufgabe hinzuzuzählen, die Anderswelt zu schützen.

»Sag mir, wo du hinwillst. Ich werde dich dort hin begleiten«, versprach die Schnitterin.

Die Hexe sah sie erstaunt an, nickte dann jedoch dankbar. Ein kleines Lächeln umspielte ihre Lippen und zum ersten Mal, seit sie hier aufgetaucht war, sah sie so etwas wie Hoffnung in den Augen der Frau. »Ich weiß nicht, wie ich dir danken kann. Ich möchte nach Meadowcove. Aiga wird mich sicher bei sich aufnehmen.«

Die Vorbereitung

Imbolg. Ein Tag, um die heilige Bridget zu ehren. Die Frühlingstagundnachtgleiche. Mayara war bereits den gesamten Tag damit beschäftigt, um alles vorzubereiten. Sie liebte dieses Fest. Die Tage wurden länger und die Natur erwachte langsam wieder zum Leben. Es was die Zeit, die Elemente zu ehren und dem Herren der Sonne und der Herrin des Mondes zu danken. Eine Zeit, in der man das Orakel befragte, um zu sehen, was die Zukunft für einen bereit hielt.

Dieses Jahr würde Aiga nicht an ihrer Seite stehen. Dafür hatte Kiran gebeten ihr beiwohnen zu dürfen. Ein Wunsch, dem sie gerne nachgekommen war. Es war schön, an diesem Abend nicht alleine zu sein. Trotz allem, was passiert war, genoss sie seine Gesellschaft. Seine Worte hatten sie verletzt und es tat immer noch weh, doch sie waren auf einem guten Weg, wieder die Menschen zu werden, die sie vor dem Vorfall gewesen waren.

Als der Sonnenuntergang sich näherte, stand sie in der geöffneten Haustür und seufzte froh. Der Kuchen war gebacken, der Honigwein, den sie nach dem Ritual trinken würden, war gewählt. Sie besaß alle Zutaten, die sie benötigte, um die Ehrungen mit einem kleinen Opfer zu begleiten. Sie war aufgeregt. Es war das erste Mal, dass sie das Ritual ohne Aiga durchführte. Es fühlte sich anders an. Doch sie trug Aigas Kette, um an sie zu erinnern. Zudem trug sie ein schwarzes, kurzes Kleid aus Spitze und eine schwarze weite Hose darunter. Ihr rotes Haar trug sie das erste Mal seit langem wieder offen. Diese Nacht war etwas Besonderes.

Kiran traf kurz vor Sonnenuntergang ein. Mayara war gerade dabei den Ort für das Ritual vorzubereiten. Es würde zwei Stunden vor Mitternacht stattfinden. So wurde es üblicherweise gemacht.

Als sie vollends hinaustrat und die Tür hinter sich schloss, sah er sie irritiert an. Mayara lächelte. »Die heutige Nacht verbringen wir unter freien Himmel.«

»Was genau machst du heute Nacht?«

Sie musterte ihn. Kiran wirkte ernsthaft interessiert. Mayara wusste nicht, wie er auf manche Dinge reagieren würde. Doch da er entspannt wirkte, beschloss sie, ihm die Wahrheit zu sagen. »Ich werde ein Feuer entzünden, sobald die Sonne untergegangen ist. Zwei Stunden vor Mitternacht werde ich den Kreis ziehen und die Elemente ehren, sowie die Herrin des Mondes und den Herren der Sonne. Ich werde die Energien sammeln und ihnen eine Chance geben, um sich zu erneuern und zu reinigen. Dies nimmt etwas Zeit in Anspruch, ist jedoch wichtig, um das Land zu schützen.«

Er nickte mit feierlicher Miene. Dann schenkte er ihr ein Lächeln. »Und werden wir auch irgendwann etwas essen?«

Mayara entfuhr ungewollt ein Lachen. »Ja, wir werden auch etwas Essen. Ich habe heute Kuchen gebacken. Und es gibt von dem ganz besonderen Honigwein zu trinken, den Aiga und ich jedes Jahr eigens für dieses Fest zubereitet haben.« Der Gedanke an Aiga machte sie traurig. Sie schloss die Augen und atmete tief durch.

Ehe sie die Augen wieder öffnen konnte, spürte sie, wie zwei warme, starke Arme sie umfingen und sie tröstend an Kirans Körper zogen. Eine Weile blieben sie schweigend stehen.

Es war angenehm. Mayara konnte es nicht bestreiten. Und seit ihrem Streit war Kiran sehr fürsorglich. Sie wusste es zu schätzen und sie bemerkte sein Bemühen, alles wieder gut zu machen. Mayara schöpfte Hoffnung. Vielleicht würde es ihnen ja wirklich gelingen, Freunde zu werden. Es wäre schön, jemanden zu haben, dem sie sich anvertrauen konnte und der sich ihr anvertraute. Sie könnten sich gegenseitig Gesellschaft leisten in einer Welt, in der sie beide sich alleine fühlten.

Schließlich atmete sie tief durch und löste sich aus seiner Umarmung. Erst als er die Hand hob, um ihr mit dem Daumen über die Wange zu streichen, bemerkte sie, dass sie weinte. »Danke«, murmelte sie, leicht verlegen. Er lächelte sie an und ließ die Hand sinken. Mayara räusperte sich und richtete sich ein wenig auf. »Ich sollte langsam das Feuer vorbereiten.«

»Lass mich dir helfen«, bat er. Sie nickte und ging voraus zum Ritualplatz.

Als sie dort ankamen, blieb Kiran verwundert stehen. Bisher kannte er nur die weiten Wiesen von Meadowcove, mit Ausnahme der kleinen Beete und Felder, die Mayara und Aiga für ihren Eigenbedarf angelegt hatten. Doch hier war nun ein großer Kreis gebildet aus Steinen, der verschiedensten Farben und Arten. Getrocknete Blüten rundeten das Bild ab. In südlicher Richtung war ein kleines Feuer aufgebaut, in Nördlicher lag ein großer Stein, der als Altar diente. In östlicher Richtung befand sich eine große Räucherschale, in der bereits Räucherwerk lag. Und nach Westen hin schloss sich der Kreis mit einer großen Schüssel mit Wasser. Auch diese schien nicht nur mit gewöhnlichen Wasser gefüllt zu sein. In der Mitte des Kreises war ein Punkt frei. Dort drum herum drapiert, lagen weitere Steine und Blütenblätter, die ein Pentagramm bildeten. Zudem waren dort weitere Äste zu einem Lagerfeuer aufgestapelt, wesentlich größer als das kleine im Süden.

»Wann hast du all das gemacht?«, fragte Kiran beinahe ehrfürchtig.

»Gestern und heute. Die Tage vor dem Lichterfest dienen immer der Vorbereitung«, erklärte Mayara leichthin. Sie bemerkte Kirans Bewunderung und Anerkennung, für die Arbeit, die sie geleistet hatte. Und sie nahm beides gerne an. Es war schön, wenn die Mühe, die man sich machte, geschätzt wurde.

Mayara versuchte Kiran auszublenden und begann den Kreis abzuschreiten. Sie konzentrierte sich auf die Aufgabe, die vor ihr lag.

Drei. Dreimal umrundete sie den Kreis, ehe sie an ihrer Ursprungsposition stehen blieb. Ihre Haut begann zu kribbeln. Ein klares Zeichen, dass es Zeit war, den Kreis zu betreten. Sie übertrat die Grenze und blieb einen Augenblick stehen, um die Energien um sich herum auf sich wirken zu lassen.

Sie konnte spüren, wie die Luft vibrierte und sich erwärmte. Ein Zeichen dafür, dass ihre Gaben an ihrer Seite waren und bereit dazu,

Einsatz zu finden. Sie ging in die Mitte auf das dort errichtete Feuer zu. Mit Hilfe ihrer Magie entzündete sie es. Dann hob sie die Arme in die Luft und schloss die Augen.

»Für das Licht der Nacht, die Große Mutter aller Dinge. Für unsere Schutzpatronin die die Herrin des Mondes ist. Für unseren Führer, der der Herr der Sonne ist. Dieses Feuer brennt euch zu Ehren.«

Sie sah auf und blickte an den dunkler werdenden Himmel. Nun hieß es warten, bis der Vollmond in der richtigen Position stand. Sie drehte sich zu Kiran um, der sie gebannt anstarrte. »Sei willkommen in meinem Kreis«, sagte sie, trat ihm entgegen und ergriff seine Hände, um ihn in den Kreis zu ziehen. Bei den Energien, die sich bald schon hier sammeln würde, wäre es besser, er stünde in dem geschützten Bereich.

Die Herrin

»Ist es so weit?«, erkundigte Klio sich, als sie Chandra erblickte. Die Herrin des Mondes nickte und zog den Gürtel enger, den sie über dem Mantel trug. »Ich bin auf dem Weg. Der Mond ruft zur wilden Jagd. Und diese Nacht ist eine ganz besondere.« Sie blickte sich um. »Mein Bruder …?«

»Ist heute Nacht in der Menschenwelt, um einer besonderen Feierlichkeit beizuwohnen«, erklärte die Muse.

Es gefiel ihr nicht. Ihr Bruder verbrachte viel zu viel Zeit mit diesem Menschen. Sie musste darauf achten, dass seine Fixierung nicht in eine gefährliche Obsession umschlug. Es wäre nicht gut, wenn er Gefühle für sie entwickelte, die nicht sein sollten – nicht sein durften.

Doch heute Nacht stand etwas anderes im Vordergrund. Der Mond war voll und die Wilde Jagd lockte sie. Wie ein fähiger Geliebter flüsterte sie ihr ins Ohr, wollte, dass sie ihn annahm und sich ihm hingab.

Sie strich sich über die schwarze Kleidung und besann sich kurz darauf, dass heute Nacht auch das Lichterfest war. Viele würden es feiern. Auch Chandra würde diese Nacht ehren, jedoch auf ihre eigene Art. Sie verlies das Haus und die Muse folgte ihr. Chandra achtete nicht auf sie. All ihr Sein gehörte nun der Vollmondnacht, die auf sie wartete.

Sie schritt auf den silberfarbenen Hengst zu, der sie in jeder Vollmondnacht begleitete und stieg auf. Das Tier stampfte unruhig mit den Hufen auf und Chandra klopfte ihm liebevoll den Hals.

»Was machst du heute Nacht?«, erkundigte sie sich bei der Muse.

Klio lächelte geheimnisvoll. »Ich werde tun, was Musen in dieser Nacht eben tun. Es gibt Dinge, die unser Sein betreffen, die niemand anderes verstehen würde. Ich wünsche dir eine erfolgreiche Jagd, Herrin.«

Chandra nickte knapp und brachte den Hengst dann mit sanftem Schenkeldruck dazu, los zu traben.

Sie verließ die Welt der Feen und folgte dem Ruf des Mondes. In dieser Nacht würde sie in der Welt der Menschen wandeln.

Das Lichterfest

Mayara kontrollierte nochmals die Gegenstände, die um sie herum drapiert im Gras lagen. Jedes für sein Element. Sie warf einen Blick nach oben und das Kribbeln auf ihrer Haut verstärkte sich. Ein wildes Geheul lag in der Luft, während sie zum Vollmond hinaufsah. Heute Nacht würde die Herrin des Mondes zur Wilden Jagd reiten.

Sie schüttelte den Gedanken ab und betrachtete den Kreis. Mayara war bereit. Sie würde das Ritual zum ersten Mal alleine abhalten. Ohne Aiga an ihrer Seite fühlte sie sich seltsam einsam, obwohl Kiran nur ein paar Meter von ihr entfernt stand. Sie ging zu dem Punkt in Richtung Norden und griff nach den am Boden liegenden Münzen. Sie waren ein Symbol für die Erde. Erde war das Element ihrer Mutter gewesen. Aiga hatte ihr oft genug davon berichtet.

Die junge Frau hob die Hände mit den Handflächen nach oben an, sodass die Münzen den Mondschein einfingen. Sie spürte das kalte Gras an ihren nackten Füßen. »Ich begrüße den Wächter des Nordens. Die Gabe der Erde. Ich danke für deine Fülle und die Gaben, die du uns zukommen lässt«, rief sie. Die Münzen in ihrer Hand begannen zu Schimmern und erwärmten sich, bevor sie sie in der Erde vergrub. »Dies ist mein Opfer für dich. Ein Zeichen meiner Ehrerbietung.«

Dann ging sie weiter nach Osten. Sie ergriff den feinen Dolch, der dort im Gras liegend auf sie wartete. »Ich begrüße den Wächter des Ostens. Die Gabe der Luft. Eine Gabe, die mir selbst zuteil wurde. Danke für die Klarheit und den Geist, mit dem du uns erfüllst.« Das

205

Mondlicht spiegelte sich in der Klinge der Athame, bevor Mayara auch diese in den Boden steckte. »Dies ist mein Opfer für dich. Ein Zeichen meiner Dankbarkeit, dass du stets an meiner Seite bist.« Ein sanfter Wind kam auf und umschmeichelte sie.

Einige Schritte weiter und sie befand sich am südlichen Punkt der Mitte, in der Nähe des großen Feuers. Sie ergriff einen Stab, der dort lag. Auch ihn hob sie hoch über ihren Kopf. »Ich begrüße den Wächter des Südens. Die Gabe des Feuers, die stets ein Teil von mir ist. Danke für die Willenskraft und den Mut, den du mir gibst, um diese schwere Zeit zu überstehen.« Das Holz des Stabes schien unter ihren Fingern zum Leben zu erwachen. Mayara ließ das Gefühl auf sich wirken, nahm es in sich auf, ehe sie das untere Ende des Stabes ebenfalls in die Erde steckte. »Dies ist mein Opfer für dich. Ein Zeichen dafür, wie dankbar ich für die Gunst bin, die mir dargebracht wurde.«

Als sie sich nach Westen wandte, befiel sie ein leichtes Zittern. Dies war immer Aigas Part gewesen. Ihre Gabe war das Wasser gewesen. Doch nun war sie nicht mehr da und es lag bei Mayara, das Element zu ehren und herbeizurufen. Ob es sie erhören würde? Mit zögernden Schritten ging sie auf den Kelch zu, der gefüllt mit Wasser, auf sie wartete. Sie hob den Kelch hoch in die Luft und schloss die Augen. »Und anstelle deiner Begünstigten Aiga, die nun bei der Großen Mutter weilt, begrüße ich die Wächter des Westens. Die Gabe des Wassers. Auch wenn Aiga heute nicht bei mir sein kann, weiß ich, sie ist niemals ganz fort, solang du bei mir bist. Ich danke dir dafür.« Sie ließ den Kelch sinken und starrte auf das Wasser. Dann schüttete sie es andächtig auf den Boden. »Dies ist meine Gabe an dich. Auf das dein Fluss niemals versiegt.«

Die Luft um sie herum wurde kälter und schwerer. Sie konnte das Wasser darin spüren. Nun war es an der Zeit der Herrin des Mondes und dem Herren der Sonne zu danken. Sie ging zurück in den zentralen Punkt des Kreises und streckte die Arme zu den Seiten hinweg. Sie konnte die Macht der Elemente um sich herum spüren. Bildete sie es sich ein, oder wurde der Mondschein wirklich intensiver?

Langsam schloss sie die Augen und ließ das Gefühl auf sich wirken. Die Magie und die Macht um sie herum nahm zu, floss durch sie hindurch und erneuerte sich, indem sie von ihr zehrte. Und indem sie es tat, erneuerte sie auch Mayaras Macht, reinigte sie von allen negativen Dingen. Sie legte den Kopf, immer noch mit geschlossenen Augen, in den Nacken, so dass ihr Gesicht nun dem Mondlicht zugewandt war. »Ich danke der Herrin des Mondes, die ihre schützende Hand stets über uns hält. Danke für deine Führung.« Sie ließ einige Sekunden verstreichen. »Und ich danke dem Herren der Sonne, der seine Wärme und sein Licht an uns weitergibt, damit der ewige Kreislauf seinen Weg gehen kann.«

Kaum hatte sie zu Ende gesprochen, nahm der Lichtschein zu. Sie konnte das Mondlicht durch ihre geschlossenen Augenlider sehen. Und sie spürte die Elemente, die in einem nicht enden wollenden Wirbel um sie herumfuhren. Sie konnte die Macht spüren, die sich um sie herum aufbaute. Sie breitete sich immer weiter aus und es war, als würde sie Mayaras Geist mit sich ziehen, bis er über das ganze Land von Meadowcove lag und damit verschmolz. Sie wurde zu einem Teil des Alten Ortes und spürte eine nie geahnte Verbundenheit. Aus Pflichtgefühl wurde tiefe Zuneigung.

Und sie spürte die Anwesenheit der Großen Mutter. Auch wenn keine Worte gesprochen wurden, wusste Mayara, dass dieses Land nun ein Teil von ihr war und unter ihrem Schutz stand, so wie es auch sie schützen würde. Sie wurden zu einer Einheit, während der Geist der Großen Mutter sie erfüllte.

Kiran betrachtete fasziniert die Veränderung, die mit Maya vorging. Erst war es kaum zu bemerken. Aus der jungen Frau, die er in den letzten Wochen kennen gelernt hatte, wurde eine mächtige Hexe, die vollkommen im Zentrum ihrer Macht stand. Dies war weniger verwunderlich für ihn. Doch als sie begann, die Elemente anzurufen …

Er konnte die sich aufbauende Macht spüren, fühlte, wie sie Maya immer mehr erfüllte. Und als sie ihm, dem Lichtbringer, ihren Dank aussprach, konnte er beobachten, wie ein feiner Schleier aus Licht und Macht sich um sie legte. Es sah beinahe aus, als würde er direkt vom Mond auf sie herabschienen.

Die Veränderung, die dann mit Maya geschah, war beinahe unerklärlich. Plötzlich wirkte sie größer, ihr Körper erschien kurviger. Ihr kupferrotes Haar war mit einem Mal schwarz. War es eine Illusion, die durch den Lichtschimmer hervorgerufen wurde? Wenn er es nicht besser gewusst hätte, würde er sagen, die Große Mutter selbst stünde vor ihm.

Die Macht breitete sich über das Land aus, zog immer größere Wellen und traf auch ihn mit ihrer ganzen Wucht. Doch er konnte seinen Blick nicht von der Hexe lösen, die im Zentrum des ganzen stand.

Es brauchte einige Zeit, ehe der Magiefluss sich legte und schließlich zu einem leisen Flüstern wurde. Erst dann öffnete Mayara die Augen und sah sich um. Sie vermied es, Kiran anzusehen, sondern betrachtete zuerst das Land, den Himmel und den Mond.

Dann drehte sie sich zu ihrem Gast um – und erstarrte. Kiran war … nicht er. Das hieß, er war er, doch die Magie und die Macht die über das Land gefegt war, hatte alle Illusionen und Lügen weggewischt. Und vor Mayara stand nicht der adlige Mann, mit dem sie die letzten Wochen verbracht hatte, sondern einer der Fee.

Ihr Herz setzte einen Schlag aus. Dann zog es sich schmerzhaft zusammen. Er hatte sie die ganze Zeit belogen.

Die Offenbarung

Er verstand ihren entsetzten Gesichtsausdruck nicht. Maya hatte sich lächelnd zu ihm herumgedreht und war erstarrt. Doch warum? Was war ander...

Er runzelte die Stirn und fühlte in sich hinein. Und dann wurde ihm klar, was sich verändert hatte. Sein Glammerzauber war weg. Die starke Magie um ihn herum hatte seine eigene Magie dazu gebracht, sich aufzulösen. Und nun stand er in seiner vollen Pracht vor Maya.

Maya, die immer davon ausgegangen war, er wäre ein Mensch. Maya, die ihm das Versprechen abgenommen hatte, ehrlich zueinander zu sein. Maya, deren Entsetzen sich in Wut zu verwandeln schien.

Ihr Blick verschloss sich und plötzlich wirkte sie eiskalt. »Du hast mich belogen.« Ihre Stimme war tonlos. Kiran hätte es verstanden, hätte sie geschrien. Doch hier stand sie und wirkte bar jedweder Gefühle.

»Wir haben nie ...«, setzte Kiran unsicher an.

»Spar dir das«, unterbrach sie ihn. »Sag mir nur eines. Welcher von ihnen bist du?«

Er brauchte einen Augenblick, bis er verstand. Dann schluckte er. »Der Lichtbringer«, flüsterte er.

Maya nickte. Ansonsten zeigte sie keine Regung. »Du solltest nun gehen«, erklärte sie.

»Maya, ich ...«, setzte er an, doch sie schüttelte nur den Kopf. Nicht einmal kräftig, doch es reichte aus, um ihn verstummen zu lassen. Es war das zweite Mal, dass er sie derart enttäuschte. Es musste etwas geben, was er sagen konnte! Worte, die sie dazu brachten, ihm zu verzeihen. Doch er fand sie nicht. So blieb ihm nichts weiter, als sie betroffen anzustarren.

»Geh! Und komm nicht wieder«, erklärte sie. Sie wirkte entschlossen doch immer noch gefühlskalt. Konnte es wirklich so sein? Empfand sie gar nichts? Er würde zu gern wissen, was in ihr vorging. Doch nachdem sein Geheimnis nun gelüftet war, hatte er überhaupt kein Recht mehr, danach zu fragen.

Wenn er jetzt ging, würde sie ihn irgendwann wieder in ihr Leben lassen? Und wenn nicht? Wenn er hierblieb, und versuchte eine Einigung zu erzwingen, was dann? Sie würde vielleicht noch distanzierter werden. Er musste ihr die Zeit geben, dies war er ihr schuldig.

Sie blickte ihn unverwandt an, das Gesicht vollkommen regungslos. Kiran seufzte tief. »Also gut, ich werde gehen«, versprach er. »Es tut mir leid. Ich habe nicht weiter darüber nachgedacht. Es war zu erfüllend, endlich jemanden in meinem Leben zu haben, der mich mag, weil ich ich bin, nicht weil ich der Lichtbringer bin. Ich hoffe, du kannst mich irgendwann verzeihen.«

Kiran drehte sich um und ging davon. Es fiel ihm schwer, in dieser Ungewissheit zurück in die Anderswelt zu gehen.

Sie blieb stoisch stehen, bis sie sicher war, dass er außer Sichtweite war. Erst dann gab sie den Tränen nach und sank zu Boden.

Sie konnte es nicht fassen. Er hatte sie die ganze Zeit belogen. Und nun, wo sie gerade wieder angefangen hatte Hoffnung zu schöpfen, die Sache mit dem Kind nicht alleine durchstehen zu müssen, geschah das.

Ihr Gesicht fühlte sich ungewöhnlich heiß an, das Atmen fiel ihr schwer und ihre Kehle brannte. Wie sollte sie all das nur stemmen? Was konnte sie tun?

Ein Geräusch zog ihre Aufmerksamkeit auf sich. Einige Wesen des Kleinen Volkes näherten sich ihr. Mayara schluchzte und wischte sich in einer schnellen Bewegung die Tränen von den Wangen.

»Maya, was ist passiert?«, fragte einer von ihnen.

Sie war nicht in der Lage zu antworten. Zu schwer wog der Schock. Sie ließ sich jedoch von ihnen bei der Hand nehmen und zum Haus führen.

Mayara fühlte sich wie betäubt. Nun, da sie versuchte, den Schmerz zurückzudrängen, war da gar nichts mehr, außer einer tiefen Leere.

Sie kamen beim Haus an. Mayara öffnete die Tür und ging hinein. Dann besann sie sich, auf ihre Helfer. »Seid willkommen in meinem Heim«, murmelte sie matt und ging zu dem Schaukelstuhl, der vor dem Kamin stand.

Ohne darauf zu achten, dass kein Feuer im Kamin brannte und der Hauptraum ungewöhnlich kalt war, setzte sie sich und schloss die Augen. Sie hatte nicht mehr die Kraft, noch etwas zu tun. Atmen war in diesem Moment schwer genug.

Doch sie hatte nicht mit dem Kleinen Volk gerechnet. Während sich zwei von ihnen daran machten, ein Feuer im Kamin zu entzünden, brachten andere eine Decke herbei, um sie darin einzuwickeln. Maya ließ alles mit sich geschehen und dachte über Kiran nach.

Sie war enttäuscht. Wieso hatte er ihr Versprechen gebrochen? Selbst wenn es stimmte, was er sagte, hätte er es ihr sagen müssen. Spätestens, als sie sich nach ihrem letzten Streit versöhnt hatten. Es wäre der richtige Zeitpunkt gewesen. Obwohl ... nein, der richtige Zeitpunkt wäre gewesen, *bevor* sie sich das Bett geteilt hatten.

Sie schob die Gedanken beiseite und sammelte Magie in sich. Es war ein beruhigendes Gefühl, welches sie durchströmte und plötzlich wurde sie ruhiger. Es war, als würden die Elemente ihrer Gaben sie in den Schlaf wiegen. Mit einem Mal war es angenehm warm und die Luft roch nach Lavendel.

Sie hielt die Augen geschlossen und beruhigte sich. Für jetzt würde es keinen Sinn ergeben, weiter darüber nachzudenken. Später, wenn sie ausgeruht war, würde sie sich den Dingen stellen, die nun unweigerlich auf sie einstürzten.

Er betrat das Haus und ging geradewegs auf sein Zimmer zu. Kiran hoffte eigentlich, von niemandem entdeckt zu werden, doch seine Gebete wurden nicht erhört. Er war kaum durch die Tür, da fand er sich Klio gegenüber. Die Muse warf ihm einen fragenden Blick zu und legte dann die Finger um sein Handgelenk, um ihn mit sich zu ziehen.

Sofort zog sie die Hand erschrocken zurück und betrachtete sie. Erst als er die gerötete Haut entdeckte, wurde ihm klar, welche Hitze er ausstrahlte. Wenn er sich nicht schnell zusammenriss, würde er alles in Brand setzen.

»Was ist passiert?«, erkundigte Klio sich.

Es gab keine Möglichkeit es zu leugnen. Seine Körpertemperatur verriet ihn. Also deutete er mit einem Kopfnicken auf die Tür, die in den Garten führte. Wortlos drehte die Muse sich um und ging voran. Er folgte ihr, ebenfalls schweigend.

Er bemerkte die Ruhe, die im Garten herrschte, sobald er die Tür durchschritt. Es war eigenartig, wie seltsam leer dieser Ort wirkte, nachdem er die geballte Magie von Meadowcove gespürt hatte.

Er ließ sich von Klio führen, bis sie im privaten Teil des Gartens standen. Er ignorierte, dass die Muse hier eigentlich keinen Zutritt gewährt bekam. Er wollte ungestört sein, wenn er schon reden musste.

»Was ist passiert?«, begann sie ohne Umschweife das Gespräch.

»Sie weiß wer und was ich bin«, antwortete er. Hörte seine Stimme sich immer derart matt an?

»Und? Das ist doch etwas Gutes, oder nicht?«

Er schüttelte den Kopf. »Sie will mich nicht mehr sehen, weil ich es ihr verschwiegen habe. Ich habe …«, er suchte nach den richtigen Worten. »Ich habe mich ihr nicht freiwillig offenbart.«

Klio runzelte die Stirn. »Wie …?«, setzte sie an.

»Ich weiß es nicht«, antwortete Kiran aufbrausend. »Es muss an dem Ritual gelegen haben. Die gebündelte Magie, muss meinen Glammerzauber aufgelöst haben.«

Die Muse sog scharf die Luft zwischen den Zähnen ein. »Da kann ich verstehen, dass sie im Augenblick wütend ist. Doch sie wird sich bestimmt auch wieder beruhigen.«

Kiran schüttelte den Kopf. »Sie will mich nicht mehr sehen.« Er wandte sich ab und senkte den Kopf. Wer hätte damit gerechnet, dass ihre Ablehnung ihn dermaßen berühren würde? Sie war schließlich nur ein Mensch.

Die Gedanken der Muse schienen den gleichen Weg zu wählen. Sie trat hinter ihn und legte, vorsichtig, um sicher sein zu können, sich nicht erneut zu verbrennen, ihre Hand auf seine Schulter. »Gib ihr Zeit. Und wenn du willst, kann ich versuchen, mit ihr zu reden.«

Sein Lachen war bitter. »Sie weiß nun auch, was du bist. Ich denke, du wirst ebenso wenig willkommen sein, wie auch ich.« Die Hand verschwand von seiner Schulter. Und mit ihr auch jegliche Hoffnung auf eine Versöhnung mit Maya.

Die Familie

Mayara erwachte jäh und richtete sich auf. Im ersten Augenblick fühlte sie sich gut, dann kam die Erinnerung an die letzte Nacht zurück. Und mit ihr, obwohl sie sich nicht erklären konnte, wieso, kehrte die Übelkeit von den Tagen davor wieder.

Sie sprang auf und torkelte einige Schritte, ehe es ihr gelang, zu rennen. Dann stürzte sie in die Küche und beugte sich über den Spülstein, um der Übelkeit nachzugeben.

Es dauerte eine Weile, ehe sie sich sicher genug fühlte, um zu Boden zu sinken. Die Übelkeit war verschwunden, die Trauer blieb.

Kleine trippelnde Schritte brachten sie dazu, den Kopf zu heben. Sie erblickte einige Wesen des Kleinen Volkes, die sie alle mit großen Augen ansahen. Eine der Frauen trat vor. »Maya, geht es dir besser?«

Mayara besann sich auf das Erste, was ihr in den Kopf kam. »Wie seid ihr hier hereingekommen?«

»Du hast uns letzte Nacht willkommen geheißen. Erinnerst du dich nicht mehr?«

Sie schüttelte den Kopf. Sie gab es nur ungern zu, doch nachdem Kiran verschwunden war, konnte sie sich an gar nichts mehr erinnern.

Einer der Männer trat vor und reichte ihr eine Holztasse, die mit Wasser gefüllt war. »Hier. Das brauchst du jetzt.«

Dankbar nahm Mayara einen Schluck und lehnte sich dann zurück. »Danke«, murmelte sie. »Das hilft wirklich.«

»Musst du nochmal weinen?«, erkundigte sich die Frau nun wieder.

Mayara warf ihr einen fragenden Blick zu. »Weinen?«

»Das hast du letzte Nacht getan. Du hast viel geweint und vor dich her gemurmelt, während du geschlafen hast.« Die Frau zögerte und tauschte einen Blick mit ihren Leuten. Diese nickten kaum merklich. »Und wir haben uns besprochen. Wir wissen, dass du ein Kind erwartest. Und wir wissen, wie viel Angst du davor hast, alleine zu sein. Und deswegen haben wir beschlossen, dich in unsere Familie aufzunehmen. Du gehörst nun zu uns und wir kümmern uns umeinander. Das tun wir ohnehin schon seit Jahren. Es wird sich also nichts ändern, außer, dass es nun offiziell ist.«

Wärme durchflutete Mayaras Brust. Und plötzlich fühlte sie sich besser. Sie richtete sich auf und sah das Kleine Volk an, das sich inzwischen in ihrer Küche versammelt hatte. Und plötzlich konnte sie wieder lächeln. »Danke«, sagte sie erneut. Dann rappelte sie sich auf. Ihr Blick fiel auf den Arbeitstisch, wo der Kuchen stand, der eigentlich für letzte Nacht gedacht gewesen war. Sie seufzte, drängte die aufsteigende Wut und das Verletztsein zurück und straffte die Schultern. »Also, wer möchte etwas Kuchen?«

Nachdem sie gegessen hatten, kümmerte Mayara sich um die üblichen Arbeiten. Heute gingen sie ihr nur schwer von der Hand. Alles erschien ihr doppelt so anstrengend. Nicht einmal Rohini, die liebevoll an ihrem Ärmel knabberte, konnte sie aufmuntern.

Als sie gegen Mittag den Stall verließ, hörte sie das Getrappel von Pferdehufen und die Räder eines schweren Wagens. Mayara ging um den Stall herum, um zu sehen, wie Koira von dem Wagen sprang und ihr fröhlich entgegen lächelte. »Guten Morgen, Maya. Ich habe deine Scheibe dabei.«

Sie erwiderte sein Lächeln nicht, doch sie ging auf ihn zu. »Das ist wundervoll«, sagte sie, doch ihre Stimme klang weniger enthusiastisch, als sie es noch vor einigen Tagen getan hätte.

Der alte Mann musterte sie eingehend. »Geht es dir gut?«

Mit aufeinandergepressten Lippen schüttelte sie den Kopf. Und da waren sie wieder. Die Tränen. Sie hatte nicht gewusst, dass sie letzte

Nacht im Schlaf geweint hatte. Doch es klang logisch. Besonders jetzt, wo sie bemerkte wie nah die Tränen an der Oberfläche schwebten.

»Was denn, was denn?«, murmelte Koira aufmunternd und trat auf sie zu, um sie in den Arm zu nehmen. »So schlimm wird es doch nicht sein.«

Plötzlich platzte alles aus Mayara heraus. Die Nacht des Julfestes, Kiran und ihr Versprechen an ihn, die Schwangerschaft und der Grund dafür und auch Kirans Lüge und wer er wirklich war.

Koira lauschte ihr stumm, nickte nur an der ein oder anderen Stelle mitfühlend. Als sie geendet hatte, blieb er lange ruhig.

»Und das Kind? Wirst du es bekommen?«, fragte er schließlich.

Mayara sah ihm verständnislos an. Dann wurde ihm klar, was er meinte. Es gab ... Wege, wie eine Frau ein Kind loswerden könnte. Sie schüttelte den Kopf. »Es widerspricht allem, was ich bin, etwas dagegen zu unternehmen«, erklärte sie leise. Sie musste mehrere Male tief durchatmen, ehe sie weitersprechen konnte. »Ich weiß nur nicht, wie ... wie ich das alleine schaffen soll.« Und wieder übermannten sie die Tränen.

Koira nahm sie erneut in den Arm und tröstete sie. »Ist doch schon gut, Maya. Du bist nicht allein. Und du wirst das sicher auch nicht alleine durchstehen müssen. Wann immer du Hilfe benötigst, meldest du dich einfach bei mir. Ich bin für dich da«, erklärte er.

Als er ihr ein Taschentuch reichte, nahm sie es entgegen und trocknete sich die tränennassen Wangen. Es tat gut, diese Worte zu hören. Und anscheinend war sie wirklich nicht so allein, wie sie dachte. Erst das Kleine Volk und nun auch Koira.

»Ich werde uns mal einen Tee machen«, beschloss sie schließlich. Sie brauchte etwas Vertrautes und sich bei einer Tasse Tee mit Koira über Belanglosigkeiten zu unterhalten, war genau das, was sie nun brauchte.

Am späten Nachmittag fuhr Kiora noch einmal nach Hause, da er augenscheinlich etwas vergessen hatte. Er lehnte ab, Mayara selbst gehen zu lassen und versprach ihr schon bald zurückzusein. Während er fort war, betrachtete sie das Loch in ihrer Küchenwand, in der einmal ihr Fenster gewesen war. Und in dem bald schon hoffentlich das neue Fenster eingesetzt werden würde.

Sie hielt eine Holztasse mit Tee in der Hand. Die Kräuter hatte sie ganz bewusst gewählt, da diese beruhigend wirkten. Es half ihr, nicht erneut in Tränen auszubrechen.

Als sie Koiras Wagen hörte, ging sie, mit der Tasse in der Hand, nach draußen. Er sprang von dem Wagen und ging zu der Ladefläche, auf der sich ein, mit einem Tuch abgedeckter, Gegenstand befand.

Er hob den unförmigen Gegenstand von der Ladefläche, trug ihn zu Mayara und stelle ihn vor ihr ab. Verwundert sah sie den alten Mann an.

»Na los«, forderte er sie mit einem geheimnisvollen Lächeln auf. »Schau ruhig drunter.«

Sie stellte die Tasse auf den Boden und betrachtete dann das … Etwas, das vor ihr stand. »Was ist das?«, fragte sie. Es schien nichts mit dem Fenster zu tun zu haben. Dafür war es zu groß.

»Schau doch nach.«

Unbefriedigt durch die knappe Antwort, ließ sie die Hand über den groben Leinenstoff fahren. Was immer darunter war, bewegte sich plötzlich, begann sanft hin und her zu schaukeln.

Verwundert blickte sie Koira in die Augen. Dieser grinste nur zufrieden. Dann atmete Mayara tief durch und zog das Tuch zurück.

»Was …?«, entfuhr es ihr, als sie die Wiege sah. Sie war aus dunklem Holz gefertigt und sah abgenutzt aus. Doch sie war in einem guten Zustand und wer immer sie gezimmert hatte, hatte es mit viel Liebe getan.

»Sie gehörte einmal meinen Kindern. Es ist viele Jahre her. Meine Kinder wollten für meine Enkel lieber etwas Neues haben. Doch ich denke, bei dir ist sie in guten Händen. Besonders, weil du Teil der Familie bist. Wenn auch nicht durch Blut gebunden.« Koira sprach mit so viel Feierlichkeit in der Stimme, dass Mayara ihn ehrfürchtig ansah.

Dann gab sie dem Impuls nach, der sie befiel, schnellte nach vorne und umarmte den alten Mann. »Danke«, flüsterte sie. »Das bedeutet mir mehr, als du ahnst.« Und sie meinte nicht nur die Wiege damit. Sie war nicht allein. Das Kleine Volk zählte sie zu seiner Familie und Koira ebenso. Es war ein wunderschönes Gefühl und der Verlust von Kirans Freundschaft kam ihr plötzlich verschwindend gering vor.

Die Ankunft

Isra zügelte ihr Pferd und wandte sich halb zu ihrer Begleiterin um. »Bist du sicher, dass dies der richtige Weg ist?«, erkundigte sie sich.

Die Hexe nickte schwach. Die letzten Tage ihrer Reise hatte sie in einem immer fortwährenden Dämmerzustand verbracht. Doch sie reagierte meistens auf Isras Ansprache, was die Schnitterin beruhigte. Inzwischen kannte sie auch den Namen der Frau. Milen. Sie entstammte einer langen Reihe von Hexen. Ihre Mutter war vor wenigen Jahren gestorben und so war das Land an sie gefallen.

Jetzt gehörte es nicht mehr ihr. Sobald man feststellte, dass das Land verlassen war, würde der zuständige Freiherr das Land an sich reißen. Isra würde mit den Feen sprechen. Alte Orte mussten geschützt werden. Menschen besaßen ein Talent dafür, Dinge zu zerstören, anstatt sie zu erhalten. Vielleicht konnten sie Anspruch auf das Land erheben. Die Feen könnten diesen Ort schützen ohne in Gefahr zu geraten. Oder gab es eine Möglichkeit, die Alten Orte von der Welt der Menschen abzukapseln, so wie sie es auch mit der Anderswelt getan hatte?

Es gab zu viele Fragen und nicht eine davon konnte sie beantworten. Also folgte sie den Anweisungen von Milen weiterhin und brachte sie hoffentlich an einen sicheren Ort.

Sie ritten bis in den frühen Abend weiter, bis Milen sich plötzlich ein wenig aufrichtete, um sich umsehen zu können. »Wir müssen nach rechts. Dort liegt Meadowcove. Ich kann die Magie dort spüren.«

»Und das ist gut?«, erkundigte sich Isra. Ihr fiel auf, wie erschöpft die Frau klang. Es war dringend an der Zeit, dass sie die Pflege erhielt, die sie benötigte.

»Es heißt die Hexen sind noch dort. Aiga wird sich um mich kümmern.«

Die Schnitterin sagte nicht mehr, sondern ritt in die angegebene Richtung. Es dauerte nicht lange, da spürte auch sie die Veränderung. Die Magie um sie herum wurde stärker und wirkte plötzlich unverfälschter. Nun brauchte sie Milens richtungsweisende Angaben nicht mehr, sie wusste rein instinktiv, wohin sie musste.

Als sie das kleine Haus sah, musste sie lächeln. Es sah beinahe aus wie das Haus, welches Milen zurückgelassen hatte. Hier würde sie sich wohlfühlen.

In dem Augenblick, als sie Hoffnung für ihre Begleiterin schöpfte, spürte sie eine Veränderung. Die Gestalt hinter ihr, rutscht vom Pferd und fiel auf den Boden. Sie hatte das Bewusstsein verloren und nicht mehr die Kraft, sich weiter festzuhalten.

Sofort zügelte Isra die Stute und sprang von dem Pferd. Sie untersuchte Milen. Es schienen keine neuen Verletzungen hinzugekommen sein, doch sie sah schlecht aus. Ihre ohnehin schon blasse Hautfarbe, wirkte beinahe durchscheinend, die Lippen waren leicht bläulich.

Mit einiger Mühe gelang es Isra, die Hexe auf das Pferd zu heben und dort so zu befestigen, damit sie nicht erneut hinunterfiel. Dann griff sie nach den Zügeln und führte die Stute im Schritt das letzte Stück bis zur Hütte.

Sie war kurz versucht, einen Glammerzauber aufzubauen, doch dann entschied sie sich anders. Wenn es sich um eine Hexe handelte, würde sie erkennen, wer sie war und ihr mit dem nötigen Respekt begegnen.

Die Tür der Hütte öffnete sich und jemand trat hinaus. Isra war überrascht. Sie hatte eine alte Frau erwartet, doch diese junge Hexe hier, war gerade erst zu einer Frau erblüht. Doch sie sah auch das Flirren in der Aura, welches nur die Schnitter sehen konnten. Sie erwartete ein Kind. Ob sie bereits davon wusste? Schnell verwarf sie den Gedanken, es gab nun Wichtigeres.

Die junge Frau sah ihnen entgegen und als sie erkannte, was Isra war, verschloss sich ihr Blick. Es war keine Überraschung. Wenn sie die Schnitterin in ihr erkannte, so war es normal, wenn sie ängstlich reagierte. Doch in ihrem Blick war keine Angst zu sehen, sondern deutliche Ablehnung.

Angespannt atmete Isra durch und setzte ein Lächeln auf. Vielleicht würde dies ihre Gastgeberin besänftigen. »Hallo«, sagte sie und versuchte sich an den Namen zu entsinnen, welchen Milan genannt hatte.

»Schickt Kiran dich? Falls ja, dann wäre es besser, weiterzuziehen. Ich möchte nichts von dem hören, was er zu sagen hat«, sagte die Frau beinahe feindselig.

Nun stutzte Isra noch mehr. Was hatte diese junge Hexe mit dem Lichtbringer zu tun? »Niemand schickt mich«, erklärte sie schnell. Dann endlich fiel ihr der Name wieder ein. »Ich bin auf der Suche nach Aiga.«

Nun verschwand die Ablehnung und Trauer machte ihr Platz. Die junge Frau musterte sie und schien sie endlich zu erkennen. »Du kommst zu spät, Schnitterin. Sie ist bereits fort.«

Nun verstand Isra. »Das tut mir leid. Ich hoffe, dann kannst du mir helfen.«

»Ich schulde den Feen nichts. Und sie mir auch nicht. Ich möchte es dabei belassen.« Da war wieder die Abneigung gegen sie. Wenn Isra die Dinge richtig verstand, war sie dem Lichtbringer begegnet und es war nicht gut für sie verlaufen. Da dämmerte es ihr. Hatte er etwas mit der Schwangerschaft zu tun. Wenn ja, würde dies hier ein hartes Stück arbeit werden.

»Wenn du schon nicht mir helfen möchtest, wie sieht es dann mit einer Schwester aus?«, erkundigte sie sich. Sie ließ ihre Stute einige Schritte zur Seite machen, damit der Blick auf Milen frei war.

Zu Isras Überraschung verfiel die junge Hexe gleich in emsigen Aktionismus. Sie lief auf die Verletzte zu und griff nach deren Handgelenk. Anscheinend wollte sie den Puls tasten. »Wie lange ist sie schon in den Zustand?«, erkundigte sie sich.

»Ich habe sie so gefunden. Bis vor Kurzem war sie allerdings noch bei Bewusstsein.«

»Hilf mir, sie ins Haus zu bringen. Ich werde mich um sie kümmern.«

Gemeinsam gelang es ihnen, Milen in eines der Zimmer zu bringen. Isra war ein wenig verwundert, dass die junge Hexe sich die Zeit nahm, sie in ihrem Heim willkommen zu heißen. Doch dann beschloss sie, es müsse ein tieferer Sinn dahinter stecken.

Sobald Milen sicher in dem Bett untergebracht war, ging die Frau in die Küche. Isra folgte ihr. Während die Schnitterin sich umsah, begann ihre Gastgeberin damit, verschiedene Fläschen und Jutesäckchen aus einem Schrank zu holen. Dann nahm sie einen Kessel und füllte diesen mit Wasser, bevor sie ihn auf den Ofen stellte.

»Wie heißt du«, fragte Isra, nachdem sie ihr eine Weile schweigend bei der Arbeit zugesehen hatte.

»Maya«, kam prompt die Erwiderung. Sie schien vollkommen konzentriert auf ihre Arbeit. Die Antwort erschien fast ein Reflex zu sein.

»Ich bin Isra. Dein Gast in dem Bett heißt Milen.«

Während Maya ein Stück Stoff in Streifen schnitt, fragte sie: »Weißt du, was passiert ist?«

»Hexenjäger. Man hat sie gefoltert, um sie zu einem Geständnis zu zwingen. Ich habe den Hexenjäger zwar erledigt, doch die Dorfbewohner waren ebenfalls hinter ihr her. Deswegen konnte sie nicht dort bleiben. Auf ihren Wunsch habe ich sie hier her gebracht. Sie war davon ausgegangen, Aiga könne ihr helfen.«

»Ich werde ihr an ihrer statt helfen«, versprach die Hexe. Sie begann einige Kräuter in eine Schüssel zu füllen. Dann goss sie das bereits kochende Wasser darüber und legte einige der Stoffstreifen hinein. »In dem Kessel ist noch heißes Wasser, falls du einen Tee möchtest«, erklärte sie. Dann griff sie nach den vorbereiteten Dingen und verließ die Küche.

Isra blieb unsicher zurück. Was sollte sie nun tun? Ein Schluck Wasser oder gar Tee wäre herrlich. Doch vielleicht brauchte die Hexe Hilfe bei der Heilung. Nun, sie würde sie sicher rufen, sollte es so sein. Wenn sie selbst zu entkräftet war, würde sie ohnehin nicht helfen können. Also beschloss sie, erst einmal etwas zu trinken.

Mayara entkleidete die Frau. Als sie das Ausmaß der Verletzungen sah, erschauderte sie. Sie wusste, ihre Mutter war damals auch vor Hexenjägern geflohen. Auf diesem Weg waren sie bei Aiga gelandet. Sie war noch zu klein gewesen, um sich daran zu erinnern, doch Aiga hatte ihr davon erzählt. Wäre dies auch mit ihnen passiert, wenn sie nicht geflohen wären?

Sie nahm eines der Tücher und begann die Wunden zu reinigen. Obwohl sie unsagbare Schmerzen erleiden musste, regte die Frau sich nicht. Lediglich ihr sich hebender und senkender Brustkorb wies darauf hin, dass sie lebte.

Nachdem die Wunden gesäubert waren, begann sie, Salbe darauf zu verteilen. So würde sie eine Infektion verhindern können. Sie hoffte, es war noch nicht zu spät dafür. Es war nicht klar, wie lange die beiden Frauen unterwegs gewesen waren.

Automatisch wanderten ihre Gedanken zu Milens Begleiterin. Wieder eine Fee. Sie traute ihr nicht. Wie könnte sie, nach dem, was sie mit Klio und Kiran erlebt hatte? Doch sie hatte kein Geheimnis daraus gemacht, wer sie war. Selbst ihre Zugehörigkeit zu den Schnittern hatte sie nicht verheimlicht. Dies sprach für sie. Und dies war auch der Grund, warum sie sie in ihr Haus gelassen hatte.

Während Mayara die Wunden verband, regte die Frau sich. Mayara griff nach dem Tee mit Heilkräutern, den sie für diesen Fall vorbereitet hatte. Die Augenlider flatterten und sie stöhnte schmerzerfüllt. Doch schließlich öffneten sich die Augen. Mayara lächelte. »Da bist du ja wieder«, sagte sie ruhig.

»Wer ...? Wo bin ich?«, fragte die Frau mit heiserer Stimme.

»Ich bin Mayara. Du befindest dich in Meadowcove. Eine Fee hat dich hergebracht«, erklärte sie. Dann fügte sie zögernd hinzu: »Kannst du dich daran erinnern, was passiert ist?«

»Hexenjäger«, brachte die Frau heiser hervor und wurde gleich darauf von einem Hustenanfall geplagt.

Erst als sie sich wieder beruhigt hatte, hielt Mayara ihr die Tasse mit dem Tee an die Lippen. Dankbar nahm Milen einige Schlucke und ließ sich dann in die Kissen zurücksinken.

»Aiga?«, erkundigte sie sich, nachdem sie eine Weile mit geschlossenen Augen liegen geblieben war.

Traurig schüttelte Mayara den Kopf. »Es tut mir leid. Sie ist vor einigen Wochen gestorben. Kanntest du sie gut?«

»Mein Beileid. Nein, wir sind uns vor viele Jahren einmal begegnet. Ich war auf der Durchreise und bin bei ihr untergekommen.«

Mayara betrachtete sie eingehend. Sie sah besser aus, aber noch nicht gesund. Es würde noch lange dauern, bis es ihr besser ging. Und genau dies, ließ eine andere Frage in Mayara aufkommen. »Wirst du irgendwann wieder zu deinem nach Hause zurückkehren können?«

Trauer schlich sich in den Blick ihres Gastes und sie schüttelte den Kopf. »Nein, wahrscheinlich nicht. Der Hexenjäger hat die Angst vor Hexen bei den Dorfbewohnern geschürt. Ich wäre niemals sicher dort.«

Mit einem mitfühlenden Lächeln griff Mayara ihre Hand. »Dann sei Willkommen in meinem Heim. Es soll fortan auch dein Heim sein. Du kannst so lange hier bleiben, wie du möchtest.« Sie zögerte. »Ich sollte jedoch darauf hinweisen, dass das Kleine Volk Meadowcove ebenfalls als sein zu Hause betrachtet. Und ganz in der Nähe gibt es ein Portal in die Anderswelt. Also wirst du auch Angehörigen der Feen begegnen.«

Milens Lächeln wirkte nicht erschrocken. »Dies ist wohl etwas, was alle Alten Orte gemeinsam haben. Ich habe kein Problem mit ihnen. Es macht mir nichts.«

Mayara nickte erleichtert und reichte Milen dann erneut die Tasse mit dem Tee. Wie seltsam die Dinge sich manchmal entwickelten. Sie hatte nach ihrem Streit mit Kiran geglaubt, vollkommen allein zu sein. Doch dies hatte sich als falsch herausgestellt. Und nun hatte sie, wie es aussah, eine neue Mitbewohnerin. Es musste sich zeigen, ob sie und Milen gut miteinander auskamen. Doch Mayara hatte ein gutes Gefühl bei der Sache.

Der Erbe

Er ging durch die Stadt und ließ den Blick über die jungen Frauen schweifen. Jede von ihnen könnte er haben. Doch er hatte kein Interesse an ihnen. Sie umgarnten ihn, gaben sich ihm willfährig hin. Und genau dies machte sie derart uninteressant. Sicher, irgendwann würde er heiraten müssen, doch seine Ziele waren höher gesteckt. Anstatt zu warten, bis sein Vater das zeitliche segnete, wollte er eigenes Land besitzen. Eine Chance war Meadowcove. Seine Kaufangebote hatte die Alte stets abgelehnt. Nach deren Tod hatte er geglaubt, es würde einfach werden. Aber sein kleiner hinterlistiger Plan war nicht aufgegangen. Zwar war die kleine Schlampe inzwischen schwanger, jedoch nicht von ihm. Sie war jemand anderem begegnet. Noch dazu jemandem, mit dem er sich nicht anlegen konnte.

Seth schluckte einen Fluch hinunter und stieg auf sein Pferd. Es musste eine Möglichkeit geben, wie er an das Land kommen konnte. Das Miststück davon zu überzeugen, ihn zu heiraten wäre zwecklos. Sie schien ihn nicht zu mögen. Dies konnte er jedes Mal in ihrem Blick sehen, wenn sie sich hier in Tolham begegneten. Sie zu zwingen war unmöglich und das war seine eigene Schuld. Er hatte sie in die Arme des Lichtbringers getrieben. Dabei hätte er es sein sollen, dem sie das Versprechen gab. Es war mehr als nur ärgerlich.

Wenn er sie nicht heiraten konnte, musste er einen Weg finden, sie loszuwerden. Jeden Tag war er an Meadowcove vorbeigeritten, doch er hatte nur Maya gesehen. Keine der Feen. Vielleicht würde es gar nicht schwer werden. Zwar war sie eine Hexe, doch einem

Überraschungsangriff hätte sie nichts entgegenzusetzen. Und sie war allein dort draußen. Wer sollte ihn also mit Mayas Tod in Verbindung bringen können? Es wäre eine Möglichkeit.

Jedoch keine besonders Gute. Wenn niemand mehr auf Meadowcove lebte, würde das Land an seinen Vater fallen. Somit müsste er wieder warten, bis der Alte unter der Erde lag. Es war also nur der letzte Ausweg. Wenn es jedoch einen Grund gab, wieso das Land an ihn gehen müsste …

Welche Gründe gab es? Es musste etwas geben. Nur ein banaler Angriff, würde nicht reichen. Doch er würde etwas finden. Er musste etwas finden. Zu voreilig zu handeln, brachte ihn nicht weiter.

Er erreichte die Grenze zu Meadowcove und sah das schwarze Pferd vor dem Haus. Mayara konnte er auch sehen und die Fremde, die bei ihr war. Unverkennbar eine Fee.

Er fluchte. Also war sie doch nicht alleine. Die Feen suchten sie immer noch auf. War dies die weibliche Begleitung, die dabei gewesen war, als der Lichtbringer die alte Vache dazu gebracht hatte, zu verraten, was hinter dem Zauber steckte? Es war zum Verrücktwerden. Wenn sie es war, sollte er besser schnell das Weite suchen. Laut der Alten Händlerin waren die Feen nicht erfreut über Mayas Schwangerschaft gewesen.

Er drehte das Pferd um und ließ es in einen schnellen Trab verfallen. Er würde darüber nachdenken. Vielleicht fiel ihm etwas ein, wie er Maya aus dem Weg räumen konnte, ohne dass der Verdacht auf ihn fiel. Wenn, dann würde Meadowcove bald ihm gehören.

Die Zeit

Mayara richtete sich stöhnend auf und legte die Hände in den Rücken. Unkraut jäten war anstrengender als vermutet. Doch der Frühling neigte sich dem Ende zu und die Arbeit musste gemacht werden.

Sie sah zu Milen, die sich nun ebenfalls aufrichtete und sie betrachtete. »Ich glaube, du solltest in der nächsten Zeit etwas kürzer treten«, bemerkte sie. »Die Schwangerschaft schreitet immer weiter fort. Du willst doch nicht riskieren, dass nun noch etwas schief geht?«

»Ich passe schon auf«, versprach Mayara. »Es ist nur so warm heute. Das scheint sich bemerkbar zu machen.«

Die andere Hexe lächelte ihr zu und kam zu ihr herüber. »Wie wäre es, wenn wir uns einen Tee machen und ein wenig Ruhe gönnen. Die Arbeit läuft nicht weg.«

»Leider«, fügte Mayara lachend hinzu. »Aber ein Tee wäre willkommen.«

Gemeinsam gingen die beiden Frauen zum Haus. Der Schatten würde ihnen gut tun. Im Haus war es sicherlich angenehm kühl. In den Jahren zuvor war es noch nie derart heiß im Mai gewesen, oder? Sicher war Mayara sich nicht. Es könnte auch an der Schwangerschaft liegen.

Zu Beginn war es seltsam gewesen und die Umstände hatten nicht unbedingt dafür gesorgt, dass sie sich über ihre Schwangerschaft freute. Doch seit sie das Kind in sich zum ersten Mal gespürt hatte, war es anders. Vielleicht auch, weil Milen sich als wirklich angenehme Mitbewohnerin entpuppt hatte. Inzwischen waren sie zu Freundinnen geworden. Sie teilten sich die Arbeit und es machte Spaß.

Ihr Julfestwunsch hatte sich erfüllt. Freundschaft war es, was sie sich erseht hatte und diese hatte sie gefunden. In Milen, im Kleinen Volk und auch in Koira. Die Unterstützung und die Zuneigung, die man ihr entgegenbrachte, hatte ihr neuen Mut gegeben. Sie half ihr dabei, die Geschehnisse mit Kiran zu verkraften und zu vergessen. Sie dachte nicht oft an ihm. Nur in den Nächten, wenn sie lange wach lag, kam ihr in den Sinn, wie schade es war, dass ihr Kind seinen Vater niemals kennenlernen würde. Zudem bedauerte sie seine Lügen. Wäre es anders gewesen, würden sie immer noch die nächtlichen Gespräche führen können, welche sie immer so genossen hatte.

Als Milen den Tee vor ihr auf den Tisch stellte, umfasste Mayara die Holztasse mit beiden Händen und bemerkte den himmlischen Duft, der ihr entgegen strömte. Ihr war schon zu Beginn aufgefallen, dass die andere Hexe ihre Kräutermischungen vollkommen anders zusammenstellte. Doch sie waren nicht weniger wirkungsvoll. Und die beiden Frauen waren schnell dahinter gekommen, wie sie ihrer beider Fähigkeiten miteinander kombinieren konnten, um ihre Kunst zu perfektionieren. Sie lernten jeden Tag voneinander. Und da Milens Element die Erde war, war die Feldarbeit dieses Jahr viel einfacher gewesen. Für sie beide. Sie vermisste Aiga jeden Tag, doch Milens ruhige und mitfühlende Art berührte ihr Herz.

Die Nächte jedoch, waren eine andere Sache. Was immer auch die Hexenjäger mit Milen angestellt hatten, war nicht ohne folgen geblieben. Ihre Freundin wurde oft von Alpträumen geplagt und erwachte schreiend. Oft bekam Mayara es nicht mit, doch sie war sicher, die Hexe wanderte jede Nacht durch das Haus, nur um nicht wieder einschlafen zu müssen. Manchmal nutzte sie die Nächte, um Tränke und Salben herzustellen.

Vache nahm ihre Waren immer noch entgegen, doch seitdem Kiran mit ihr dort gewesen war, feilschte die Händlerin nicht mehr um den Preis, sondern akzeptierte stillschweigend den Betrag, den sie verlangten. Es war eine Wohltat und eine durchaus positive und willkommene Entwicklung.

230

Sie lehnte sich zurück und schloss für einen Augenblick die Augen. Auch wenn sie viel zu tun hatten, genoss sie die Wärme des nahenden Sommers. Doch sie kam nicht umhin, zu bemerken, wie viel wärmer das Wetter war. Es war gerade mal Mai. Wenn die Temperaturen noch zunahmen, würden sie Mühe bekommen, ihre Felder ausreichend zu bewässern. Besonders, da ihnen Aigas Gabe nicht mehr zur Verfügung stand.

Sie würden sich etwas einfallen lassen. Es war besser, sie konzentrierte sich erst einmal auf die Aufgaben, die unmittelbar vor ihnen lagen. »Wir müssen bald wieder zu Vache«, sagte sie deswegen in die angenehme Stille hinein.

»Ich werde das übernehmen. Du solltest dich schonen«, erklärte Milen mit einem Unterton, der deutlich sagte, dass noch mehr hinter ihren Worten steckte. Mayara wusste auch was. Noch hatte niemand in Tolham sie gesehen, seit die Schwangerschaft deutlich sichtbar war. Würde man ihrer gewahr, gäbe es Fragen zu beantworten, denen Mayara sich nicht gewachsen fühlte. Ihre Freundin schien dies zu bemerken und hatte deswegen stillschweigend die Aufgabe übernommen, nach Tolham zu gehen. Sie plante auch, in den nächsten Wochen nach Magelen zu reisen. Mayara würde zurückbleiben, um das Land zu schützen. Nun, da sie zu zweit waren und Milen in der Lage war, diese Reise allein zu bewältigen, konnte man es wagen, die Waren dort zu verkaufen. Dies war noch eine positive Entwicklung. Schade, dass Aiga diese nicht mehr miterleben durfte.

Es dauerte nicht mehr lange, bis das Kind kam. Wenn sie bedachte, wie schnell die letzten Monate vergangen waren, sollte sie sich nicht einbilden, viel Zeit zu haben, um sich auf das Kind vorzubereiten. Sie strickte und nähte bereits fleißig Sachen, die ihr Kind gebrauchen konnte. An manchen Abenden half Milen ihr. An anderen las sie ihr aus einem Buch vor, während Mayara ihrer Arbeit nachging.

Die Wiege, die sie von Koira erhalten hatte, stand bereits in ihrem Schlafzimmer. Es würde ungewohnt werden. Sie hatte sich noch nie um ein Kind kümmern müssen. Doch Milen versicherte ihr immer wieder, sie wolle ihr helfen. Auch wenn ihre Freundin selbst keine Kinder besaß, so gab es eine jüngere Schwester. Wo sie sich aufhielt, wusste Milen jedoch nicht. Sie war irgendwann mit einem jungen Mann aus der Stadt durchgebrannt.

Was auch immer auf sie zukam, Mayara war sicher, mit der vielen Hilfe, die sie erfuhr, würde sie alles schaffen.

Die Begegnung

Er stieg vom Pferd und sah sich um. Die Schenke sah gut gepflegt aus und war anscheinend regelmäßig gut besucht. Er war noch nie in Tolham gewesen. Ob einer seiner Brüder bereits hier gewesen war? Eine Erinnerung stieg in ihm auf. Ein Brief, in dem einer der verschwundenen Inquisitoren darüber berichtete, wie er eine Hexe in diese Richtung verfolgt hatte. Ob danach jemals wieder einer von ihnen in dieser Gegend gewesen war?

Er wusste es nicht. Es spielte auch keine Rolle, denn nun war er hier. Er würde sich in dem Gasthaus einmieten und umhören. Wenn es hier etwas für ihn zu tun gab, dann würde er davon erfahren.

Er betrat die Schenke und sah sich um. Der Gastraum war leer, bis auf den Wirt, der hinter dem Tresen stand und einige Gläser mit einem Tuch abwischte. »Grüß Gott«, sagte der Wirt und nickte ihm knapp zu.

Der Inquisitor trat auf den Tresen zu und nickte freundlich. »Einen schönen guten Tag. Ich gehe recht in der Annahme, dass hier auch Zimmer vermietet werden?«

»Ja. Wie lange willst du bleiben, Fremder?«

Der Inquisitor zögerte. Der Wirt schien nicht all zu sehr geneigt, ein paar Münzen zu verdienen. »Ein paar Tage, denke ich. Ich muss mich ein wenig erholen, bevor ich weiter reise.«

»Sechs Silberlinge pro Nacht«, erklärte der Wirt. »Wenn du ein Pferd hast, dann kannst du es im Stall unterbringen.«

Der Preis war beinahe schon unverschämt. Doch etwas in ihm riet ihm dazu, in diesem kleinen Dorf zu bleiben. »Kostet die

Unterbringung für mein Tier extra?«, erkundigte er sich und versuchte nicht verärgert zu wirken.

»Ein Silberling pro Tag. Wenn sich die Stallburchen darum kümmern sollen, dann zwei.«

»Also gut«, sagte der Inquisitor und zog seinen Geldbeutel hervor. Er zählte die Münzen für drei Tage ab und legte sie auf den Tresen. Die Zeit sollte ausreichen, um in Erfahrung zu bringen, ob es sich lohnte hierzubleiben.

Der Wirt warf einen schnellen Blick darauf und nickte dann. Er deutete ihm an, ihm zu folgen, und kam hinter dem Tresen hervor.

Er brachte ihn in ein kleines Zimmer. Die Qualität der Einrichtung des Raumes war besser als in den anderen Gasthäusern, in denen er in den letzten Monaten gehaust hatte. Es besänftigte ihn, was den Preis anging. »Wo kann ich etwas zu essen finden?«, erkundigte er sich.

»Hier in der Taverne gibt es erst gegen Abend etwas. Meistens ein einfacher Eintopf. Manchmal auch Pastete. Ein Stück die Straße runter, findest du den Bäcker. Dort kannst du dir Brot besorgen. Schau dich in der Stadt um, es gibt viele Möglichkeiten.«

Dankend nickte er dem Wirt zu und sah dabei zu, wie dieser den Raum verließ. Mit einem Seufzen begann der Inquisitor seine Sachen auszupacken.

Seth stieg vom Pferd und ging mit stapfenden Schritten auf die Taverne zu. Er kochte vor Wut. Sein Vater war heute mal wieder unerträglich gewesen und hatte ihn wie immer auf seine Unfähigkeit aufmerksam gemacht. Und wie jedes Mal hatte er laut geäußert, wie sein Sohn nur irgendwann sein Erbe antreten sollte, wo er doch solch ein Versager war.

Bei der Erinnerung biss Seth die Zähne zusammen. Er würde es dem alten Sack schon zeigen. Er würde das bewerkstelligen, was seinem Vater nie gelungen war. Meadowcove in seinen Besitz zu bringen, war somit nicht nur ein frommer Wunsch, sondern inzwischen eine Obsession. Nur damit würde er seinem Vater beweisen können, zu was er fähig war.

Das Problem was ihm noch im Weg stand, war die kleine Schlampe, die derzeit das Land besaß. Er musste sie loswerden. Wenn er es richtig anstellte, könnte er das Land beanspruchen. Doch wie?

Er betrat die Schenke und sah sich um. Die üblichen Männer waren dort. Doch an einem Tisch in der Ecke saß ein neuer Gast. Ein Fremder. Seth musterte ihn. Er trug einfache Kleidung, doch als Sohn eines Adligen erkannte er die Qualität des Stoffes, die auch der einfache Schnitt nicht verbergen konnte. Wieso sollte ein Mann mit Geld einen solch edlen Stoff zu derart einfacher Kleidung verarbeiten lassen?

Seiner instinktiven Eingebung folgend, ging er zu dem Gast hinüber. Er hob die Hand und winkte dem Wirt zu, um anzudeuten, etwas zu trinken haben zu wollen. Dann setzte er sich den Fremden gegenüber. »Ich habe Euch in dieser Gegend hier noch nicht gesehen«, sagte er und versuchte freundlich dabei zu klingen. »Seid Ihr auf der Durchreise?«

Der Fremde musterte ihn einen Augenblick, dann nickte er. »Ja. Ich will einige Tage hier rasten. Seid Ihr der Freiherr dieses Dorfes?«

»Mein Vater. Ihm gehört alles, bis auf das Land von Meadowcove.«

Interesse blitzte in den Augen des Mannes auf. »Mein Name ist Samael. Was ist Meadowcove?«

Und Seth begann zu erzählen. Er redete lange, erzählte wohl auch mehr, als er zunächst wollte. Doch etwas in ihm flüsterte ihm zu, dass dieser Fremde die Antwort auf seine Probleme sein könnte.

Die Qual

Klio beobachtete Kiran dabei, wie er in den Garten schlich. Er war wieder zu dem Einzelgänger geworden, der er vor der Begegnung mit Maya gewesen war. Nichts schien ihn erfreuen zu können. Chandra war mit dieser Entwicklung anscheinend zufriede, da er keine Zeit mehr mit der Hexe verbrachte. Doch Klio … Sie sah die Qual ihres Freundes und er tat ihr leid. Es hätte nicht auf diese Art enden sollen.

Natürlich war sie niemals davon ausgegangen, Kiran und Maya würden eine offizielle Bindung eingehen. Dies war nicht möglich. Ein Mensch und eine Fee? Undenkbar. Doch sie waren Freunde und Geliebte gewesen. Davon abgesehen, hatte sie Kiran gut getan.

Nun wo er sie nicht mehr besuchte, war er wieder in die gleiche depressive Stimmung zurückgefallen, wie vorher. Es tat weh, ihn so zu sehen, wo sie ihn in den wenigen Monaten, als er Maya besuchte derart anders gewesen war. Er hatte mehr dem Jungen geähnelt, mit dem sie ihre Kindheit verbracht hatte.

Sie selbst hatte nicht gewagt, Maya zu besuchen. Nicht nach allem, was vorgefallen war. Doch inzwischen trug sie sich mit der Überlegung, ebendies zu tun. Sie könnte ein gutes Wort für ihren Freund einlegen. Vielleicht konnte sie zwischen den beiden vermitteln.

Würde Maya ihr überhaupt zuhören? Wenn es ihr gelang, Kirans Beweggründe darzulegen … Doch dafür musste Maya erst einmal bereit sein, sie zu empfangen. Da weder Kiran noch sie sich in den letzten Monaten bei ihr hatten blicken lassen, war ihr Zorn sicherlich größer geworden. Schließlich hatten sie sie im Stich gelassen, obwohl sie schwanger war.

Doch sie sollte es versuchen. Dies war sie Kiran schuldig und Maya war sie es auch schuldig. Sie hatte sie schon einmal um Verziehung gebeten. Es musste ihr wieder gelingen.

Klios Entschluss war gefasst. Sie sollte sich noch ein wenig Zeit nehmen, um sich die Worte zurechtzulegen, die sie Maya sagen wollte, dann würde sie die Hexe besuchen. Es blieb nur zu hoffen, ihr Unterfangen würde Erfolg haben.

Eine andere Frage, die sich stellte, war, ob sie vorher mit Kiran sprechen sollte. Wenn sie erneut gegen seinen Willen handelte ... Andererseits war er stur und wollte nichts von Maya hören. Wann immer sie den Namen der jungen Frau fallen ließ, strahlte er derart viel Hitze ab, dass Klio nicht nur aus Angst schwitzte.

Besser, wenn sie die Dinge erst einmal alleine ins Rollen brachte. Wenn Maya bereit war, ihm zu vergeben, dann würde er schon freiwillig mitgehen.

Die Muse schüttelte den Kopf und ging zurück ins Haus. Sie würde aufhören, Kiran hinterherzulaufen. Es brachte ihn nur noch mehr in Rage. Zudem war es der Sache womöglich zuträglich. Wenn er die Einsamkeit deutlicher zu spüren bekam, würde seine Sehnsucht nach Maya größer werden.

Klio lächelte. Sie war plötzlich zuversichtlich. Egal wie dickköpfig die beiden waren, Kirans Zuneigung zu Maya war echt und Maya war niemand, der lange grollte.

Als sie den großen Saal betrat, sah sie sich um. Chandra war nicht dort. Es war ungewöhnlich, da sie sich sonst immer hier aufhielt. Besonders um diese Tageszeit. Die anderen Anwesenden streiften sie kurz mit einem Blick und wandten sich dann wieder ihren Gesprächen zu.

Klio verließ den Raum und zog sich auf ihr Zimmer zurück. Dort konnte sie in Ruhe über die Worte nachdenken, die sie Maya sagen wollte.

Kiran saß in der Gartennische. Er wollte allein sein. Die Einsamkeit war das Einzige, was ihm geblieben war. Seit Mayas Zurückweisung hatte er nur noch sie.

Was für ein Trottel war er doch gewesen? Da fand er endlich jemanden, der ihn um seiner selbst willen mochte und er vergeigte es dermaßen. Wie gern würde er die Zeit zurückdrehen. Er würde ihr gleich offen sagen, wer er war. Doch mit *könnte* und *würde* war ihm nicht weitergeholfen.

Er seufzte tief. Früher hatte es ihm Erleichterung verschafft, doch diese blieb aus. Das war so, seit Maya ihn nicht mehr sehen wollte. Ein solches Gefühl war ihm bis dahin unbekannt gewesen.

Er wusste nicht, was er tun konnte. Seine Entschuldigung hatte sie nicht angenommen, hatte ihn sogar ihres Landes verwiesen. In manchen Nächten trieb er sich an der Grenze zu Meadowcove herum. Er war sicher, sie würde spüren, wenn er das Land betrat. Wenn nicht sie, dann sicherlich das Kleine Volk. Doch die Grenze war sicheres Gebiet. Dort lauerte er mit der Hoffnung, einen Blick auf sie zu erhaschen.

Doch sie schien das Haus besonders nachts gar nicht mehr zu verlassen. Wenn er doch nur einen Blick auf sie werfen könnte. Sicherlich würde er sich besser fühlen, wenn er wusste, dass es ihr gut ging.

Wut, entstanden aus Hilflosigkeit, überkam ihn und er schlug gegen die Laube, die in der Mitte des privaten Gartens stand. Das Holzgebilde ging in Flammen auf und war binnen von Sekunden nur noch Asche. Kiran schluckte. So weit war es schon. Er hatte seine Kräfte kaum noch unter Kontrolle. Wenn es noch größere Ausmaße annahm, würde er jemanden finden müssen, der ihn beseitigen konnte. Denn wenn er irgendwann vollends die Kontrolle verlor, würde es zu viele Tote geben.

Der Plan

Samael ging den Weg entlang, der nach Meadowcove führte. Es war ein sonniger Tag, niemanden würde ein Spaziergänger auffallen. Schon in den ersten Minuten, die er sich mit dem Sohn von Baron Avidus unterhalten hatte, war ihm klar geworden, das Seth genau die Informationen besaß, die er benötigte. Zudem schien der Erbe des Freiherrn auch den nötigen Charakter zu besitzen, um ihm bei seinem Vorgehen zu unterstützen. Sie waren sich schnell handelseinig geworden.

Seth würde ihn bezahlen, wenn er die Hexe von Meadowcove dazu brachte zu gestehen, ihn verzaubert zu haben. So ging das Land als Entschädigung in seinen Besitz über. Er würde hingegen ausreichend Gold erhalten und mit dem Wissen weiterziehen, dass es nun eine Hexe weniger auf der Welt gab. Ein guter Handel, für sie beide.

Doch nun musste er erst einmal das Gelände betrachten. Wenn er sie dort wegholte, wollte er den am wenigstens auffälligen Weg benutzen. Bis es an der Zeit war, sollten die Dorfbewohner nichts davon erfahren. Erst wenn er das unterschriebene Geständnis hatte, würde er sie den anderen vorführen und ihre Missetaten aufführen. Sobald er das unterzeichnete Dokument besaß, konnte niemand etwas gegen seine Handlungen sagen.

Er erreichte die Grenze zu Meadowcove. Er wusste es, weil Seth ihm genaue Instruktionen gegeben hatte. Aber wenn er ehrlich war, hätte er es auch so bemerkt. Es gab kleine aber erkennbare Unterschiede. Die Luft wirkte reiner und schien zu flirren, das Gras satter und grüner. Es schien lebhafter.

Es war typisch für die Hexen. Sie sammelten ihre schmutzige Magie in der Natur um jederzeit davon zehren zu können. Der Teufel, mit dem sie im Bunde waren, sorgte dafür, dass ihr Land immer fruchtbar war.

Er folgte dem Pfad, der an der Grenze des Landes vorbeiführte und versuchte, die Gegend nicht all zu interessiert zu mustern. Samael wollte so wenig aufsehen wie möglich erregen.

Plötzlich drang das Geräusch von Hufen auf harten Lehmboden an seine Ohren. Er trat beiseite und wartete. Es dauerte nicht lange und eine Frau mittleren Alters, die ein Maultier führte, ging an ihm vorbei. Wie erwartet hob er seinen Hut zum Gruß und sie nickte ihm gedankenverloren zu. Das Reittier war gut bepackt. Es sah aus, als wollte sie zu einem Markt ziehen. Wahrscheinlich nicht dem in diesem Dorf. Doch sie interessierte ihn nicht. Die Hexe, um die es ging, war jünger.

Er folgte dem Weg, bis er an einen Hof kam. Auch diesen hatte Seth erwähnt, weshalb Samael beschloss, sich langsam auf den Rückweg zu machen. Die Gebäude und Bewohner hier waren nicht von Interesse für ihn. Er beschloss, den gleichen Weg zu nehmen, den er gekommen war.

Als er erneut das Land von Meadowcove in seinem Sichtfeld hatte, verließ jemand das Haus. Interessiert blieb Samael stehen. Das musste sie sein. Ein junges Ding, mit rotem Haar. Dann sah er ihren Bauch. Dies war eine Information, die Seth ihm verschwiegen hatte. Ob er der Vater war? Er würde mit dem jungen Mann reden müssen. Wenn er nichts dagegen hatte, konnten sie diesen Umstand zu ihren Gunsten nutzen.

Nur mit Mühe gelang es Seth, ruhig und gelassen zu wirken. Er hatte den Worten des Fremden gelauscht und mit jedem von ihnen war er aufgeregter geworden. Mit diesem Plan, wäre es ein Leichtes Meadowcove zu beanspruchen. Er würde Vache mit einspannen. Die Alte war für genügend Gold bereit so gut wie alles zu bezeugen. Wenn sie also bestätigen würde, dass er und Mayara zum Julfest zusammen gewesen waren, wäre es ein leichtes ihre Schwangerschaft ihm zuzuschreiben. Und wenn sie behauptete, Maya hätte Zutaten für einen Liebeszauber bei ihr gekauft …

Es war allzu leicht. Wieso war er nicht früher darauf gekommen? Nun, jetzt besaß er die Hilfe von Samael und alles würde noch viel einfacher laufen. Er war gespannt, wie er vorgehen wollte. Auch wenn der Inquisitor behauptete, solche Prozedere schon oft genug durchgeführt zu haben, so war Seth sich da nicht sicher. Er musste sich für den Fall der Fälle einen Ausweichsplan zurechtlegen.

Er lauschte aufgeregt den Worten seines Komplizen, während er beim Wirt ein Bier nach dem anderen orderte. Solange er ihn am Reden hielt, konnte er in Ruhe seinen Gedanken nachgehen. Womöglich fiel ihm sogar etwas ein, wie er die Bezahlung des Inquisitors umgehen konnte. Wer würde schon nach seinem Verbleib fragen, wenn er mit einem Mal verschwand.

Und Vache? Die Alte würde es nicht wagen, gegen ihn zu sprechen. Neben ihrem kleinen Laden, der bei weitem nicht so viel abwarf, dass es zum Leben reichte, war er ihre Haupteinnahmequelle. Wie viele Jungfrauen durch eine ihrer Listen schon in seinem Bett gelandet waren, konnte er nicht sagen. Doch es waren einige gewesen. Nur bei der kleinen Hexenschlampe war sein Plan nicht aufgegangen.

Als die Stunde Mitternacht schlug, verabschiedete Seth sich. Morgen schon wollten sie ihren Plan in die Tat umsetzen. Bald schon würde er sich dem Joch seines Vaters entziehen können. Er konnte den folgenden Tag kaum abwarten.

Der Angriff

Obwohl Milen noch nicht lang bei ihr lebte, fühlte sich das Haus eigenartig leer an. Es war nur gut, dass sie viel zu tun hatte. Der Sommer stand vor der Tür und es gab genug, was vorbereitet werden musste.

Den Morgen hatte sie damit verbracht, Karotten zu ernten, die nun in der Küche standen. Sie würde den Abend damit verbringen einen großen Teil davon einzumachen, damit sie auch über den Winter einige davon lagern konnten. Auch die Lauchzwiebeln waren bereit zur Ernte. Doch es war nicht schlimm, wenn diese noch ein paar Tage warteten. Ebenso wie der Rettich und der Rhabarber. Den Bärlauch würde sie jedoch so bald wie Möglich ernten müssen.

Sie liebte diese Zeit. Es war immer etwas zu tun und abends war sie zu müde, um lange zu grübeln. Sie fiel einfach in ihr Bett und schlief ein. Sie hatte gar nicht die Gelegenheit an Kiran zu denken. Zumindest nicht oft.

Sie trat aus dem Haus und sah nach oben zum Himmel. Beinahe Mittag. Sie würde sich zuerst um die Tiere kümmern, ehe sie sich an den Rest der Ernte machte. Es gab im Stall ohnehin nicht viel zu tun, da die Tiere sich zu dieser Jahreszeit überwiegend draußen aufhielten.

Sie ging zum Stall hinüber. Als sie eintrat, kamen ihr einige Angehörige des Kleinen Volkes entgegen. Sie wirkten ausgelassen und gut gelaunt. Auch ihnen schien das Wetter zu gefallen. Und Mayara stellte fest, dass sie bereits alle Arbeiten im Stall erledigt hatten. Damit blieb für sie hier nichts weiter zu tun.

»Umso besser«, erklärte sie mit einem dankbaren Lächeln. »So kann ich mich weiter um die Gärten kümmern. Sie müssen noch gewässert werden.«

»Wir können dir helfen«, erklärte eine der Frauen. »Wir wollen nur ein bisschen Bärlauch dafür.«

»Hilfe ist mir immer Willkommen und Bärlauch habe ich mehr als genug. Bedient euch ruhig«, antwortete sie.

Gemeinsam gingen sie zurück zu den Gärten.

Es war ein lustiges Miteinander und die Arbeit ging ihnen leicht von der Hand. Die Frauen des Kleinen Volkes stimmten ein Volkslied an, welches bei ihnen üblich war. Der Text war Mayara unbekannt, doch er ging ins Ohr und so sang sie bald schon einige Stellen mit.

Oh Große Mutter stolz und weis',
Du wandelst durch die Felder leis',
Segnest uns mit deinen Gaben,
Fülle und Glück, in dem wir uns Laben.
Schenkst uns jeden Tag erneut,
Eine Welt voll Glück und Freud'.
In deiner Welt so voller Wonne,
ehren wir auch den Herrn der Sonne.

Oh Herr der Sonne warm und stark,
auch du nährst unsere Saat,
erfreust uns mit deinem Schein,
tust es tagaus und auch tagein.
Ziehst hoch am Himmel deine Bahnen,
Wie schon zur Zeit unserer Ahnen.
Doch nicht nur du, der dort oben thront,
wir ehren auch die Herrin des Mond.

Oh Herrin des Mond, erhellt die Nacht,
wir alle beugen uns deiner Macht.
Spendest Licht in der dunklen Zeit,
Folgst deinem Weg, bist immer bereit.
Rufst zur Wilden Jagd in voller Blüte,
wir folgen dir und deiner Güte.
Seid der Großen Mutter Kinder,
im Frühling, Sommer, Herbst und Winter.

Sie ignorierte das leise Stechen in der Magengegend, wann immer das Lied vom Lichtbringer handelte. Sie wollte nicht an ihn denken. Wolle nicht, dass die Wut und Fassungslosigkeit zurückkehrten und diesen schönen Tag verdarben.

Doch sie sang mit und sie musste zugeben, ihr gefiel das Lied. Es war eine Abwandlung eines Textes, den sie noch aus ihrer Kindheit kannte. Jedoch schien das Kleine Volk seine eigenen Reime zu besitzen. Der Kontext jedoch war derselbe.

»Wollt ihr nicht schon einmal den Korb fortbringen, damit er nicht in der Sonne steht?«, fragte Mayara, nachdem sie einige Zeit einvernehmlich gearbeitet hatten. »Ich werde den Korb mit den letzten Karotten ins Haus bringen. Heute Abend werde ich den größten Teil davon einlegen. Falls ihr also frische haben möchtet, gebt mir früh genug Bescheid.«

»Eine gute Idee«, befanden die Frauen. Sie nahmen zu dritt den Korb mit dem Gemüse, welches die Frauen sich gesammelt hatten und eilten in Richtung Stall davon.

Mayara sah ihnen lächelnd hinterher und nahm dann den anderen Korb. Er war gefüllt mit weiteren Karotten. Vor sich hinsummend ging sie zum Haus.

Es geschah so schnell, dass Mayara hinterher gar nicht mehr sagen konnte, was genau passierte. Plötzlich wurde sie von hinten gepackt und jemand stülpte ihr einen Sack über den Kopf. Um ihren Schrei zu dämpfen, legte ihr jemand einen Knebel an. Sie wehrte sich, doch dann wurden auch schon ihre Hände gepackt und brutal nach hinten gezogen. Als man ihren Körper zu Boden drückte, versuchte sie, auf der Seite zu landen, anstatt auf ihren Bauch.

Sie war noch nicht bereit aufzugeben. Mayara versuchte, nach ihrem Angreifer zu treten und wurde dafür mit einem harten Schlag gegen den Kopf belohnt, der ihr die Sinne raubte. Das Letzte, was sie wahrnahm, war, wie sie hochgehoben und fortgetragen wurde.

Der Besuch

Klio verließ die Anderswelt und nahm den kürzesten Weg nach Meadowcove. Es war zum Glück nicht all zu weit, wenn man die entsprechenden Abkürzungen kannte. Um Maya zu zeigen, wie sehr sie sie akzeptierte, hatte sie ihren Glammerzauber nicht benutzt. So war sie in ihrer unverhüllten Gestalt unterwegs. Ob Maya sie erkennen würde? Wenn nicht, wäre dies nicht schlimm.

Als sie die Grenze überschritt, bemerkte sie sogleich die Veränderung, die ihr nicht unvertraut war. Doch sie registrierte auch die Unruhe, die in der Luft lag. Unwillkürlich beschleunigte sie ihre Schritte. Etwas wirkte verkehrt und das war es, was sie alarmierte.

Als das Haus in Sicht kam, bemerkte sie die Unruhe. Maya war nirgends zu sehen, doch zu ihrer Überraschung sah sie viele andere Gestalten. Angehörige des Kleinen Volkes liefen aufgeregt umher und schienen in Aufruhr zu sein.

Klio ging auf sie und wartete dann, bis sie sie bemerkten.

»Eine Fee!«, schrie ein Mann des Kleinen Volkes. »Sie kennt bestimmt den Lichtbringer. Der Lichtbringer wird helfen! Er muss helfen!«

»Warum soll er helfen? Er ist einfach fortgegangen und ist nicht mehr wiedergekommen.«

»Er hat Maya belogen.«

»Er ist der Vater des Kindes, das Maya trägt. Er muss helfen!«

All die Stimmen schlugen über Klio zusammen. Sie entnahm nur eines daraus. Maya schien Hilfe zu benötigen. Sie hob sie Hand, um die Gestalten zu beruhigen. Diese sahen sie argwöhnisch an. Sie seufzte hilflos. Von allen Wesen, die die Große Mutter erschaffen hatte, war das Kleine Volk am misstrauischsten.

»Was ist geschehen?«, fragte sie gerade heraus. Es brachte nichts, um den heißen Brei herumzureden. Wenn etwas passiert war, war vielleicht schnelle Hilfe von Nöten.

»Der Mann!«

»Der Fremde hat Maya.«

»Hat ihr einfach einen Sack über dem Kopf gezogen.«

»Die ganzen Karotten auf dem Boden.«

»Er war nicht von hier.«

»Er sah garstig aus.«

»Ein böser Mann!«

Klio seufzte und steckte sich zwei Finger in den Mund um einmal laut zu Pfeifen. Als die Wesen verstummten, nickte sie zufrieden. »Es reicht, wenn einer mir erzählt, was passiert ist.«

Der Größte von ihnen trat vor und räusperte sich. »Unsere Frauen haben mit Maya auf dem Feld gearbeitet. Als sie die Bezahlung für uns gebracht haben, wollte Maya zum Haus gehen. Da kam ein Mann und hat sie einfach niedergeschlagen. Dann hat er sie gefesselt ihr einen Sack über den Kopf gestülpt und auf seinen Wagen geladen. Dann ist er weggefahren.«

»Was für ein Mann?« Maya war entführt worden? Sie musste so schnell wie möglich herausfinden, wo man sie hingebracht hatte. Womöglich sollte sie Kiran benachrichtigen. Er würde sicher helfen wollen.

»Ein Fremder. Hab ihn noch nie hier gesehen. Doch seine Aura wirkte seltsam. Verdorben und verdreht. Er ist böse. Und wer böse ist, hat nichts Gutes im Sinn. Schon gar nicht, wenn er jemanden entführt.«

»Warum seid ihr nicht hinterher?«

»Wir sind an das Land gebunden, welches wir wählen. Wir können nicht über die Grenzen hinweg. Aber du kannst es. Du musst ihr helfen!«

Klio nickte und war in Gedanken bereits dabei, sich eine Strategie zurechtzulegen. Wenn das Kleine Volk das Land nicht verlassen konnte, war sie es, die Maya finden musste. Doch wie weit würde sie alleine kommen? Und würde Kiran ihr verzeihen, wenn sie nun ohne ihn loszog? Ihn zu holen, würde nicht viel Zeit in Anspruch nehmen.

»Ich muss nochmal zurück. Ich werde Hilfe brauchen. Und auch Waffen. Haltet ihr die Augen offen. Wenn ihr etwas Ungewöhnliches bemerkt, sagt ihr es mir, wenn ich wiederkomme.«

»Du wirst Maya retten?«

»Ich werde es versuchen«, versprach Klio.

Eine Frau des Kleinen Volkes trat vor. »Es gibt noch jemanden aus deinem Volk, der helfen kann. Nicht nur der Lichtbringer schuldet Maya etwas. Auch die Schnitterin, die die andere Hexe herbrachte.«

»Eine andere Hexe? Wo ist sie?« Und warum brachte eine der Schnitterinnen jemanden hier her? Sie stellte die Frage nicht laut, da sie die Antwort fürchtete.

»Sie ist zum Markt nach Magelen gereist. Sie wird erst in zwei Tagen wieder hier sein. Wenn überhaupt.«

Also half es ihr nicht weiter. Sie brauchte Kiran. Herauszufinden, welche der Schnitterinnen es gewesen war, würde zu lange dauern. Dann benötigte es auch noch Zeit, um diese ausfindig zu machen. Keine Option, wenn Maya ernsthaft in Gefahr war. Sie blieb einen Augenblick unschlüssig stehen. Dann drehte Klio sich um und rannte zurück zu dem Portal, das sie nach Hause bringen würde. Und zu Kiran.

Die Gefangene

Sie war schnell wieder zu Bewusstsein gekommen und hatte mitbekommen, wie der Wagen den Weg entlang fuhr. Als er stehen blieb, packte man sie grob und zog sie von der Ladefläche. Mayara wehrte sich nicht gegen den Griff, da sie befürchtete, den Zorn ihres Entführers auf sich zu ziehen. Sie musste an das Kind denken. Wenn er von Wut gepackt auf sie einschlug, wäre der Fötus in Gefahr.

Aufgrund des Jutesacks, den man ihr über den Kopf gestülpt hatte, konnte sie die Lichtveränderung wahrnehmen, als man sie von draußen in ein Gebäude führte. Da sie keine Schuhe trug, konnte sie den kalten Stein unter ihren Füßen spüren. Wo brachte man sie nur hin? Was hatte man mit ihr vor?

Eine schwere Tür wurde aufgemacht und Maya in einen Raum gestoßen. Sie taumelte einige Schritte, doch es gelang ihr, einen Sturz zu vermeiden. Mayara hörte das Schließen der Tür und dann war es plötzlich still. War sie alleine? Wo war sie?

Sie atmete tief durch. Ihre Hände waren immer noch auf ihrem Rücken gefesselt und der Sack über ihrem Kopf behinderte sie zusätzlich. Sie konnte sich lediglich auf ihre anderen Instinkte verlassen.

Lauschend atmete sie tief durch. Es war nichts zu hören. Man hatte sie anscheinend allein gelassen. Ob sie versuchen sollte, die Fesseln loszuwerden? Das Feuer war ihre Gabe, es wäre also möglich. Doch wie würden ihre Entführer dann reagieren? Aber wenn sie die Hände frei hatte, dann könnte sie ihre Angreifer überraschen. Sie hätte einen kleinen Vorteil. Blieb nur noch die Frage zu klären, wo sie war. Nachdem man sie vom Wagen gezogen hatte, war sie durch mehrere Gänge geführt worden. Sie waren oft abgebogen. Mayara war sich sicher, den Weg hinaus zu finden, wäre schwer.

Große Mutter, gib mir Kraft, betete sie stumm. Was konnte man von ihr wollen?

Da sie vorerst keine Antworten auf ihre Fragen finden würde, schritt sie den Raum vorsichtig ab. Als sie gegen etwas Hartes stieß, drehte sie sich um, um den Gegenstand mit den Fingern spüren zu können.

Ein Schreibtisch, beschloss sie schließlich. Wo ein Schriebtisch war, musste es auch eine Sitzgelegenheit geben. Also tastete sie sich weiter um den Tisch herum und fand schließlich einen Hocker. Erleichtert setzte sie sich hin. Dann begann sie ihre Handgelenke zu bewegen. Die Fesseln waren gar nicht derart fest, wie sie zunächst vermutet hatte. Wenn sie sie ohne Hilfe von Magie lösen konnte …

Weiter kam sie nicht, denn das Geräusch der sich öffnenden Tür drang an ihre Ohren. Mayara versteifte sich. Sie konnte hören, wie sich die Person durch den Raum auf sie zubewegte. Der Schwere der Schritte nach zu Urteilen, musste es sich um einen Mann handeln.

Hände griffen nach dem Knebel und nahmen ihn ihr ab. »Wenn du schreist, schneid ich dir die Zunge raus. Verstanden?«, flüsterte eine dunkle Stimme drohend.

Sie nickte angespannt. Was sollte sie sonst auch tun? Jetzt, wo der Knebel endlich weg war, bemerkte sie, wie angespannt ihre Kiefermuskulatur war. Sie versuchte sie zu entspannen. Dann wurde der Jutesack gepackt und von ihrem Kopf gezogen.

Sie musste blinzeln, um sich an das Licht zu gewöhnen. Ihre Augen begannen sofort zu tränen. Vor ihr stand ein älterer Mann mit scharfen Gesichtszügen und stechendem Blick. Er musterte sie kalt und abschätzend.

Mayara musste schlucken. Diese Augen verhießen nichts Gutes. Warum immer er sie auch entführt hatte, sie würde aus dieser Sache wahrscheinlich nicht Lebens herauskommen. »Was wollt Ihr?«, fragte sie, in der Hoffnung, er würde den Blick abwenden. Doch er tat es nicht. Stattdessen begann er zu lächeln, was Mayara noch mehr Angst einjagte.

»Es wurden Anschuldigungen gegen dich erhoben«, erklärte der Fremde mit beinahe liebenswürdigem Tonfall. »Ich möchte diesen Dingen lediglich auf den Grund gehen, um herauszufinden, ob diese der Wahrheit entsprechen.«

Stirnrunzelnd schüttelte sie langsam den Kopf. »Anschuldigungen welcher Art?«

»Man bezichtigt dich der Hexerei.«

Mayara stutzte. Man beschuldigte sie? Es war eine allseits bekannte Tatsache, dass sie eine Hexe war. Seit wann war dies etwas Schlimmes? Doch dann kam ihr Milens Geschichte in den Sinn. Sie war ebenfalls der Hexerei angeklagt gewesen. »Das ist unmöglich«, flüsterte sie ungläubig. Es war gar nicht an den Fremden gerichtet, der sie immer noch mit seinem stechenden Blick musterte. Ob es der gleiche Mann war, der auch Milen damals angeklagt hatte?

»Es gibt Zeugen. Du vertreibst dunkle Tränke und Salben. Und man wirft dir vor, Männer mit Magie dazu zu bringen, in dein Bett zu kommen.« Er deutete auf ihren geschwollenen Bauch. »Und zumindest dies scheint zu stimmen.«

»So ist das nicht«, beeilte Mayara sich schnell zu versichern. »Keiner der Männer aus der Gegend hat was mit diesem Kind zu tun.«

Der Fremde betrachtete sie mit einem solch mitleidigen Blick, dass sie den Sarkasmus dahinter deutlich erkennen konnte. »Nun, da sind mir jedoch andere Dinge zu Ohren gekommen.«

Sie sah ihn verständnislos an. Wie war das möglich? Seit Milen bei ihr war, war sie nur noch selten nach Tolham gegangen. Einer der Gründe dafür war gewesen, dass sie den Tratsch vermeiden wollte, den eine unverheiratete Schwangere mit sich brachte. Wer würde ihr schon glauben, dass der höchste Herr der Feen, der Lichtbringer, der Vater ihres Kindes war?

Sie richtete sich auf und straffte die Schultern, soweit es ihre gefesselten Hände zuließen. »Wer immer Derartiges behauptete, lügt.«

»Du bezichtigst einen Mann der Lüge, dem es nur Probleme bringen würde, ein Kind mit einer wie dir zu bekommen? Warum sollte er es zugeben? Es hat keinen Nutzen für ihn.«

Fieberhaft dachte sie nach, wer solche Anschuldigungen aussprechen könnte und warum. Es gab jemanden, dem sie es zutrauen

würde. War nicht auch Seth es gewesen, der sie in der Nacht des Julfestes gesucht hatte, um sie durch Vaches Zauber an sich zu binden?
Doch wenn sie ihn nun beschuldigte, würde es sie nicht als Lügnerin
hinstellen. Denn wenn es Seth gewesen war, dann würde sie zugeben
zu wissen, von wem die Anschuldigungen kamen.

»Wer immer es war, wenn er aus dem Dorf war, ist er nicht der
Vater dieses Kindes«, erklärte sie und versuchte ruhig und entschlossen zu klingen.

»Das werden wir noch sehen. Du wirst gestehen. Und du wirst ein
Geständnis unterschreiben. Es gibt Zeugen für deine Untaten. Die
Händlerin, bei der du Zutaten für deine Zauber gekauft hast, hat uns
alles erzählt. Sie erzählte uns auch von dem Zauber, den du in der
Julfestnacht angewendet hast.«

Wut packte Mayara. Sie starrte den Fremden fassungslos an. »Sie
war es doch, die mir diesen Zauber untergeschoben hat. Ich war vollkommen ahnungslos. Wieso sollte ich mich selbst auch freiwillig an
einen solchen Zauber binden wollen?«

»Du gibts es also zu. Unterschreib das Geständnis und ich werde
Gnade walten lassen.«

»Nein!«

Er holte aus und schlug ihr ins Gesicht. Der Schlag war kräftig
genug, um sie beinahe von dem Stuhl zu werfen. Nun ahnte sie, was
genau mit Milen geschehen war. Und die Möglichkeit, ihr könnte
das Gleiche bevorstehen, jagte ihr Angst ein.

Die Angst

Es dauerte Stunden, bis er sie endlich alleine ließ und als er es tat, war sie unendlich dankbar. Was mit einem Schlag begonnen hatte, war schnell in einen Rausch von Gewalt geendet. Doch der Fremde war dazu übergegangen sie dort zu Verletzten, wo es nicht so offensichtlich war. Bevor er den Raum verließ, hatte er ihr den Jutesack erneut über den Kopf gestülpt und den Knebel angelegt, damit sie nicht schreien konnte.

Mayaras gesamter Körper schmerzte. Es wäre zu verkraften gewesen, wenn nicht die Sorge um ihr Kind wäre. Er hatte sie mehr als einmal in den Bauch geschlagen. Während Tränen der Angst und des Schmerzes über ihre Wangen liefen, betete sie zur Großen Mutter, sie möge ihr Kind verschonen und beschützen.

Es musste einen Weg geben, wie sie hier heraus kam. Es musste einfach! Sie würde hier nicht sterben. Nicht, wenn es sich irgendwie vermeiden ließ. Milen kehrte bald schon zurück und würde ihr Verschwinden bemerken. Dann könnte sie Hilfe holen …

Zwei Tage. Ihre Freundin kehrte erst in zwei Tagen zurück. Konnte sie bis dahin durchhalten?

Als sie spürte wie ihr Kind sich bewegte, atmete sie auf. Noch schien es ihm gut zu gehen. Sie zwang sich innerlich zur Ruhe und sammelte Magie.

Als die Hitze des Feuers durch ihren Körper strömte, spürte sie, wie ihre Muskeln sich entspannten. Die Wärme breitete sich aus und gab ihr neue Kraft. Sie wagte es nicht, ihre Fesseln zu versengen. Sie hatte die Brutalität ihres Wärters, zu deutlich zu spüren bekommen.

Sie ließ sich auf den Boden sinken und lehnte sich gegen die

Wand. Dank der Tatsache, dass der Fremde ihr den Jutesack für sein Verhör abgenommen hatte, wusste sie inzwischen wenigstens, wie der Raum aussah. Es war gut, nicht mehr vollkommen orientierungslos zu sein.

Wieder bewegte sich das Kind in ihrem Leib. Sie wünschte, sie könnte die Hände auf ihren Bauch legen. Langsam zog der Schmerz in ihren Handgelenken, der durch die Fesseln entstand, in ihre Arme hoch. Eine ihrer Schultern schien ausgekugelt zu sein. Ihr Arm kribbelte unangenehm, selbst wenn sie ihn ruhig hielt. Sobald sie sich bewegte, schoss ein stechender Schmerz durch ihn hindurch.

Sie schloss die Augen und ließ ihre Gedanken weiterkreisen. Sie wusste, sie würde im Augenblick keine Lösung finden.

Das erneute Öffnen der Tür ließ sie aufschrecken. Er war doch noch gar nicht lange weg. Wieso kam er schon zurück. Dachte er, sie hätte ihre Meinung derart schnell geändert? Nun, da würde er wohl wieder gehen müssen.

Mit angehaltenen Atem lauschte sie den Schritten. Klangen sie anders? Vielleicht lag es an ihrer immerzu wachsenden Anspannung. Ein leises Lachen ertönte. Mayara atmete scharf ein. Dies war nicht die Stimme des Fremden, die sie vernahm.

»Bist du also endlich hier, du kleinen Schlampe«, murmelte die Stimme leise.

Seth! Der Gedanken schoss ihr durch den Kopf und all ihre Befürchtungen bewahrheiteten sich. Würde sie jetzt erfahren, wieso er versucht hatte, sie in der Julfestnacht an sich zu binden? Wieso war er hier? Was wollte er von ihr?

Ja, ihr waren die seltsamen Blicke aufgefallen, die er ihr immer dann zugeworfen hatte, wenn die in Tolham gewesen war. Doch das letzte Mal hatte sie ihn vor der Julfestnacht gesehen. Seit dem waren sie sich nicht mehr begegnet. Also, warum jetzt?

Sie konnte hören, wie er sich auf sie zubewegte. Dann spürte sie, wie er nach ihr griff, um sie auf die Beine zu ziehen.

Unsäglicher Schmerz schoss durch ihre Schulter und überspannte ihren gesamten Körper. Mayara stöhnte auf und sackte hilflos in sich zusammen. Seth nahm es wohl als Weigerung auf, denn er holte aus und schlug sie. Sie konnte Blut schmecken. Als er das nächste Mal versuchte, sie hochzuziehen, wehrte sie sich nicht.

Da es ihr unmöglich war, das Blut auszuspucken, blieb ihr nichts anderes übrig, als es zu schlucken. Schwindel überfiel sie. Der Schlag war härter gewesen, als vermutet.

Er ging um sie herum. Sie spürte seine Bewegung mehr, als dass sie sie wahrnahm. Schließlich stand er hinter ihr. Sie konnte seinen Atem in ihrem Nacken spüren und erschauderte.

Seine Hände legten sich auf ihre Arme und fuhren daran nach oben. Übelkeit steig in Mayara auf und in einer unwillkürlichen Bewegung, rückte sie von ihm ab.

Seth griff nach dem Jutesack und riss ihren Kopf ruckartig nach hinten. Er gab nur einen zischenden Laut von sich, ehe er sie nach vorne stieß.

Überrascht wie sie war, ging Mayara zu Boden. Dann traf sie auch schon der erste Tritt in den Rücken. Ihr Schrei wurde durch den Knebel in ihrem Mund gedämpft. Ihren Angreifer schien es jedoch nicht zu kümmern, denn er trat direkt ein weiteres Mal zu. Sie zog die Beine an ihren Körper heran, in dem Versuch, ihr Kind zu schützen.

Seth trat ein drittes Mal zu, da öffnete sich die Tür. Schwere Schritte eilten durch den Raum und Mayara konnte hören, wie etwas gegen den Schreibtisch knallte.

»Hört auf damit. Wie sollen wir unser Ziel erreichen, wenn Ihr sie so schwer verletzt, dass sie nicht mehr unterschreiben kann?«, ertönte die Stimme des Fremden.

Obwohl Mayara Angst vor ihm hatte, war sie ihm dankbar. Für den Augenblick war sie vor Seth Attacken sicher.

Wieder hörte sie, wie sich jemand bewegte und dann traf sie etwas hart am Kopf. Mayaras Sinne begannen zu schwinden und es fiel ihr immer schwerer bei Bewusstsein zu bleiben.

»Ist doch egal, wenn die kleine Schlampe Tod ist. Vache wird bestätigen, was immer wir auch behaupten. Das Land geht auf jeden Fall an mich und du bekommst deine Bezahlung.«

»Nein«, die Stimme des Fremden klang bedrohlich ruhig. »Sie wird ihrer gerechten Strafe zugefügt werden. Öffentlich! Bis dahin überlass es mir, sie dazu zu bringen, zu gestehen.«

Darum ging es? Meadowcove? Wie kam irgendwer darauf, er könnte auf dem Land Fuß fassen, wenn das Land selbst es nicht wollte? Ganz zu schweigen von dem Kleinen Volk.

Zumindest wusste sie nun, worum es ging. Was ihr jedoch nicht dabei half, hier herauszukommen.

»Warum?«

»Damit niemand in die Situation kommt, sich zu fragen, warum sie verschwindet. Und niemand wird sich fragen, wieso du das Land besitzt, auf dem sie einst gelebt hat.« Die stoische Ruhe, mit welcher der Fremde sprach, zeugte von Routine. Wie viele Hexen waren ihm schon zum Opfer gefallen? Und waren sie alle Hexen gewesen? Oder waren es teils einfach nur unliebsame Frauen, ohne irgendwelche magischen Kräfte gewesen?

Sie nahm noch wahr, wie Seth zu einer Antwort ansetzte, als sie ein letzter Tritt traf und sie in eine selige Bewusstlosigkeit hinabglitt.

Der Lichtbringer

So schnell es ihm möglich war, lief er auf das Portal zu. Klio war dicht hinter ihm und hielt erstaunenswerterweise mit ihm mit. Ein Pferd zu nehmen, wäre schneller gegangen, doch seit dem Augenblick, in dem die Muse ihm mitgeteilt hatte, was mit Maya geschehen war, stieg seine Körpertemperatur unaufhörlich. Wenn er einen Zweig streifte, zerfiel dieser augenblicklich zu Asche. Der Weg, den er beschritt, war klar nachvollziehbar, da der Boden unter ihm versengte. Es war nur gut, dass seine Kleidung durch Magie vor dem Verbrennen geschützt war.

Endlich erreichte er das Portal. Ohne zu Zögern ging er hindurch. Er achtete nicht weiter auf Klio. Die Muse würde schon zurechtkommen. Stattdessen lief er weiter, immer in Richtung Meadowcove.

Sobald er die Grenze überschritt, stürmte das Kleine Volk in seine Richtung. Als sie den Rauch sahen, der von dem versengten Boden aufstieg, hielten sie an. Misstrauisch und ängstlich betrachteten sie ihn.

Es ärgerte ihn maßlos. Sie waren ihm ohnehin schon nicht wohlgesonnen, doch seine Wut brachte seine Natur als Herr der Sonne zu nah an die Oberfläche. Er konnte nichts dagegen tun.

Er knurrte unzufrieden, was die Angehörigen des Kleinen Volkes noch mehr zurückweichen ließ. »Ich bin nicht hier, um euch etwas zu tun. Wo ist Maya?«, fragte er. Er legte alle Autorität die er besaß in seine Worte, doch seine Angst um die junge Frau war dennoch deutlich herauszuhören. Und dies schien den Ausschlag zu geben.

Einer der Männer des Kleinen Volkes trat vor, achtete jedoch darauf, genug Abstand zu ihm zu halten. »Ein Mann hat sie weggeholt. Wir wissen nicht wohin. Wirst du sie retten, Lichtbringer?«

»Ich werde es versuchen.«

Klio trat, ebenfalls mit einigem Abstand, an seine Seite. »Wie sollen wir herausbekommen, wo man sie hingebracht hat?«

Kiran war es egal. Wenn er ganz Tolham in Schutt und Asche legen musste, würde es er tun. Für den Anfang wusste er, wem er die Frage stellen würde. Sein Feldzug würde in einem kleinen Laden beginnen, in dem eine verschlagene Händlerin lebte. Er nickte und ging weiter.

Wieder folgte Klio ihm. Auch die Wesen des Kleinen Volkes waren ihm auf den Fersen und riefen ihm unentwegt gut gemeinte Ratschläge zu. Er achtete nicht weiter auf die Worte, doch es beruhigte ihn zu wissen, dass es jemanden gab, der sich ernsthaft um Maya sorgte.

Was ihn überraschte, war die Panik, die sich unter seinem Zorn verbarg. Nach außen hin ließ er sich nichts anmerken, doch wenn es ihm nicht gelang Maya zu finden …

Nicht auszudenken. Es war ihm bewusst, wie wichtig sie ihm war. Allein schon, weil sie ihn um seiner selbst willen gemocht hatte. Doch die Furcht, sie endgültig zu verlieren und damit nicht einmal mehr die Möglichkeit auf eine Versöhnung zu haben, trieb ihn über seine Grenzen hinaus.

Es war keine Liebe. Zumindest nicht die romantische Art von Liebe, von der man immer hörte. Doch Maya war in seinem Herzen, hielt es in der Hand. Wenn sie starb, würde es ihm schwerfallen, sich davon zu erholen.

Es überwand den Weg zu Vaches Laden in Rekordzeit. Unheilvoll rauschte er in das Gebäude. Die hölzerne Ladentür verbrannte unter seinem Griff.

Die Händlerin, die aufsah, weil sie einen Kunden erwartete, schrie panisch auf, als sie ihn erkannte. Es war nicht das erste Mal, dass sie ihn ohne den Glammerzauber sah, doch nun erblickte sie seine wahre Natur.

»Wo ist sie?«, fragte er knapp.

Vache verlor merklich an Farbe. »Ich … weiß nicht, wovon Ihr …«

»Lüg mich nicht an, Mensch«, fiel er ihr ins Wort. »Wo ist Maya? Du hast noch einen Versuch.« Um zu verdeutlichen, was passierte, wenn sie log, legte er die Hand an eines der Regale. Es zischte kurz und nach Sekunden war das gesamte Holz schwarz gefärbt.

»Seth«, platzte sie panisch heraus. »Der Sohn des Barons hat einen Hexenjäger auf Maya angesetzt.«

»Wo?« Zu mehr war er nicht mehr in der Lage. Und Klios erschrockenes Luftholen half auch nicht.

»Im Landhaus des Barons. Sie wollten Maya nicht im Herrenhaus unterbringen. Deswegen sind sie aufs Land gegangen.«

Die Muse trat an ihm vorbei und fixierte die Händlerin. »Warum hat man sie dort hingebracht?« Ihre Stimme klang ruhiger, als seine eigene, doch Kiran konnte auch ihre Sorge und Wut hören.

»S–S–Seth. Er will Meadowcove in seinem Besitz wissen. Dafür muss er Maya aus dem Weg räumen. Er will behaupten d–d–das Kind ist von ihm und sie hätte ihn v–v–verzaubert. Wenn man sie hinger–r–richtet hat, wird ihm das Land als Entschädigung zugesagt«, stotterte die Händlerin.

»Ist doch egal«, fauchte Kiran. »Wie kommen wir zum Landhaus?«

»Die Straße nach Süden«, erklärte sie.

Kiran wartete nicht, bis sie noch etwas sagte. Er stürmte aus dem Laden und berührte dabei jeden Gegenstand, der in seine Reichweite kam. Jedes Stück ging umgehend in Flammen auf.

Als er auf die Straße nach Süden zueilte, konnte er die Schreie der Händlerin hören. Es war eine kleine Genugtuung, doch sie besänftigte sein Temperament nicht.

Der Weg zu dem Landhaus war weiter als gedacht. Erst in der Dunkelheit kamen sie dort an. Als Kiran einen Moment innehielt, stellte Klio sich ihm in den Weg.

»Warte!«, flüsterte sie.

Er wollte aufbrausen. Was erdreistete sie sich, ihm befehle zu geben?

Sie hob die Hände und sah ihn flehend an. »Wenn du dort jetzt hineinstürmst, werden sie alarmiert sein. Da sie dich nicht töten können, könnten sie es stattdessen mit Maya tun. Willst du das wirklich riskieren?«

Er zögerte. Die Muse hatte recht. Wenn er unbedacht handelte, könnte er Maya noch mehr in Gefahr bringen. Also wartete er ab, was Klio sonst noch zu sagen hatte.

»Ich werde sie ablenken. Es dürfte nicht allzu lange dauern. Warte einfach, bis du siehst, wie mir die Wachen hinterher stürmen.« Damit verschwand sie.

Es fiel Kiran schwer, ihrer Bitte nachzukommen. Alles in ihm drängte danach, sich auf die Suche nach Maya zu machen. Irgendwo in diesem Haus befand sie sich. Ob es ihr gut ging? Was war mit dem ungeborenen Kind? Ihrem Kind und dem seinem.

Plötzlich drang ein eigenartiger Tumult an sein Ohr. Er sah, wie mehrere Männer aus dem Haus stürmten und vor ihm wegliefen. Anscheinend lockte Klio sie fort.

Er wartete noch einige Sekunden, dann hielt er es nicht mehr aus und lief auf das Haus zu. Er machte sich nicht die Mühe, sich versteckt zu halten, da der versengte Boden ihn ohnehin verriet.

Er trat in das Haus und lauschte. Leise Stimmen waren zu hören. Sie waren weit genug weg, um sich keine Sorgen um sie machen zu müssen. Wo sollte er mit der Suche beginnen? Wo würde man einen Gefangenen unterbringen?

Untergeschoss!, schoss es ihm durch den Kopf. Er begann nach einer Treppe zu suchen, die ihn weiter nach unten führte. Er fand sie schnell und eilte die Stufen hinab.

Unten angekommen fand er sich in einen langen Gang wieder, von dem mehrere Türen abgingen. Ob er sie rufen sollte? War sie überhaupt in der Lage, ihm zu antworten? Verdammt, das konnte doch nicht wahr sein!

Er ging zu der ersten Tür und berührte sie. Lautlos zerfiel sie zu Asche. Er blickte in den Raum hinein und erblickte … nichts. Der Raum war komplett leer. Wahrscheinlich war er als Zelle gedacht.

Er ging zu der nächsten Tür und verfuhr auf dieselbe Weise. Wieder fand er nicht, wonach er suchte.

So verfuhr er mit jeder Tür, die in seine Reichweite kam. Bei der Fünften sah er sie. Eine zusammengekauerte Gestalt lag regungslos auf dem Boden. Die Hände auf dem Rücken gefesselt, die Handgelenke blutig von dem groben, zu fest geschnürten Seil, die Hände waren leicht bläulich verfärbt. Über den Kopf war ein Sack gezogen worden und ein Knebel lag darüber, um ihn zu fixieren. An einigen Stellen war der Stoff rot verfärbt. Rot, von Mayas Blut.

Er machte einige Schritte auf sie zu. Erst als der Stuhl, der in seinem Weg stand, zu Asche zerfiel, zögerte er erneut. Er war noch zu wütend, um sich ihr nähern zu können. Doch sie benötigte dringend Hilfe. Er musste sich beruhigen, damit er sie hier herausbringen konnte.

»Ergreift ihn!«, schrie eine aufgebrachte Stimme laut. Viel zu nahe. Als er sich umdrehte, sah er drei Männer, die mit erhobenen Schwertern auf ihn zukamen.

Kiran blieb reglos stehen und wartete. Als sie mit den Schwertern nach ihm schlugen, schmolz das Eisen, bevor es ihn auch nur berührte. Die Angreifer sahen sich ratlos und schockiert an, dann bemerkten sie die Hitze, die auch sie nicht unberührt ließ.

Zufrieden sah der Lichtbringer dabei zu, wie sich ihre Haut erst rot färbte und dann begann, sich von dem Fleisch zu lösen, während sie immer schwärzer wurde. Als sie schreien wollten, packte er sie. Sie verglühten unter seinem Griff.

Doch sie waren nur Schergen und nicht jene, nach deren Tod es ihm wirklich verlangte. Er wusste, wenn er seine Wut in den Griff bekommen wollte, musste er den Verantwortlichen beseitigen.

Mit einem besorgten aber schnellen Blick auf Maya, verließ er die Zelle, um nach dem Ursprung des Ausrufes zu suchen.

Er stand am Ende des Ganges, gleich an der Treppe. Er wirkte nicht besorgt. Da er seine Männer nicht hatte schreien hören, ging er nicht davon aus, in Gefahr zu sein. Hätte er ein wenig nachgedacht, hätte er spätestens jetzt die Flucht ergriffen. Denn ihr ausbleibendes Schreien gepaart mit der Tatsache, dass er es war, der in den Gang trat, sollte als Warnung reichen.

Selbst als Kiran auf ihn zuging, blieb er stehen und starrte ihn aus kaltem Blick entgegen. In ausreichender Entfernung, damit der Gegner die Hitze noch nicht spüren konnte, blieb er stehen.

»Bist du der Sohn des Barons?«, erkundigte Kiran sich knapp.

»Nein«, erklärte eine freundliche Stimme. Sie wirkte seltsam einschmeichelnd. Sicherlich ließen viele Menschen sich davon täuschen.

Doch er war der Herr der Sonne. Er blickte hinter solche Banalitäten. »Wer bist du dann?«

»Du bist hier eingedrungen. Die Höflichkeit verlangt, dass du mir deinen Namen zuerst nennst.«

Mutig von ihm, in seiner Situation Forderungen zu stellen. Welch ein Narr. Er benutzte keinen Glammerzauber, weswegen er deutlich als Fee zu erkennen war. Allein dies sollte schon ausreichen. Und dies war der Grund, wieso Kiran schweigend wartete.

Es war ein Machtspiel. Sie beide wussten es. Doch die Zeit drängte. Er wusste immer noch nicht, was mit Maya war. War sie überhaupt noch am Leben? Bewegt hatte sie sich nicht.

Endlich seufzte der Fremde und nickte. »Also gut. Mein Name ist Samael. Ich bin im Auftrag von Seth Avidus hier. Was willst du?«

Kiran zwang sich, gelassen zu klingen. »Ich bin hier, um Maya zu holen«, erklärte er knapp.

Das Lachen seines Gegenübers schürte seine Wut. »Sie wurde der Hexerei bezichtigt. Niemand ist berechtigt, sie hier wegzuholen, ehe ich nicht das Urteil gesprochen habe.«

»Sie steht unter meinem Schutz. Glaub mir, du willst dich nicht mit mir anlegen.«

Wieder ein Lachen. »Und wer bist du, dass du glaubst, dies sollte mich interessieren?«

Nun lächelte Kiran. »Ich? Ich bin der Lichtbringer.«

Der entgeisterte Gesichtsausdruck des Fremden, ehe Kiran die Entfernung zwischen ihnen überbrückte und seine Hand in einer liebevoll anmutenden Geste auf dessen Wange legte, war erhebend. Die sich weitenden Augen, während die Haut sich schwarz verfärbte, befriedigten den Herren der Sonne.

Ehe der Mann starb, trat er einen Schritt zurück. Samael ging zu Boden und krümmte sich stöhnend. Er würde noch eine Weile leben. Lange genug, um seinen Tod zu erflehen. Nun war es an der Zeit, sich auf die Suche nach Seth zu machen. Auch er sollte seine Wut zu spüren bekommen.

Er musste nicht lange suchen, kam nicht einmal dazu, einen Schritt zu machen. Oben an der Treppe waren Schritte von mehreren Personen zu hören. Kiran hielt inne und wartete zufrieden. Sie würden also zu ihm kommen. Er konnte nur hoffen, dass der Sohn des Barons unter ihnen war.

Vier weitere Männer tauchten am Ende der Treppe auf. Sie waren ähnlich gerüstet wie jene, die er in Mayas Zelle umgebracht hatte. Er war schnell bei ihnen verfahren, weil sie nur Handlager waren. Auch diesen hier würde er diese Gnade zuteilwerden lassen.

Ein Blick und eine kurze Berührung reichten, und auch sie fielen Tod zu Boden, ehe sie auch nur ein Geräusch von sich geben konnten.

»Was ist da unten los?«, schrie eine schrill anmutende Stimme. Ein weiteres Paar Füße stürmte die Treppe hinab.

Kiran brummte zufrieden. Der Kleidung nach zu Urteilen, war dies der Mann, den er suchte. Als Seth die Leichen seiner Männer sah, gerieten seine Schritte ins Stocken. Es brauchte ein paar Sekunden, ehe der Sohn des Barons vollends verstand, was sich da vor ihm auf dem Boden befand. Dann drehte er sich um und stürzte die Treppe wieder hinauf.

Der Lichtbringer setzte ihm nach. Nach ein paar Schritten hatte er ihn eingeholt. Er zügelte die Hitze in seinem Inneren. Seltsamerweise gelang es ihm plötzlich ohne Probleme. Er bekam Seth an der obersten Treppenstufe zu fassen und schleuderte ihn gegen die Wand.

»Was hast du mit Maya gemacht?«, fauchte Kiran und legte die Hand um die Kehle des Mannes. Er drückte gerade fest genug zu, dass er ihm das Atmen erschwerte, Seth jedoch noch sprechen konnte.

»N–n–nichts«, brachte er stammelnd hervor.

»Warum ist sie hier?«

Als Seth mit dem Kopf schüttelte, ließ Kiran ein wenig der Hitze frei, die immer noch unter der Oberfläche brodelte.

Wieder Schritte, diesmal direkt hinter ihm. Ohne Seth loszulassen, wirbelte er herum.

Es war Klio. Wild und schön stand sie dort und beobachtete ihn aus glitzernden Augen. »Maya?«, erkundigte sie sich. Dies brachte Kiran wieder in den Sinn, was es noch zu erledigen gab. Klio würde sie berühren können, ohne sie zu verbrennen.

Er deutete mit einem Nicken zu der Treppe. »Sie ist bewusstlos. Hoffe ich zumindest. Geh sie holen. Ich kümmere mich derweil um dieses … Subjekt hier.«

Klio nickte und eilte dann an ihm vorbei.

Die Schnitterin

Und der Tod schrie. Das Flüstern war zu einem ausgewachsenen Orkan geworden. Kräftig zogen die sterbenden Seelen an ihr, führten sie auf ihrem Weg.

Sie kam nach Tolham. Ein kleiner Laden am Rande der Siedlung stand in Flammen. Rauch stieg in dicken Schwaden gen Himmel. Eine Menschemenge hatte sich eingefunden, um den Brand zu löschen. Für die Bewohnerin des Hauses kam jedoch jede Hilfe – außer der ihren – zu spät.

Isra ritt auf sie zu. Als die Menschen sie bemerkten, wichen sie vor ihr zurück. Die Schnitterin achtete nicht auf sie und ritt auf die Seele zu.

»Du willst mich holen?«, erkundigte die Frau sich erstaunt. »Trotz all der schlechten Dinge, die ich getan habe, willst du mich zum Schattenschleier bringen? Obwohl mit bewusst war, wie falsch das war, was ich tat?«

Sie lächelte und hielt ihr die Hand hin, um der Seele beim Aufsteigen zu helfen. »Es spielt keine Rolle. In dir fließt auch das Blut deiner Ahnen. Und du bereust deine Taten. Deine Worte beweisen es. Ich hoffe, du wirst Frieden im Land der Großen Göttin finden.«

Damit wies sie das Pferd an, von der Stadt wegzureiten. Sie hätte den Schattenschleier auch gleich an Ort und Stelle herbeirufen können, doch das wollte sie nicht, bei derart vielen Lebenden in der Nähe.

Als sie die Stadt ein Stück hinter sich gelassen hatten, hielt sie an. Nachdem sie beide vom Pferd abgestiegen waren, holte Isra die

Schatten herbei. Die Seele der alten Händlerin blieb unschlüssig stehen. Plötzlich wirkte sie verängstigt.

»Dir wird nichts geschehen«, versprach die Schnitterin.

Vache zögerte, doch dann nickte sie entschlossen und trat auf den Schattenschleier zu.

Isra sah ihr nach, bis die Seele verschwunden war. Hoffentlich würde sie Frieden finden. Und vielleicht würde ihre Seele eines Tages bereit sein für ein anderes Leben. Dann könnte sie ihre Fehler wiedergutmachen.

Sie ging zurück zu ihrer Stute und stieg schwungvoll auf. Dann ritt sie auf den Ort zu, von dem der Tod laut nach ihr rief. Dort wären mehr als nur eine Seele zu holen. Sie konnte es spüren. Sie wusste nicht, wieso es der Fall war, doch eine dunkle Vorahnung beschlich sie. Ob der brennende Laden auch damit zusammenhing? Sie wusste es nicht. Es war auch nicht ihre Aufgabe es zu wissen. Doch sie würde es mit Sicherheit erfahren.

Sie kam bei einem Landhaus an, das zu pompös wirkte, um wirklich ansprechend zu sein. Doch hier lag der Ursprung für den Ruf. Schon auf dem Weg um das Haus herum sah sie mehrere Seelen. Keine Frauen, welch ein Glück. Krieger. Waren sie überfallen worden? Doch wie viel Männer waren nötig, um dies zu bewerkstelligen. Sie waren nicht mit Schwertern getötet worden, es gab keine Stichwunden.

Den verdrehten Hälsen nach zu Urteilen, hatte man ihnen einfach das Genick gebrochen. Sie nahm sich nicht die Zeit, mit den Seelen zu sprechen. Sie rief den Schattenschleier und leitete sie stumm dort hin. Dann wandte sie sich dem Haus zu. Sie ritt wieder zu der Vorderseite und sah sich um. Nichts war zu sehen. Und noch weniger war zu hören.

Sie stieg von der Stute ab und trat auf die offenstehende Tür zu. Schritte ertönten und angespanntes Gemurmel drang an Isras Ohren. Sie blieb stehen und wartete. Also lebte doch noch jemand.

Dann traten die Verursacher der Geräusche in ihr Sichtfeld und sie riss überrascht die Augen auf, als sie den Lichtbringer und die Muse erkannte. Klio trug eine junge Frau auf den Armen.

Als Isra sie erkannte, blieb ihr Blick an ihr hängen. Es war die Hexe, zu der sie Milen gebrach hatte.

Plötzlich versperrte der Lichtbringer ihr die Sicht auf sie. Sein Blick war bittend. Wie ungewöhnlich. Es war das erste Mal, dass sie einen solchen Blick an ihm sah. Sonst wirkte er immer unnahbar. Doch sie waren sich auch noch nicht oft begegnet. Schon gar nicht, wenn sie in offizieller Mission unterwegs war. Sie blickte ihm abwartend in die Augen.

»Sie bekommst du nicht, Schnitterin«, erklärte der Lichtbringer mit fester Stimme. »Lass sie in Ruhe. Wenn du ein Leben nehmen willst, nimm meines an ihrer Stelle.«

Isra war überrascht. Wie kam er auf die Idee, sie könnte die Hexe holen wollen? Noch mehr verwunderte sie, dass der Lichtbringer sein Leben für das ihre anbot. Und es waren keine nur daher gesagten Worte. Sie konnte es in seinen Augen erkennen. Er meinte es ernst.

»Wie kommst du darauf, ich wolle sie holen?«

»Nicht?«

Sie schüttelte den Kopf. »Es gibt viele Seelen hier, die ich heute zum Schattenschleier führe, Lichtbringer. Die der Hexe ist jedoch keine davon.« Seine Erleichterung amüsierte sie. Vor allem, weil sie spüren konnte, dass die kleine Hexe bereits wieder bei Bewusstsein war. Noch nicht wach genug, um sich wirklich bemerkbar zu machen, doch sie war sicher, dass die junge Frau jedes Wort, das sie sprachen, hören konnte.

Der Herr der Sonne neigte den Kopf in einer respektvollen Geste und trat beiseite. »Dann entschuldige, dass wir dich in deiner Pflicht unterbrochen haben, Schnitterin.«

»Geht ihr eures Weges. Ich werde dem Meinen folgen. Wenn wir alle unsere Pflichten erledigt haben, sollten wir uns gemeinsam zusammensetzen, um uns zu überlegen, ob und wie wir die Hexen schützen können.« Wieso kam ihr diese Idee eigentlich erst jetzt?

»Das halte ich für eine gute Idee. Möge die Große Mutter mit dir sein, Schnitterin.«

»Und mich euch.« Ihre Wege trennten sich.

Isra folgte dem Ruf weiterhin. Als sie an eine Treppe kam, sah sie die erste Seele. Er wirkte wütend, während er vor seinem Körper stand und darauf hinab blickte.

»Ich wollte doch nur das Land, um nicht mehr unter dem Joch meines Vaters zu stehen«, jammerte er. Er schien sie noch nicht bemerkt zu haben. »Diese dummen Schlampen. Sie haben mich alle freiwillig in ihr Bett geholt. Bis auf dieses Miststück von Hexe. Warum hat es so enden müssen? Wieso konnte sie nicht einfach nachgeben, wie die anderen?«

Die Schnitterin schüttelte den Kopf. So verhielt es sich also. Anscheinend hatte er Maya gegen ihren Willen hier her gebracht. Sie ließ ihn stehen. Sie ging einfach an ihm vorbei. Dieses Subjekt würde sie nicht zum Schattenschleier bringen. Sollte er doch als Geist für ewig umherwandeln.

Es war keine ungewöhnliche Entscheidung. Manchmal waren Seelen derart boshaft und verkommen, dass sie nicht in das Land der Großen Mutter eingelassen wurden. Und Isras Instinkt verriet ihr, dass es sich hier um eine solche Seele handelte.

Sie ging auf die Treppe zu und stieg die Stufen hinab, den leiser werdeneden Ruf des Todes folgend. Sie fand weitere Seelen von Kriegern. Und noch eines der verkommenen Subjekte. Hier erkannte sie die Taten des Lichtbringers. Er war verantwortlich für die Toten hier. Die verbrannten Körper wiesen deutlich darauf hin. Und eine dieser Seelen war ein Inquisitor. Isra erkannte es, weil sie die Seelen der anderen Inquisitoren, die sie inzwischen von ihren Körpern gelöst hatte, gesehen hatte. Sie alle besaßen eine ähnliche Ausstrahlung.

Auch dieses Subjekt würde weiterhin als Geist in der Zwischenwelt wandern. Sollten sie irgendwann der Herrin des Mondes während der Wilden Jagd begegnen, würde diese für Gerechtigkeit sorgen, sobald sie erkannte, was hinter diesen Geistern steckte.

Das Abkommen

Als ihre Arbeit verrichtet war, zog es sie nach Meadowcove. Es war nicht der Ruf des Todes, der sie dort hinleitete. Es war ihr Bedürfnis, nach der Hexe zu sehen.

Milen war ebenfalls eine Hexe, sie würde die Wunden der jungen Frau versorgen können.

Es verwunderte sie immer noch, wie besorgt der Lichtbringer gewirkt hatte. Sie war am Ende schließlich nur ein Mensch. Doch seine Angst um sie war echt gewesen und sein Angebot ... Nichts, worüber sie im Augenblick nachdenken wollte.

Als sie die Grenze zu Meadowcove überschritt, bemerkte sie sofort den Unterschied in der Luft. Das Land wirkte unverbraucht und energiegeladen. Sie ritt gleich auf das kleine Haus zu, in dem sie vor einigen Monaten Milen abgesetzt hatte.

Als sie sich dem Haus näherte, trat die Muse heraus und sah ihr entgegen. Von allen Ecken und Enden tauchten mit einem Mal Angehörige des Kleinen Volkes auf. Sie sahen sie an, musterten sie, schienen jedoch schnell zu dem Schluss zu kommen, dass sie nicht wegen ihrer Aufgabe hier war. So ließen sie sie ungehindert passieren.

Beim Haus angekommen stieg sie ab. Sie nickte der Muse zu und lächelte sie an. »Wie geht es der Hexe?«, erkundigte sie sich.

»Wir denken, sie wird wieder. Die Verletzungen sind nicht harmlos, doch es scheinen keine dauerhaften Schäden zu sein. Wir wollen sie nur nicht alleine lassen.«

Isra runzelte die Stirn. »Wieso alleine? Wo ist Milen?«

Nun war es an der Muse, sie fragend zu mustern. »Wer ist Milen?«

»Eine Hexe, die hier ebenfalls lebt. Zumindest seit einigen Monaten. Ich habe sie aus den Fängen eines Hexenjägers gerettet und hier her gebracht.«

Klio runzelte die Stirn. »Hier war niemand, als wir ankamen.«

»Nicht?«

»Nein. Wir hatten unsere Probleme, in das Haus hineinzukommen, wegen Mayas Schutzzauber. Doch sie war zum Glück wach genug, die Begrüßungsformel zu nuscheln. Dies war ausreichend, um uns einzulassen.« Die Muse musterte sie nachdenklich. »Du hast etwas davon gesagt, dass wir die Hexen schützen sollen?«

Isra nickte ernst. »Darf ich reinkommen. Wir sollten dringend einige Punkte besprechen.« Für sie stellte der Schutzzauber kein Problem dar. Als Schnitterin wurde ihr überall Zutritt gewährt.

Klio saß an dem Tisch im Wohnraum und blicke in die Holztasse mit Tee, die vor ihr stand. Die Worte der Schnitterin hatten sie nachdenklich gemacht.

Bisher war ihr nie bewusst gewesen, wie sehr die Hexen überall unter den Inquisitoren zu leiden hatten. Und seit sie Maya kannte … Früher hatte sie nie darüber nachgedacht, in welcher Verbindung sie zu den Hexen standen. Doch inzwischen … Wenn das Hexenvolk wirklich das Volk ihrer Ahnen war, wie würde es aussehen, wenn sie sie nun, in der Stunde höchster Not, im Stich lassen würden?

Es war ihre Pflicht sie zu schützen, doch wie sollte man es bewerkstelligen?

Kiran saß ebenfalls schweigend neben ihr. Es war schwer gewesen ihn von der Seite der nun schlafenden Maya wegzubekommen. Es war mehr als bloße Freundschaft, die ihn an die junge Frau band. Doch spielte es überhaupt eine Rolle?

Sie war überrascht gewesen, als er der Schnitterin sein Leben für Mayas geboten hatten. Doch in diesem Augenblick war ihr auch klargeworden, wie viel die Hexe ihm bedeutete. Sie alle hatten es verkannt. Wenigstens würde sie wieder gesund werden. So hätten sie eine Chance darauf, sich zu versöhnen.

»Wir können sie nicht alleine damit lassen«, murmelte Kiran schließlich leise. »Wir werden Krieger aus unseren Reihen zwischen unserer Welt und den alten Orten patrouillieren lassen müssen. Oder eine Möglichkeit finden, wie sie uns um Hilfe bitten können.«

Klio kam eine Idee. »Kann da das Kleine Volk nicht helfen? Sie können in unsere Welt, oder nicht?«

Isra schüttelte den Kopf. »Meistens sind sie an den Ort gebunden, an dem sie leben. Sie können die Grenzen nicht überschreiten.«

»Wir werden eine Möglichkeit finden. Ich werde mich mit meiner Schwester besprechen. Vielleicht fällt ihr noch etwas ein. Dann werden wir uns gemeinsam besprechen.« Er blickte zu der Schnitterin. »Ich will, dass du dann auch dabei bist.«

Die Angesprochene nickte ernst. »Mit großem Vergnügen. Seit einigen Monaten schon versuchen wir Schnitterinnen die Hexen zu schützen. Wir haben viele der Inquisitoren umgebracht. Doch für jeden den wir beseitigen, scheinen drei Neue aufzutauchen.«

»Weil sich durch die Hetze immer mehr Menschen für diese Laufbahn berufen fühlen. Wir müssen ihnen deutlich klar machen, dass die Hexen unter unseren Schutz stehen. Dann werden sie von alleine wieder aufhören.«

»Ja, das klingt nach einer guten Lösung. Krieger, die patrouillieren, einige hochrangige Feen, die die Hexen besuchen und sich mit ihnen gemeinsam im nächsten Dorf blicken lassen. Solche Dinge könnten eine ausreichende Warnung sein«, stimmte Klio zu.

»So werden wir es machen. Diejenigen, die jetzt noch als Inquisitor tätig sind, überlassen wir den Schnitterinnen. Der Rest von uns, wird sich um den Schutz der Hexen kümmern.« Kiran erhob sich. »Wir werden es noch in einer größeren Gruppe besprechen, ehe wir es bekannt geben, doch es wird das Problem mit den Hexenjägern lösen. Und nun entschuldigt mich bitte, ich möchte noch einmal nach Maya sehen.«

Klio wartete, bis Kiran in dem Schlafzimmer verschwunden war, ehe sie seufzte.

Isra sah sie an. »Er hängt sehr an ihr, dafür, dass sie ein Mensch ist. Darf ich fragen …« Die Frau zögerte kurz. »Ist er der Vater des Kindes?«

Kurz dachte die Muse darüber nach, wie viel sie preisgeben konnte, da es nicht sie selbst betraf. Dann nickte sie jedoch. »Ist er. Sie waren gut befreundet, bis ... bis sie herausgefunden hat, dass er eine Fee ist.«

»Sie hat ihn abgelehnt, weil er eine Fee ist?«, fragte die Schnitterin überrascht.

Schnell schüttelte Klio den Kopf. »Nein. Sondern weil er es ihr verheimlich hat. Es kam durch einen Zufall heraus.«

»Warum hat er es verheimlicht?«

Die Stimme klang so sanft und unaufdringlich, dass Klio nicht anders konnte als zu antworten. »Weil er sich in der Anderswelt nicht verstecken kann. Er ist der Lichtbringer und jeder weiß, wer er ist. Bei jeder Bekanntschaft konnte er sich nie sicher sein, ob man ihm mit Zuneigung begegnet, weil er der Lichtbringer ist oder weil man ihn wirklich mochte. Bei Maya war es anders. Sie wusste nicht, wer er war und dennoch haben sie Freundschaft geschlossen.«

»Ein hohes Gut. Ich kann ihn verstehen.«

Wieder seufzte Klio. »Hoffen wir, dass Maya es eines Tages auch kann.«

Die Hoffnung

Mayara wiegte den Säugling in den Armen, als Milen von draußen herein kam. Sie sah das kleine Mädchen an und lächelte. »Wie geht es Amalie?«, erkundigte sie sich.

»Sie ist ein glückliches und zufriedenes Baby. Genau, wie es sein soll.«

Ihre Freundin lachte, wurde dann jedoch ernst. »Kiran steht draußen. Er bittet darum, mit dir sprechen zu dürfen.« Sie zögerte. Er war seit der Nacht, in der er sie vor dem Inquisitor gerettet hatte, ein paar mal hier gewesen. Meistens unter dem Vorwand, nach dem Kind sehen zu wollen. Doch er hatte nie direkt um ein Gespräch mit ihr gebeten. Ihre Unterhaltungen waren immer oberflächlich gewesen.

Doch es gab auch etwas, was sie ihn fragen wollte. Eine Erinnerung, von der sie nicht sicher war, ob es wirklich eine war. Dies war der Grund, wieso sie nun nickte.

Milen verschwand wieder nach draußen und schon kurz darauf hörte Mayara die Worte, die ihm Zutritt gewährten. »Sei willkommen in unserem Heim.«

»Danke«, antwortete die dunkle Stimme Kirans beinahe demütig.

Milen verschwand in der Küche, wahrscheinlich um ihnen ein wenig Privatsphäre zu gönnen. Kiran indes kam auf den Tisch zu und blieb dann unschlüssig stehen. Sein Blick war auf ihre Tochter gerichtet. »Geht es euch gut?«

»Es geht uns gut«, antwortete sie. Eine peinliche Stille entstand zwischen ihnen. »Magst du dich nicht setzen?«

Dankbar nahm er Platz und sah ihr dann, das erste mal seit Monaten, direkt in die Augen. Er schien nach Worten zu ringen. »Wir haben niemals offen darüber geredet. Doch ich schulde dir meine aufrichtige Entschuldigung. Ich hätte dir niemals verheimlichen dürfen, wer ich bin. Das tut mir leid. Ich erwarte nicht, dass du alles vergisst und es wieder so wird wie früher. Doch ich will dich bitten mir die Möglichkeit geben, dir zu erklären, wieso ich es getan habe.«

Er wirkte zerknirscht und … einsam. Ähnlich wie in der Nacht vor einem Jahr, in der sie ihn kennen gelernt hatte. Kaum zu fassen, wie schnell das letzte Jahr vergangen war. »Darf ich dir vorher eine Frage stellen?«, erkundigte sie sich. Sofort nickte er. Nun rang sie um Worte. »Hast du … in der Nacht, als ihr mich gerettet habt … hast du der Schnitterin wirklich dein Leben für das meine geboten?« Sie war sich nicht sicher, ob es nur ein Traum gewesen war. Als er nickte, zog sich ihr Magen zusammen. Eine solche Geste war … zu viel. Dem konnte sie nicht gerecht werden. Sie sollte etwas dazu sagen, oder nicht? Doch alles, was ihr einfiel, war: »Danke.«

»Ich hätte mir nie verziehen, hätte ich es nicht getan.«

Sie sahen sich schweigend an, bar jeglicher Worte.

Er brauchte lange, ehe er den Mut fand, erneut zum Sprechen anzusetzen. »Ich hätte dich nie belügen dürfen.«

Ein Lächeln umspielte ihre Lippen. Wirkte sie tatsächlich belustigt? »Das hast du schon einmal gesagt.« Dann wurde sie wieder ernst. »Warum?«

Er musste nicht darüber nachdenken, worauf ihre Frage abzielte. Warum hast du mich belogen? Warum hast du mir verheimlicht, was du bist? Wer du bist?

»Weil ich bei dir wusste, dass du mich um meinetwillen magst. Nicht, weil ich der Lichtbringer bin, nicht wegen meiner Position. Sondern weil ich bin, wer ich bin.« Er seufzte tief, als der altbekannte Schmerz wieder auftauchte. »Zu Hause kann ich mir da nie sicher sein. Es gibt viele Frauen, die mich in ihr Bett zerren wollen, um die Möglichkeit zu bekommen, ein Kind mit dem Lichtbringer zu haben. Deswegen wollte ich niemals Kinde. Weil ich wusste, sie wollten nicht mich als Vater, sondern nur meinen Titel. Auch wenn Amalie nicht geplant war, hier ist es anders. Glaub nicht, dass ich es bereue.«

»Das tu ich nicht«, versprach Maya ihm schnell.

Er nickte abwesend. »Als wir uns kennenlernten, hast du mich für einen Menschen gehalten. Und es war eine Wohltat zu erleben, wie es ist, wenn niemand weiß, wer ich bin. Ich habe es zu sehr genossen, und dann den Zeitpunkt verpasst mich dir zu offenbaren. Ich weiß, es entschuldigt es keinesfalls, doch ich hoffe, du kannst es verstehen.«

Sie schwieg lange. Ob sie nicht wusste, was sie sagen sollte oder ob sie ihn einfach nicht verletzen wollte, weil sie es nicht konnte, wusste er nicht zu sagen. Die Anspannung war beinahe unerträglich.

Dann regte sich das Kind in ihren Armen und begann zu weinen. Mit geübtem Griff wiegte Maya Amalie ein wenig, bis sie sich wieder beruhigte. Dann sah sie Kiran an. »Ich will es versuchen. Ich will nichts versprechen, doch ich werde versuchen, es zu verstehen. Und nur, damit wir es einmal ausgesprochen haben. Ich werde niemals etwas tun, um dich von unserer Tochter fernzuhalten. Du hast uns beiden in dieser Nacht das Leben gerettet. Und du bist ihr Vater. Sie sollte wissen, wer ihr Vater ist. Ich wusste es nie, doch ich hätte es mir gewünscht.«

Er spürte erst, dass er lächelte, als sie es erwiderte. Hoffnung war solch ein süßes Gefühl. »Bedeutet dies, dass ich das nächste Mal nicht nur als geduldeter Gast empfangen werde, sondern vielleicht als Freund?«

Sie dachte lange darüber nach, ehe sie nickte. Sein Herz fühlte sich mit einem Mal unendlich leicht an.

Sie sprachen noch lange über Amalie und ihre Entwicklung über die Dinge, die im Winter auf Meadowcove erledigt werden mussten und welch große Hilfe Milen in diesen Tagen war. Belanglose Dinge, doch Kiran genoss jede einzelne Sekunde.

Als es schließlich Zeit für ihn wurde zu gehen, stand Maya, immer noch mit ihrer Tochter im Arm, auf und begleitete ihn zur Tür.

Sie verabschiedeten sich beinahe förmlich, doch das machte nichts. Erleichtert trat er ins Freie und lächelte ihnen noch einmal zu, bevor er sich auf den Heimweg machte.

Nach einigen Schritten drehte er sich noch einmal um und sah zu den beiden Frauen, die sein Herz in der Hand hielten. Er würde als Freund wiederkommen. Und irgendwann, auch wenn es Jahre dauern sollte, würde Mayara ihm vielleicht wieder genug vertrauen, um ihn als Liebhaber willkommen zu heißen.

Danksagung

Fangen wir doch gleich bei der Person an, wegen der ich mir Gedanken darüber gemacht habe, ob es eine Danksagung geben wird, oder nicht und wegen deren Argumentation ich mich dafür entschieden habe. Sabine aka Ambi63. Danke für deinen Blog und deine ehrlichen Worte darin, der ein oder andere Teil hat mich sichtlich zum Nachdenken gebracht.

Liebe Leser, euch gilt mein nächster Dank, da ohne euch dieses Buch nicht viel Sinn ergeben würde. Es würde mich sicherlich erfreuen, aber noch mehr Freude bereitet es mir, wenn ich einem von euch damit die Stunden versüßen kann. Danke, dass ihr mir die Chance dazu gebt.

Ein ganz besonderer Dank geht hier an die Wattpadleser, sowie meine Testleser die mir mit ihren Anmerkungen und Tipps geholfen haben.

Auch ein großes Dankeschön an Jessica von Bienchens Bücherregal für die tolle Unterstützung, die ich durch ihren Blog erfahre. Ich bin wirklich froh, dass wir uns auf diesem Wege begegnet sind.

Als Nächstes gilt mein Dank Esther Barvar, die mir, bei jedem meiner Bücher, mit Rat, Tat und gnadenloser Ehrlichkeit zur Seite steht. Danke für die vielen Stunden Brainstormings, Beratungen und deine »Erstkorrektur«, denn dadurch werde ich auf Dinge aufmerksam, die ich manchmal übersehe.

Und im Zusammenhang mit Esther muss ich auch Sofie erwähnen. Danke, dass du dir die Zeit genommen hast, mir bei der Coverauswahl zu helfen, da ich leider nicht dazu in der Lage war, mich zwischen den unterschiedlichen Versionen zu entscheiden.

Anna Teres für ihre unermüdliche Lektoratsarbeit. Danke für die vielen Stunden Mühe, die du in meine Bücher steckst.

Dani, danke für deine produktive und hilfreiche Kritik, da du diejenige bist, die meine Werke generell als erste in der Rohfassung zu lesen bekommt und ich durch dich einen Eindruck davon bekomme, ob eine Geschichte funktioniert oder nicht. Du bist ein verdammt großer Teil in meinem Schaffensprozess, wofür ich unendlich dankbar bin.

Ganz wichtig – weil er am meisten von meiner Aufmerksamkeit abgeben muss, wenn ich mal Schreibe –, Albert! Danke für jede Minute voller Lachen, Flachsen, Streiten, Diskutieren, Genervtsein, Albernsein, Lästern und all die anderen Dinge, die wir miteinander teilen. Jeder Tag, an dem wir uns nicht unterhalten fühlt sich seltsam leer an und du bist der einzige Mensch auf der Welt, den ich um mich ertragen kann, wenn ich am schreiben bin.

Wenn ihr das Buch bis zu dieser Stelle gelesen habt, möchte ich euch bitten, mir doch eine kurze Rückmeldung zu geben. Ob dies in Form eine Rezension geschieht oder über eine Email, ob positiv oder negativ, spielt keine Rolle. Denn durch eure Rückmeldungen ist es mir möglich, meine Geschichten zu verbessern.

Ich danke euch,

Jeanette Peters.

Weitere Bücher der Autorin

Colors of Moonlight

Drei harte Leben.

Drei bewegende Tode.

Drei unvergängliche Liebesgeschichten.

Blutmond

Eine Welt aus Blut, Macht, und Intrigen. In diese wird Joleen hineingeworfen, als sie von ihrer Mutter an einen Vampirclan verkauft wird. Und als ob das noch nicht genug ist, wird sie mit dem Hass ihrer Mutter auf sich konfrontiert. Fremd in dieser neuen Umgebung versucht Joleen als Mensch einen Platz, in dieser von Vampiren beherrschten Welt zu finden.

Eismond

Theresa stirbt und damit brechen harte Zeiten für ihre Tochter Penelope an. Von ihrem Schicksal gebeutelt zieht sie sich immer mehr zurück. Doch Jonathans Vampirclan hat Interesse an Penelope und behält sie im Auge. Der einfühlsame Vampir versucht die Mauer aus Trotz, Angst und Misstrauen zu durchbrechen.

Silbermond

Während die Organisation ConVamp, sowie die Sekte Luxuria immer mehr an Einfluss gewinnen, folgt Johanna ihrem eigenen Weg.
Den Ansichten ihres Vaters Senator McFadden zum Trotz, lässt sie sich auf Darius' Vampirclan ein. Schnell lernt sie, dass die wahren Monster nicht in der Gestalt der Vampire auftreten.

Fedora Chronik

Mitte 2019

Saat des Bösen

Das seltsame Verhalten der Kreaturen nahe ihres Heimatdorfes weckt Sophies Neugierde.

Während sie versucht, den Dingen auf den Grund zu gehen, deckt sie Geheimnisse auf, die unmittelbar mit dem Verschwinden ihrer Schwester zusammenzuhängen scheinen.

Als sie auf ihrer Suche von einem Monster angegriffen wird, rettet sie ein Rudel Werwölfe.

Schnell fasst sie Vertrauen zu dem Alphawolf Luc, der ihr eine Welt offenbart, in der sich alles, was sie bisher zu wissen glaubte, als Lüge entpuppt.

Wurzel der Dunkelheit

Nach der Infektion durch das Blut ihrer Schwester gibt es für Sophie keine Sicherheit mehr. Außer der einen: Sie muss lernen, die Infektion zu beherrschen, oder wird sich selbst verlieren!

Helfen soll ihr dabei ein Vampir, der ebenfalls von Virtus mit der Saat des Bösen infiziert wurde. Doch ist Riaan wirklich gewillt, ihr zu helfen, oder verfolgt er einen anderen Zweck? Für Sophie und das Rudel stehen unsichere Zeiten bevor.

Keim der Hoffnung

Sophie und die Wölfe beschließen, die Dörfer der Menschen über die Machenschaften der Virtus Cooperation aufzuklären. Dort erleben sie eine Überraschung, die nicht nur Sophie eine vollkommen neue Sicht auf die Dinge gibt, sondern auch Gaian unmittelbar zu beeinflussen scheint.

Keine der beiden Seiten ist bereit aufzugeben. Eine Konfrontation mit ihrem Vater ist für Sophie unvermeidlich.

Der mitreißende Abschluss der Fedora Chronik.

34981306R00169

Printed in Poland
by Amazon Fulfillment
Poland Sp. z o.o., Wrocław